Le vétérinaire des Galápagos

*

Passion sous la pluie

BECKY WICKS

Le vétérinaire des Galápagos

Traduction française de
MARIEKE MERAND-SURTEL

BLANCHE

HARLEQUIN

Collection : Blanche

Titre original :
THE VET'S ESCAPE TO PARADISE

HARPERCOLLINS FRANCE
83-85, boulevard Vincent-Auriol, 75646 PARIS CEDEX 13
Service Lectrices — Tél. : 01 45 82 47 47 - www.harlequin.fr
ISBN 978-2-2804-8419-0 — ISSN 0223-5056

Composé et édité par HarperCollins France.
Imprimé en février 2023 par CPI Black Print (Barcelone)
en utilisant 100% d'électricité renouvelable.
Dépôt légal : mars 2023.

FSC
www.fsc.org
MIXTE
Papier issu de sources responsables
FSC® C159065

Pour limiter l'empreinte environnementale de ses livres, HarperCollins France s'engage à n'utiliser que du papier fabriqué à partir de bois provenant de forêts gérées durablement et de manière responsable.

1.

Allongée sur les draps de satin de son immense lit, les pieds posés sur la tête de lit dorée, Ivy écoutait distraitement la voix de son associé qui l'appelait de Galway.

— Tu as déjà réussi à voir des fous à pieds bleus ?

À la question de Mike, elle soupira, les yeux au plafond.

— Pas des vrais, encore. Mais si tu veux le savoir, ils sont partout sur les T-shirts. On ne peut pas marcher dans Santa Cruz sans être accosté par un vendeur de T-shirts à leur image. Même à la boutique de l'hôtel, ils en ont.

Les fous à pieds bleus étaient des oiseaux de mer emblématiques des îles Galápagos à l'allure très amusante en raison de leurs larges pieds palmés au bleu éclatant. Elle avait été enthousiaste à l'idée de les voir ici, dans leur pays natal.

— Tu m'en rapporteras un ? Un T-shirt, je veux dire.

Puis le ton de Mike changea et elle se l'imagina, sérieux, les coudes posés sur son bureau de leur clinique vétérinaire.

— Et toi, Ivy, comment ça va ? Tu es quand même gonflée d'être partie seule dans un hôtel pour couples en lune de miel.

— Ça veut juste dire plus de chocolat et de champagne pour moi, répliqua-t-elle, s'efforçant de rester gaie même si *All by myself*, la chanson de Bridget Jones, lui trottait dans la tête.

Elle se leva, gagna le balcon, et la chaleur humide de l'île de Santa Cruz, le cœur battant de l'archipel, la frappa de plein fouet. Elle avait renoncé à dompter sa masse de boucles rousses à son arrivée, trois longs jours plus tôt.

— Tu m'as quand même forcée à partir, lui rappela-t-elle. Tu as dit que j'avais besoin de vacances.

— Et c'est le cas. Je ne crois pas que tu aies pris un seul congé depuis que je te connais. Tu es un bourreau de travail, et tu le sais. Est-ce que tu médites comme je te l'ai dit ?

Contemplant la piscine en forme de cœur, elle laissa Mike débiter ses connaissances spirituelles, tirées pour la plupart des podcasts d'Oprah Winfrey.

Un couple flottait dans la lumière déclinante du soleil, sur des bouées assorties, en forme de cœur elles aussi.

Beurk.

Ce devrait être elle, là en bas, avec Simon, vivant le rêve de ce couple. Sauf que Simon en était probablement à sa troisième pinte au Smuggler's Nook, chez eux en Irlande, planifiant de nouveaux rêves sans elle.

Elle avait toujours détesté ce pub.

— Un jour, tu seras heureuse que vous ayez annulé le mariage, dit Mike, lisant probablement dans ses pensées.

Il avait acquis ce don étrange après tant d'années passées près d'elle à l'Animal Remedy Referrals. Ils savaient tout l'un de l'autre.

— Vous étiez tous les deux d'accord pour dire que vous ne vouliez pas d'enfants quand vous vous êtes rencontrés, reprit-il. Et il a mis tout ce temps pour te dire qu'il avait changé d'avis ! Vous sortiez ensemble depuis seulement quoi… quatre ans et demi ? Qu'est-ce qu'il ne t'a pas dit d'autre ?

— Rien, Mike, répondit-elle, en regardant le couple au bonheur écœurant se pencher entre les bouées pour s'embrasser. Je sais que tu essaies d'être un bon copain, mais Simon est un homme bien, tu le sais. On veut juste des choses différentes. Parle-moi de nos petits patients. Comment va le chiot d'Ollie après sa parvovirose ?

Mike changea obligeamment de sujet, tandis qu'un pincement familier d'anxiété la poussait à agripper son téléphone.

Elle n'aurait pas dû laisser Mike et les animaux. Quel droit avait-elle de partir en lune de miel alors qu'elle n'était même pas mariée ? En Amérique du Sud, par-dessus le marché. Elle devrait être avec Mike à discuter de la potentielle vente de la clinique. Ce n'était pas tous les jours qu'une énorme société d'investissement privée vous offrait des millions pour amener votre entreprise au niveau supérieur, soit à un tout nouvel ensemble de normes qui correspondrait à leur portefeuille.

Oui, il fallait qu'elle y réfléchisse, peu importe où elle se trouvait. Mike ne l'avait pas encore dit directement, mais elle savait qu'il penchait pour la vente… Elle-même restait incertaine.

Quoi qu'il en soit, ce séjour d'un mois était réservé depuis plus d'un an. Il aurait été stupide de le gaspiller. Octobre était la meilleure période pour être ici, à l'approche de l'été dans l'hémisphère sud. De plus, sa mère avait déjà tout payé, probablement par culpabilité…

Pensée déplacée. L'inaction la rendait idiote.

Bien sûr, Simon *aurait pu* l'informer de son envie brûlante d'engendrer des mini-moi avant qu'ils planifient le mariage et la lune de miel du siècle. D'un autre côté, peut-être qu'il avait essayé d'en discuter. Peut-être qu'elle n'avait tout simplement pas écouté. Pas voulu écouter.

Arf. Être sa moitié n'avait pas dû être facile pour lui. Elle aimait travailler. Énormément.

Après avoir demandé à Mike de la rappeler le lendemain, afin de s'assurer que tout allait bien en son absence, et récolté en réponse un ferme « pas question », elle se dirigea vers la piscine.

Méditer dans les derniers rayons du soleil couchant l'aiderait peut-être à se détendre ? Si elle restait dans sa chambre, elle vérifierait encore ses e-mails professionnels, et elle l'avait déjà fait à deux reprises aujourd'hui. Ils riaient parfois de cette addiction au travail, mais ce n'était pas vraiment drôle. Ça n'avait pas été drôle pour Simon. Certains soirs, le regard de son ex quand elle rentrait tard une fois de plus… Même maintenant, elle en grimaçait. Elle avait fait à Simon ce que sa mère lui avait fait à *elle* toutes ces années auparavant – travailler si dur et si tard qu'elle avait à peine la notion du temps ou de l'impact émotionnel de son absence sur son entourage.

En y pensant mieux, avec le recul, tout n'avait pas réellement marché sur des roulettes avant l'annonce de Simon.

« Je pense que je veux un enfant, Ivy. Ce ne serait pas génial, un petit prolongement de nous ? »

Elle se crispa en se rappelant à quelle rapidité la peur l'avait envahie, à quelle rapidité elle avait écarté l'idée.

« Je serais une mère déplorable, Simon ! On le sait tous les deux. »

Le couple de la piscine prenait maintenant des photos nunuches sous l'eau avec un appareil étanche. Imposer sa présence ne semblait pas correct. D'ailleurs, ils méritaient la piscine des couples puisqu'ils étaient un couple réel.

Elle dévia en direction de la plage privée de l'hôtel, repéra une chaise longue dans le sable blanc et s'y assit en croisant les jambes pour méditer, écoutant le chuintement des vagues.

Inspirer à fond. Expirer à fond. Libérer l'esprit, relâcher l'ego. Voilà, c'est ça.

Les enfants, c'était plutôt mignon, mais elle ne savait pas très bien comment se comporter avec eux. Elle avait passé le plus clair de sa propre enfance cloîtrée à la maison, avec sa nounou et son chien, pendant que sa mère travaillait inlassablement, dans un bureau qu'Ivy n'avait jamais visité que dans sa tête. Après la mort de son père, chaque fin de journée, après l'école, avait été identique : elle avait été enveloppée dans un cocon, sans permission de sortir pour jouer, au cas où quelque chose de mal lui arriverait à elle aussi. Heureusement qu'il y avait Zeus. Ce grand berger allemand stupide avait constitué tout son univers. La raison pour laquelle elle s'était jetée dans ses livres sur les animaux, puis dans ses études de vétérinaire. Sa carrière était son bébé, à présent. Elle avait choisi une vie et un avenir sans enfant.

Elle ouvrit les yeux, jeta un regard noir à l'horizon au-dessus de l'eau.

Pourquoi ne pouvait-elle même pas méditer correctement ? Son esprit tournait toujours à l'envers quand elle n'était pas occupée. Oprah lui aurait probablement passé un savon. Comment osait-elle se sentir ne serait-ce qu'un tout petit peu coupable de faire de sa carrière son *bébé* ? Elle avait un enfant de la taille d'une clinique vétérinaire à élever et à faire grandir comme bon lui semblait. Qu'y avait-il de mal à ça ? Ce n'était pas comme si elle avait mis au monde un véritable enfant et laissé ses autres priorités le rendre invisible.

Elle se mordit l'intérieur des joues pour centrer la douleur ailleurs que dans son cœur.

La mort de son père avait durement affecté sa mère, mais être un bourreau de travail était peut-être congénital. Quoi qu'il en soit, jamais elle ne ferait ça, elle l'avait dit à Simon.

Ils avaient rompu et tout annulé sept mois plus tôt. Il ne restait que ces vacances non remboursables. D'après les rumeurs, il sortait déjà avec quelqu'un d'autre.

Donc, maintenant, elle était seule. Une fois de plus. Toute seule. C'est ça qu'elle voulait vraiment ?

La ferme, ego. Inspire, expire…

Une plainte provenant des rochers près de l'eau lui frappa les oreilles et la percuta en plein plexus solaire.

Un animal souffrait – elle aurait reconnu ce son n'importe où.

Elle abandonna sa pose décidément non méditative et se leva.

— Où es-tu ? *Qu'est-ce* que tu es ?

Pataugeant en tongs autour des rochers, elle dérangea une armée de magnifiques crabes rouges Sally Lightfoot qui détala en horde écarlate.

Désolée, les gars.

Aux Galápagos, il fallait regarder où l'on marchait. Il y

avait là plus d'espèces rares que n'importe où sur terre, et la plupart d'entre elles toléraient sereinement les humains, raison pour laquelle ces îles étaient si spéciales. Déjà, lors de ses expéditions photo autour de l'île, elle avait vu d'innombrables lions de mer et approché des groupes d'iguanes marins endormis, leur ventre rougeoyant comme les braises d'un feu. Ils ressemblaient à de petits dinosaures qui auraient oublié de s'éteindre des millions d'années plus tôt.

Il lui fallut moins d'une minute pour localiser la source du bruit.

Incroyable ! Un bébé fou à pieds bleus ! Âgé d'un mois peut-être. Un instant, elle l'observa, béate d'admiration devant son petit corps pâle, ses ailes marron clair et ses pieds palmés caractéristiques, aux couleurs du ciel. Puis elle fronça les sourcils devant l'entaille d'un rouge profond sur son ventre à plumes blanches.

— Ouh là ! Qu'est-ce qu'il t'est arrivé ?

La pauvre bête semblait s'être battue avec un de ces iguanes marins qui rongeaient la mousse sur les rochers de lave, plus haut sur la plage. Les deux espèces étaient synonymes de Galápagos. C'est pourquoi elle avait voulu venir ici, d'aussi loin qu'elle s'en souvienne, pour observer ces créatures endémiques de ses propres yeux. Mais en voir une blessée – surtout si jeune et si petite –, non alors !

— Viens ici, mon petit pote, je ne te ferai pas de mal.

En prenant soin de ne pas effrayer davantage l'oisillon, elle ôta son T-shirt et s'en servit pour le soulever délicatement. Heureusement qu'elle portait son bikini dessous. Quelques minutes plus tard, elle remontait en hâte vers l'hôtel.

Derrière la réception, la femme trapue au visage rond, dont le badge indiquait qu'elle s'appelait Nayely, jeta un coup d'œil à l'oiseau blessé et saisit le téléphone.

— Je… euh, je vais devoir appeler Jero.

L'assistant de Nayely apporta des serviettes propres et un kit médical d'urgence. Ivy étala son T-shirt et l'oisillon sur le sol immaculé du hall, attirant la curiosité du couple qui revenait de la piscine. Plantés là, avec leurs cœurs gonflables qui s'égouttaient sur les carreaux de marbre, ils la regardèrent tamponner doucement la blessure.

L'oiseau semblait avoir besoin de points de suture, et probablement d'un antiseptique spécial. S'il s'agissait d'une morsure d'iguane en colère, les toxines pouvaient être mortelles.

— Au moins, il bouge encore, ses réflexes de lutte ou de fuite sont bons, dit-elle à son public en plaçant sa main sur l'oiseau pour le maintenir immobile.

Un bébé fou blessé volant de manière erratique en dégoulinant de sang sur les présentoirs de T-shirts à son effigie, cela aurait fait mauvais effet. Elle était justement en train d'admirer comment la mignonne petite tête s'insérait entre son index et son majeur quand une bouffée d'air chaud l'enveloppa. Elle leva les yeux et vit une silhouette masculine passer la porte à tambour. L'instant suivant, un homme puissamment bâti de près d'un mètre quatre-vingt-dix marchait vers elle, portant l'odeur du soir et une sacoche de médecin.

Elle se leva pour l'accueillir, rendue muette par sa présence.

Mince. Athlétique. D'origine latino à en juger par la peau mate, les pommettes hautes et les cheveux noir charbon coupés à ras, comme s'il sortait d'une base militaire. Un T-shirt blanc moulait le mur de muscles de son buste, lequel fléchit alors qu'il s'accroupissait près d'elle pour inspecter l'oiseau.

— Où l'avez-vous trouvé ? demanda-t-il au bout d'un moment, en rivant son regard acajou à celui d'Ivy.

Mon Dieu, il était beau, sexy et, à en croire son accent, américain. De fines rides bordaient ses yeux. Quel âge avait-il ? Trente-huit ans, comme elle ? Quarante ?

— Sur… Là-bas, sur la plage…

Elle s'éclaircit la gorge, forçant ses neurones à fonctionner correctement au lieu de partir dans tous les sens.

— Vous travaillez avec les animaux ? Ici, sur cette île ?

poursuivit-elle alors que Nayely réapparaissait avec une boîte en carton.

— Je ne peux rien faire de plus ici, je dois l'emmener à la clinique, dit-il avant de marquer une pause, comme s'il se souvenait de sa question. Je suis le vétérinaire en chef de la Darwin Animal Clinic.

Puis il reporta son attention sur l'oiseau, qu'elle déposait délicatement dans la boîte qu'il tenait. Elle aperçut le bord d'un tatouage sur son biceps, sous sa manche.

— En règle générale, je soigne les animaux domestiques. Parfois, on aide le parc national des Galápagos avec les animaux sauvages blessés comme celui-ci. Merci d'avoir aidé ce petit bout. Je m'appelle Jero Morales.

— Ivy Malone.

Mal à l'aise, elle retint son souffle tandis qu'il la scrutait de haut en bas avec ses yeux brillants sous d'épais sourcils.

Aïe. Elle ne portait que son haut de maillot de bain.

Au moins, avec son short en jean, elle ne se tenait pas devant cet homme magnifique dans un simple bikini.

— Où se trouve la clinique ?

— Pas très loin d'ici. On est la seule clinique de Santa Cruz. La seule permanente dans les Galápagos.

— Il n'y a qu'une seule clinique vétérinaire permanente pour toutes les îles ? s'exclama-t-elle.

— C'est plutôt une baraque, mais il est parti de zéro, intervint Nayely.

Ivy était stupéfaite, et cela devait se voir à son expression, car Jero haussa les sourcils.

— Je veux dire, j'ai du mal à croire qu'il n'y en ait qu'une, reprit-elle. Je suis moi-même vétérinaire. En Irlande.

Il hocha la tête puis s'adressa en espagnol à Nayely.

Les deux se connaissaient manifestement. L'île était petite, après tout. Ivy se surprit à se demander où vivait cet homme et ce qu'il faisait lorsqu'il ne soignait pas les animaux malades.

Soudain, il lui adressa un geste d'adieu, et elle demanda sans réfléchir :

— Je peux passer voir ce bébé fou à la clinique, demain ? Peut-être même faire du bénévolat ? J'ai un peu de temps…

Il la regarda de nouveau de la tête aux pieds en tenant la boîte contre lui.

Elle savait instinctivement que l'oiseau serait en sécurité entre ses mains. Une partie d'elle voulait *être* cet oiseau.

La bouche de Jero esquissa un sourire discret, et elle sentit quelque chose papillonner dans son estomac quand il posa dc nouveau les yeux sur sa poitrine.

— Bien sûr, Nayely vous indiquera où je suis. Ravi dc vous avoir rencontrée, Ivy.

Elle s'autorisa le plaisir de contempler son fessier rebondi tandis qu'il s'éloignait, puis elle se secoua.

Qu'est-ce qu'il lui prenait d'avoir le béguin comme une écolière ? Ça devait être la chaleur.

2.

Jero croisa les bras sur sa chemise et afficha une expression neutre.

Ivy Malone était plantée devant son bureau, et elle sentait la crème solaire à la noix de coco. Elle était venue voir le bébé fou, et maintenant elle essayait de lui offrir ses services. Encore.

Il était fatigué, après une longue soirée à discuter avec le conseil de l'école de la prochaine sortie scolaire d'Aayla, et son cerveau avait du mal à suivre. Tant de mots s'échappaient des lèvres d'Ivy, et il y avait le ronflement de la climatisation…

— J'ai ma propre clinique vétérinaire près de Galway. Enfin, je suis la cofondatrice d'Animal Remedy Referrals. Renseignez-vous sur Internet. Mon associé et moi avons plus de quarante ans d'expérience à nous deux, dans des établissements universitaires et des cabinets privés spécialisés. Je peux vous montrer des références. En fait, une cliente vient de laisser un avis cinq étoiles, ce matin même. Des complications se sont produites lors de l'opération de son basset, il y a deux semaines, mais heureusement je…

— Ce ne sera pas nécessaire, Ivy.

Elle pinça les lèvres.

Elle avait à peine respiré jusqu'à présent. Jero aimait bien son accent, qu'il trouvait captivant. Un peu hypnotique, en réalité. Est-ce qu'elle portait toujours du vert ? Aujourd'hui, le T-shirt rentré dans son short était vert océan… ou peut-être vert trèfle d'Irlande ? Celui dans lequel elle avait enveloppé le petit fou hier était turquoise. Même son bikini était vert. Il avait beaucoup apprécié, la veille.

Elle pencha la tête et lui lança un regard interrogateur.

— Je ne doute pas de vos qualifications, mais nous n'avons pas de poste rémunéré pour le moment, précisa-t-il.

— Rémunéré ? Vous pensez que je suis ici pour chercher un travail ? Je viens de vous le dire, Jero, j'ai ma propre clinique à Galway, protesta-t-elle. Bien que j'aie récemment envisagé de vendre, si vous voulez tout savoir ; il est question d'une acquisition par un groupe d'investissement, Blue Stream Veterinary Alliance. Vous connaissez ?

Elle fit une pause, comme s'il avait pu en entendre parler, ce qui n'était pas le cas, bien sûr.

— Ils sont très impressionnés par nos...

Elle s'interrompit, percevant peut-être son amusement.

— Bref. Je suis ici en lune de miel. Enfin, en quelque sorte, ajouta-t-elle en détournant le regard.

Il fronça les sourcils.

Ça, c'était intéressant. « En quelque sorte » ?

— J'offre juste mon aide pendant que je suis ici. Vous avez d'autres bénévoles, n'est-ce pas ?

Il se pencha en avant, croisant cette fois les bras sur la table, et il la surprit à fixer le tatouage sur son biceps.

— Pourquoi voudriez-vous faire du bénévolat ici alors que vous êtes en lune de miel ? Ça va empiéter sur votre programme de cocktails et de plongée sous-marine.

Les yeux ambrés d'Ivy remontèrent du tatouage au visage de Jero. Quand leurs regards se croisèrent, il sentit son cœur palpiter comme un colibri.

Comment faisait-elle ça ? Cela s'était déjà produit la veille, dans le hall de l'hôtel, à la seconde où elle avait levé les yeux vers lui avec cet oisillon dans les mains.

Il se frotta le menton, essayant de ne laisser son regard s'attarder ni sur sa poitrine ni sur ses jambes galbées révélées par ce short. Ivy Malone était très agréable à regarder, avec son petit menton pointu, ses pommettes saillantes et ses seins comme deux pêches moelleuses sous son T-shirt vert.

Elle était mariée, se remémora-t-il. En lune de miel.

— Je suis certain que votre mari vous veut avec lui, de toute façon. Les hôtels comme celui dans lequel vous séjournez coûtent une fortune, en plus. Si j'étais vous, je serais allongé sur un transat…

Ivy passa le bout d'un doigt sur la photo de l'équipe prise six mois plus tôt, le jour du lâcher des tortues, puis elle essuya la poussière sur son short.

Il grimaça intérieurement.

La zone de réception n'était pas exactement impeccable, aujourd'hui. Ou n'importe quel jour. Il devait vraiment faire la poussière. D'ailleurs, il s'y mettrait dès qu'elle serait partie.

— Mon mari n'est pas là. Je n'ai pas de mari. Même plus de fiancé, en fait.

— Je ne comprends pas, avoua-t-il, perplexe.

L'Aqua Breeze Couples Resort était réputé pour les lunes de miel, et donc… les couples.

— C'est très clair : j'ai du temps libre, et vous avez l'air d'avoir besoin d'un peu d'aide ici.

Elle indiquait la montagne de paperasse sur le bureau et les dossiers qui dépassaient des cartons sur les étagères.

Il pria pour que les posters ne commencent pas à se décoller du mur.

Les salles de chirurgie et de stockage étaient impeccables, bien sûr. Quelqu'un les nettoyait méticuleusement tous les jours, ce pourquoi personne n'avait le temps de ranger la réception. Ils étaient tous trop occupés. C'était une chose après l'autre, à la clinique, et l'équipe de bénévoles était déjà à un million d'endroits à la fois.

Mais ce n'était pas le sujet. Cette femme avait besoin d'un dérivatif à ce qu'il s'était passé avec son ex-fiancé. Quelle était l'histoire ? Une femme en lune de miel seule dans un hôtel cinq-étoiles réservé aux couples, ça ne se voyait pas tous les jours. Une fiancée plaquée au dernier moment, peut-être ?

À moins que son futur mari ne soit mort subitement ?

Une veuve de cet âge, dans la trentaine, ce serait encore pire que ce qu'il leur était arrivé, à Aayla et lui, et que toute l'île s'accordait dans leur dos à trouver horrible.

— Pensez-y, d'accord ? insista-t-elle en sortant une carte de visite de sa poche. Vérifiez qui je suis. Vous verrez que vous pouvez me faire confiance.

— Je n'en doute pas, répliqua-t-il en étudiant la carte légèrement froissée, avec son logo d'empreinte de patte au-dessus de l'adresse mail.

Ivy Malone. Ça sonnait comme une chanson.

Il passa une main sur son crâne, qu'il avait rasé une semaine plus tôt. Il faisait déjà trop chaud.

— J'attends de vos nouvelles, alors, dit Ivy.

Elle se détourna pour partir, mais se ravisa à la dernière seconde et ramassa un livre qui menaçait de tomber de la table basse près de la porte – un des livres qu'il gardait ici pour Aayla.

— J'adorais ce livre ! s'exclama-t-elle, le visage illuminé. Oh ! C'est en espagnol, bien sûr. Mais ça doit être le même que dans mes souvenirs. Je le lisais à mon chien, Zeus. Il adorait que je lui fasse la lecture.

— Vraiment ? lâcha-t-il, surpris. Moi aussi, c'était un de mes livres préférés. Il est à ma fille, maintenant. Elle a six ans, et elle l'adore aussi, peut-être encore plus que moi.

— Ah oui, vous avez une fille. Nayely, de l'hôtel, l'a mentionnée.

Il se hérissa.

Donc, elle avait entendu l'histoire aussi. Nayely avait probablement tout raconté dès qu'il avait quitté le hall. Père célibataire venu emménager aux Galápagos il y avait huit ans, et qui avait épousé une touriste dont il pensait à tort qu'elle voulait la même chose que lui – bâtir une vie de famille heureuse –, mais qui l'avait ensuite plaqué pour un autre touriste. Un gros chef d'entreprise de Washington DC, pas moins. Ce qui l'avait laissé tout seul pour élever leur enfant « sauvage » sur l'île.

Il avait entendu de nombreuses versions exagérées de l'histoire au fil des ans. Personne ne gardait rien pour soi ici.

Ivy feuilletait le livre, hochant sa tête bouclée comme si elle revivait avec nostalgie des souvenirs d'enfance.

— Vous pouvez l'emprunter, s'entendit-il dire.

— Non. Je vous le laisse, au cas où on ne se reverrait pas. Bon, merci de m'avoir permis de voir le bébé fou, ajouta-t-elle en lui adressant un sourire forcé. Et faites-moi savoir si vous avez besoin de moi.

Jero pensa à Ivy tout l'après-midi, et le matin suivant alors qu'il se rendait au marché aux poissons avec Aayla.

Peut-être qu'il devait la laisser travailler avec lui, car il avait vraiment besoin d'elle, mais peut-être pas. Pourquoi diable accepter l'aide de quelqu'un qu'il n'avait pas personnellement invité dans son orbite continuait à faire resurgir de vieilles blessures ?

Ce problème de confiance le poussait parfois à se tirer une balle dans le pied, mais la façon dont elle lui avait dit qu'il avait clairement besoin d'aide… Ça le blessait encore.

Il aurait dû être capable de jongler avec tout cela, désormais, ça n'aurait pas dû avoir d'importance qu'il élève Aayla seul et qu'il dirige l'unique clinique vétérinaire de l'île, ainsi qu'une centaine d'autres projets. Il aurait dû être capable de rester au top de son travail *et* de fournir à sa fille tout ce dont elle avait besoin. Des millions de gens divorçaient et s'en sortaient. Tout aurait dû être sous contrôle et suivre ses propres règles : sa vie, sa maison, son travail.

Sauf que ce n'était pas le cas. Yolanda, la vétérinaire du parc national, se trouvait toujours sur le continent, à lever des fonds pour un nouveau projet. Zenon, qui vivait à l'heure de Guayaquil depuis son arrivée six mois plus tôt, avait pris un deuxième jour de congé maladie consécutif. Dudders, Britannique bien intentionné venu après une année sabbatique dans un sanctuaire de singes en Thaïlande, était une fois de plus arrivé avec une heure de retard, quoique traînant une caisse de nourriture pour chiens en souffrance qu'il avait trimballée depuis le port des ferries.

Tout était toujours en retard. Les choses, les gens. Il aurait eu besoin d'une autre paire de mains, quelqu'un sur qui il pourrait compter. Hailey, la première chirurgienne à plein temps qu'il avait réussi à garder plus d'un an, était toujours en Nouvelle-Zélande à soigner son père malade. Il aurait vraiment intérêt à publier une nouvelle offre d'emploi, mais elle le suppliait de ne pas le faire. Elle voulait revenir, elle ne savait juste pas quand.

Le programme de stérilisation qu'ils avaient lancé l'appelait partout. Aucune personne qui se présentait avec un chien non stérilisé n'était refusée, ce qui signifiait qu'il avait aussi mis en place un service mobile sur les autres îles habitées – Isabela, San Cristobal, Floreana. Transporter des animaux entre les îles était contraire aux lois des Galápagos, la contamination croisée étant un gros problème, et il fallait donc aller à eux. Les chats et les chiens étaient porteurs de maladies et de parasites qui affectaient la faune endémique. Il en résultait beaucoup de négligence vis-à-vis des animaux, des abandons et une surpopulation. Si *eux* ne maîtrisaient pas la situation, davantage d'espèces sauvages locales souffriraient. Par conséquent, tout le monde s'y mettait, *en plus* du reste du travail…

— Quelle surprise de vous voir ici !

La voix irlandaise déjà familière l'arrêta dans son élan, à cinq mètres du marché aux poissons de Puerto Ayora.

Ivy avait baissé les yeux sur Aayla qui se tenait à ses côtés.

— Oh… euh, salut à toi aussi, reprit-elle, l'air mal à l'aise.

L'enfant s'agrippa à sa main tout en aspirant les dernières gouttes d'une brique de jus d'orange et, sous son chapeau, l'observa avec intérêt.

— Salut. J'aime bien ton appareil-photo.

— Hum… Merci, dit Ivy, avant de se recentrer sur lui, redressant ses minces épaules. Donc, vous n'avez pas appelé.

Gênant.

Il enleva ses lunettes de soleil et… Bon sang, elle était saisissante dans la lumière éclatante du soleil. La brise venue du large s'immisçait dans ses boucles rousses, la couleur des flammes dans un feu de forêt.

Elle portait toujours le même short, cette fois avec un débardeur moulant en coton blanc, et son appareil-photo était accroché à son cou. Ses jambes semblaient interminables jusqu'à ses pieds chaussés de tongs. Pas de vert, sauf le bandeau dans ses cheveux et les boucles d'oreilles émeraude. Sa peau laiteuse avait un peu rougi autour des fines bretelles…

Non pas qu'il doive regarder tout cela.

— J'allais vous appeler. J'ai juste été…

— Occupé ? termina-t-elle, au moment où le beuglement d'un lion de mer derrière eux la faisait sursauter et presque atterrir dans ses bras, suscitant le rire d'Aayla.

— C'est juste Álvaro, expliqua la fillette. Il fait pas peur !

Aayla était habituée à ce genre de choses. Ailes battantes, queues se balançant comme des épées, mugissements animaux plus sonores qu'un embouteillage en centre-ville, tout cela était normal pour la plupart des gens ici, mais ce n'était pas le cas pour Ivy. Les locaux qui faisaient la queue pour leur poisson pouffaient devant sa réaction de « touriste ». Álvaro, un habitué du marché aux poissons qui pesait probablement autant qu'un petit éléphant, riait aussi de toute sa gueule rose, ou du moins en avait-il l'air.

Ivy ôta la main qu'elle avait posée sur le bras de Jero.

— Désolée, dit-elle, troublée, en captant son regard.

— Aayla, va voir Marsha là-bas, marmonna-t-il, captivé.

Ivy était irréfutablement attirante, mais cette expression dans ses yeux… C'était ça. C'était ce qui avait secoué la cage dans laquelle il oubliait parfois que son cœur était enfermé.

Il n'avait pas ressenti une telle attirance pour une femme depuis longtemps. Il avait sans doute, à un certain niveau inconscient, fermé les yeux sur ses besoins dans ce domaine depuis que Mitch, le grand patron de Washington, avait navigué jusqu'à l'île et était reparti sept mois plus tard avec sa femme à lui. Il ne pouvait toujours pas prononcer le nom de Suranne à haute voix sans que ça le brûle comme un mauvais whisky. Elle était censée appeler Aayla le dimanche précédent. Elle n'en avait pas pris la peine.

— Papa ! Viens voir !

Aayla lui faisait de grands signes depuis l'étal de Marsha, couvert de caisses de thon albacore, de mérou et de vivaneaux rouges disposés sur de la glace.

— Papa, il y en a sept !

— Sept quoi ? demanda Ivy, qui semblait disposée à s'impliquer dans ce dont parlait Aayla, quoi que ce fût.

Cette femme n'était donc attendue nulle part ?

Avec un soupir, il lui fit signe de le suivre en enjambant Álvaro, et un pélican essaya aussitôt de se poser sur son épaule. Repoussant délicatement l'oiseau, il la conduisit à l'étal de Marsha où Aayla, à genoux, soulevait la bâche de plastique et regardait dans une boîte sur le sol en béton.

— Je les ai trouvés ce matin, expliqua Marsha en remettant à un client des rascasses rose vif emballées dans du papier. J'ai pensé que tu étais l'homme à appeler. Je n'ai pas eu le temps de te les déposer avant d'arriver ici.

— Tu as bien fait.

Marsha était comme une mère pour lui et pour la plupart des gens sur l'île. Son étal au marché aux poissons était tenu par des femmes depuis quatre générations, et ce lion de mer était devenu un peu son fils de substitution.

— Ils n'ont probablement que trois, peut-être quatre semaines, dit Ivy tandis qu'ils s'accroupissaient près d'Aayla.

Chaque chiot était d'une couleur légèrement différente, leurs oreilles encore roses et souples. Ils se tortillaient et grimpaient les uns sur les autres.

— Aucune trace de la mère ? demanda-t-il à Marsha.

Puis il se rendit compte qu'Ivy avait posé exactement la même question en même temps. À l'unisson.

— Tu es drôle, déclara Aayla en gloussant. J'aime bien ton appareil-photo.

Ivy réprima un sourire.

— Tu l'as déjà dit.

Aayla la regarda d'un air implorant.

— Je peux prendre des photos d'eux ?

— Pas maintenant.

Ivy s'écarta quand il souleva le carton de chiots. Marsha balaya de la main une tête de poisson de son étal, et Álvaro s'approcha en se dandinant pour la rattraper. Une bagarre éclata alors entre lui et le pélican, un duel d'ailes, de cris et de grognements, mais Ivy ne regardait même pas. Ses yeux ambrés restaient fixés sur les chiots tandis que Jero les plaçait sur une table vide à proximité. Elle l'aida à les examiner un par un sous le regard intéressé des touristes. Aucun signe visible de blessure. Mais Marsha n'avait pas vu la mère.

— On va les emmener à la clinique, lui dit-il. Il faut les vermifuger au plus vite. Ensuite, je suppose qu'on les ajoutera au registre d'adoption.

Ivy leva un sourcil.

— « On ». Ça signifie que vous me voulez dans votre équipe ?

À son tour maintenant de réprimer un sourire.

Les qualifications d'Ivy étaient indéniablement impressionnantes. Lui-même maîtrisait la médecine interne et les urgences, mais Ivy était une chirurgienne orthopédique diplômée avec d'innombrables autres références dans le domaine du soin animal. D'après ce qu'il avait vu en ligne, à part le titre de docteur en médecine vétérinaire, elle avait à son actif plus de témoignages, d'éloges et d'articles primés que quiconque à sa connaissance. Il semblait qu'elle n'ait rien fait d'autre que travailler depuis l'obtention de son diplôme. Elle était surqualifiée mais paraissait enthousiaste… ou elle voulait se distraire pendant sa lune de miel en solo.

Qu'est-ce qu'il avait bien pu se passer ?

Pourquoi s'en souciait-il ? Il avait besoin d'aide à la clinique, et il en aurait, de la plus haute qualité.

— Je peux prendre des photos maintenant ? demanda Aayla alors qu'ils retournaient à la voiture.

Elle voulut attraper l'appareil-photo, et Jero lui dit de surveiller ses manières.

La petite fille fit la moue. Ivy hésita, mais finalement elle décrocha l'appareil de son cou et le lui donna.

— Tu dois regarder par ici, expliqua-t-elle, s'arrêtant sur le chemin poussiéreux bordé de palmiers qui menait à la route pour se pencher sur cette curieuse gamine de six ans et lui montrer le viseur.

Quelque chose en lui changea lorsque les éclatantes boucles rouges d'Ivy se mêlèrent à celles, noires volcan, de sa fille.

Si seulement il avait pu prendre une photo de là où il était ! Mais ses bras étaient encombrés de chiots.

Aayla n'avait jamais tenu un vrai appareil-photo avant.

— Ne le laisse pas tomber, lui recommanda Ivy.

— Pff, fit la petite. Pourquoi je le ferais tomber ?

Toutes deux plaisantèrent sur le trajet vers la clinique, assises à l'arrière avec les chiots. Il écoutait, se retenant de rire de temps en temps. Ivy l'interrogea sur son travail de vétérinaire, sur le programme de stérilisation, tandis qu'Aayla l'interrogeait, elle, sur l'utilisation de l'appareil-photo. D'après les réponses courtes d'Ivy, pas froides mais un peu maladroites, il eut l'impression qu'elle n'avait pas passé beaucoup de temps avec des enfants. Par moments, elle parlait de façon forcée, mécanique, mais Aayla ne l'en trouvait visiblement que plus amusante.

— Vous vous en sortez bien avec elle, lui dit-il plus tard, une fois les chiots enfermés dans leur cage, dans la pièce à l'arrière, tous vermifugés et vaccinés.

Ils seraient proposés à l'adoption dès que Dudders reviendrait et les inscrirait dans le registre. C'était son rôle. L'un d'entre eux, en tout cas. Dudders avait de nombreux rôles, comme tous à la clinique.

— Vous m'avez entendu ? J'ai dit qu'Aayla a l'air de bien vous aimer, répéta-t-il comme elle ne répondait pas.

Il était étonné de la facilité avec laquelle il avait fait ce compliment à une étrangère, alors que d'ordinaire il aurait mis des siècles à penser cela d'une nouvelle personne. Mais vu l'appréhension d'Ivy à l'égard de la petite fille, il sentait qu'elle avait besoin d'entendre ce genre de chose. De toute façon, elle allait devoir s'habituer à Aayla si elle passait du temps à la clinique. C'était la deuxième maison de la petite, quand elle n'était pas à l'école ou avec Nina, sa nounou.

— Je ne suis réellement pas douée avec les enfants, murmura-t-elle alors, accroupie au-dessus de leur bébé fou qu'Aayla avait déjà nommée Pluma, « plume ».

Il jeta un coup d'œil derrière la porte, où sa fille coloriait un livre d'images de chats sur la petite table.

— Elle n'avait jamais tenu un vrai appareil-photo avant que vous lui montriez le vôtre.

Les doigts d'Ivy se crispèrent sur la cage de l'oisillon. Son visage se perdit sous sa masse de cheveux roux.

— Je connais les appareils photo, c'est tout. Les appareils photo et les animaux.

Son ton était à nouveau triste, et il ne sut pas quoi dire.

Pluma pépiait dans sa petite cage, sous le poster de la citation de Darwin : *L'amour de toutes les créatures vivantes est l'attribut le plus noble de l'homme*. Hailey avait gribouillé le mot *homme* et l'avait remplacé par *femme*. Jero s'apprêtait à faire un commentaire à ce sujet afin de rompre le silence gênant quand Aayla revint et demanda si elle pouvait aider Ivy à nourrir Pluma avec des vers, et prendre d'autres photos.

Il déplaça une pile de paperasse non traitée pour trouver les vers et tenta d'ignorer le regard qu'Ivy lui lança.

Oui, d'accord, l'endroit aurait pu être un peu plus organisé, il comptait s'en occuper…

Mais les appels arrivaient déjà. Une tortue avec une carapace fissurée et une plaie superficielle sur Floreana, qu'il devrait aller voir sur place en raison de l'absence de Yolanda. Une chienne enceinte venait également d'être trouvée dans un conteneur à ordures.

Il répondit à un appel de Zenon, qui s'était finalement réveillé de sa sieste, tout en observant Ivy qui s'occupait de Pluma avec Aayla.

Elle n'avait aucune obligation de lui dire quoi que ce soit d'autre sur elle, songea-t-il, agacé de ne pouvoir s'empêcher de se poser des questions. Elle était ici pour travailler, rien de plus. Ce n'était pas parce qu'elle en savait sans doute beaucoup sur lui grâce aux commérages qu'il pouvait lui demander ce qu'il s'était passé avec son ex, ou pourquoi elle passait sa lune de miel seule. Ou encore pourquoi elle supposait qu'elle n'était pas douée avec les enfants.

Elle se montrait réservée avec sa fille, bien sûr, mais déjà moins maladroite maintenant que lors de leur rencontre, quelques heures plus tôt.

— Regarde, Ivy, Pluma vient de lever la tête !

— Tu as raison. Elle reprend déjà des forces.

Malgré son insistance à se prétendre nulle avec les enfants, si ça continuait comme ça, toutes deux pourraient en fait nouer une sorte d'amitié, se dit-il distraitement. Aayla était plutôt attachante… Mais peut-être n'était-il pas objectif.

Ivy serait tout le temps par monts et par vaux, avec lui plus qu'avec Aayla – si elle voulait travailler, il lui donnerait du travail. En outre, les touristes ne restaient jamais très longtemps dans les parages. Surtout les célibataires hautement qualifiées et d'une beauté frappante…

Tant mieux, pensa-t-il en se reprenant. Il devait prendre garde à ne pas créer de lien avec elle, pour le bien d'Aayla. Il était absolument hors de question qu'il laisse le cœur de sa fille se briser à cause d'une autre personne qui lui remplirait la tête de possibilités pour ensuite disparaître de son monde.

3.

Ivy se passa la main dans les cheveux.

La brise salée de l'océan allait les rendre plus hirsutes que jamais après ce trajet en bateau. Elle ne s'en serait pas souciée si elle n'avait pas été avec Jero, mais ces derniers jours, elle l'avait surpris à la regarder comme si elle était une sorte d'extraterrestre amusante, et ça la mettait mal à l'aise.

Le soleil de la mi-journée brûlait déjà ses bras nus, malgré la crème solaire. Cet endroit était aussi un choc pour sa peau d'Irlandaise.

Le bateau fonçait vers Floreana, où un propriétaire de café avait appelé, inquiet d'une blessure douteuse sur la patte arrière de son chien. Jero parlait du changement climatique, du fait que les Nations unies estimaient à 30 % les espèces végétales et animales dans le monde en danger d'extinction.

Par-dessus le bruit du moteur, elle acquiesça.

— Des îles comme celles-ci sont particulièrement vulnérables.

Jero hocha sa tête rasée.

— Pourquoi crois-tu que je reste ? répliqua-t-il. Il y a encore plus de travail que tu ne le penses.

Elle l'observa en douce.

L'océan se reflétait sur ses lunettes de soleil, cachant ses yeux magnifiques.

D'accord, elle avait un peu menti à Mike ce matin en disant qu'elle ne trouvait pas son nouveau mentor sexy…

— Alors, tu es ici depuis combien de temps ? demanda-t-elle

en regardant la jetée se rapprocher. Je suppose que tu n'es pas né dans les îles Galápagos comme Aayla ?

— Non. J'ai grandi à Gavelston. On vivait à un kilomètre de la plage. En fait, je n'ai jamais vécu aussi loin depuis.

Ah oui, au Texas, songea-t-elle, se rappelant ce que lui avait dit la réceptionniste de l'hôtel.

Comment ne pas remarquer comme la peau bistre de son biceps brillait sous son tatouage ?

Simon avait un physique sympa, mais il était loin d'être aussi musclé et tonique. Est-ce que la magie aurait duré plus longtemps s'il avait été plus attirant au lieu d'être gentil, attentif et sûr ? Y avait-il vraiment eu de la magie entre eux, pour commencer ?

Parfois, elle devait réellement réfléchir pour s'en souvenir. Peut-être qu'elle avait tellement voulu de cette magie qu'elle s'était tout simplement convaincue qu'il y en avait. En vérité, son cœur n'avait pas vraiment eu à guérir de Simon, parce qu'il n'avait pas été si brisé que ça par leur rupture. Elle ne l'avait avoué à personne – c'était déjà difficile de se l'avouer à elle-même. Ses amis semblaient tous s'attendre à ce qu'elle ne soit plus qu'une loque après cela, alors comment admettre qu'elle avait passé plus de quatre années avec quelqu'un qui, sans que ce soit sa faute, ne lui avait pas fait ressentir ce qu'elle voulait *vraiment* ressentir pour un mari ? Qu'elle avait attendu que les étincelles s'allument subitement ?

Elle avait toujours su que ça n'arriverait pas. Mais la sécurité comptait plus que l'attirance physique. Du moins, c'est ce qu'elle s'était dit après la série d'hommes-enfants qu'elle avait rencontrés en ligne, évaporés après un seul rendez-vous. Peut-être qu'elle avait renoncé, après ça. Elle n'aimait pas trop y penser, mais peut-être s'était-elle « casée » avec Simon par peur de ne jamais rencontrer quelqu'un avec qui elle s'entende vraiment. L'histoire des enfants avait été une excuse commode pour arrêter, en fait.

Chassant Simon de sa tête, elle reporta son attention sur

Jero, toujours intriguée par son tatouage. Elle l'étudia à nouveau pendant qu'il discutait en espagnol avec le conducteur du bateau.

C'était sexy de l'entendre parler espagnol. Elle-même le parlait un peu, mais ces deux-là parlaient si vite qu'elle avait du mal à suivre. Ça la dérangeait de se sentir exclue, conséquence de sa jeunesse passée seule avec sa nounou.

En fait, cela la dérangeait davantage parce que Jero Morales lui plaisait déjà plus qu'elle ne le voulait, plus qu'il ne le fallait, compte tenu du fait qu'elle ne resterait pas très longtemps ici. Il valait mieux s'en tenir au plan professionnel, genre « regarde mais ne touche pas ». Ce ne serait pas trop difficile, car Jero était un peu intimidant.

Elle savait quel métier il exerçait, évidemment. Et que Hailey, sa chirurgienne à plein temps, était partie en Nouvelle-Zélande, le laissant avec une équipe de bénévoles pas toujours très fiables. Elle les avait vus faire à la clinique des choses qu'elle n'aurait jamais tolérées s'ils avaient travaillé pour elle. Mais l'équipe faisait un bien incommensurable dans les îles. Depuis un an, ils avaient stérilisé près de deux mille animaux. Ils avaient travaillé dur pour éradiquer la menace du parvovirus et empêcher la maladie de Carré d'atteindre la population d'otaries des Galápagos. Jero lui avait expliqué qu'il organisait depuis peu des événements de sensibilisation et présentait des exposés dans les écoles. La plupart des gens pensaient que les milliers de chiens présents sur les quatre îles habitées étaient inoffensifs. En réalité, c'étaient des animaux très invasifs, qui s'attaquaient aux pinsons, aux iguanes marins et terrestres, aux oiseaux et aux jeunes tortues géantes, les préférées d'Aayla. Le désir de Jero d'éduquer les gens, de former encore plus de membres de la communauté des Galápagos et de leur donner les outils nécessaires pour assurer un avenir durable était carrément enthousiasmant. Pour lui, tout cela semblait aussi important que d'élever Aayla.

Enfin, presque. À l'évidence, Jero aimait cette petite fille plus que tout. De fait, Aayla était plutôt mignonne avec ses grands yeux bruns, brillants et joyeux, et ses cheveux noir corbeau dotés d'un éclat à rendre jalouse. Elle avait des boucles folles et des joues roses qu'on avait envie d'embrasser. Les regarder ensemble, c'était fascinant. Ivy aurait aimé s'y prendre aussi bien avec elle que Jero semblait le penser. De toute évidence, il disait ça pour être gentil.

Elle ravala le goût amer qui lui venait toujours quand quelque chose lui rappelait à quel point elle était nulle avec les enfants, même si Simon soutenait que c'était dans sa tête.

Peut-être qu'il avait à moitié raison. Ou peut-être qu'elle ne voulait tout simplement pas s'aventurer là-dedans avec lui.

En fait, elle se disait inadaptée et jugeait les enfants, bruyants, chronophages ou onéreux. C'était une excuse pour ne pas en avoir elle-même, parce qu'elle avait peur d'être une mauvaise mère, comme l'avait été la sienne.

Bref, cela n'avait aucune importance. Elle n'était là que pour deux semaines. Elle pouvait aussi bien utiliser son savoir-faire pour être utile. Et apprendre quelque chose aussi.

« Détends-toi ! » lui avait presque crié Mike ce matin-là, après l'avoir énervée sans le savoir en mentionnant à nouveau l'acquisition.

La Blue Stream Veterinary Alliance mettait la pression, augmentant son offre, pas seulement pour la clinique de Galway, mais pour la réputation qu'ils avaient mis des années à bâtir. D'accord, ça signifiait la liberté pour elle et Mike, la possibilité de mettre en œuvre quelque chose de plus vaste ailleurs ou de profiter d'une petite fortune, mais la clinique était *son bébé* !

Elle essayait de ne pas y penser même si, pour être honnête, c'était l'une des raisons pour lesquelles elle était partie. Pour réfléchir. L'argent n'était pas tout. « Une expérience comme celle-ci est bénéfique pour ma santé mentale, avait-elle dit à Mike. C'est inestimable. » Il lui avait demandé si ça avait quelque chose à voir avec Jero – apparemment, il l'avait cherché sur le Net et avait jugé qu'il était *son genre*, comme si elle avait un genre. Pas du tout, avait-elle répondu.

Un énorme mensonge.

Jero était très agréable à regarder. Même si l'état de la Darwin Animal Clinic lui donnait des palpitations, sa simple présence rendait la chose moins grave. Cet endroit était mal organisé. Les bénévoles étaient supposés travailler cinq jours par semaine et aider pour les gardes le week-end, par roulement. Ils travaillaient de 7 h 30 à 11 h 30, fermaient pour une longue sieste, que tout le monde faisait sauf Jero et elle, puis rouvraient en fin d'après-midi, une fois que la température avait baissé. Parfois, ils travaillaient jusqu'à 19 h 30. En général, les opérations chirurgicales, y compris la castration et la stérilisation, avaient lieu le matin, et la plupart des consultations sans rendez-vous ou hors de l'île se tenaient l'après-midi. Pour autant qu'elle sache, personne n'était formellement responsable du classement de la paperasse dans ces ridicules dossiers démodés. Chacun accomplissait sa part, ou du moins était censé le faire.

Elle brûlait d'envie de tout réorganiser.

Mais non, elle n'avait pas à s'impliquer là-dedans. Elle pouvait être autoritaire et le savait. Les choses étaient différentes ici, car ils travaillaient aussi avec un équipement peu adéquat. Comment on pouvait exercer durablement de cette façon, c'était un mystère pour elle.

— Alors, qu'est-ce qui t'a amené ici ? demanda-t-elle.

— Je suis revenu à Quito pour étudier.

— Revenu ?

— Je suis né en Équateur. C'est le travail de mon père qui nous a conduits au Texas, mais je ne me suis jamais senti à ma place là-bas. J'ai ouvert la clinique à Santa Cruz quelques années avant l'arrivée d'Aayla. C'était juste une cabane à l'époque. On a grandi à partir de là, fait construire notre propre local en ville. On sait quand on est chez soi, non ? Je pense que le cœur le sait, en tout cas.

Elle hocha pensivement la tête.

Son cœur n'avait jamais rien connu d'autre que l'Irlande. Mon Dieu, peut-être qu'il la trouvait ennuyeuse !

— Mon ex-femme est américaine. Je l'ai rencontrée ici. Elle était en vacances. Je n'aurais jamais pensé épouser une touriste, mais…

— Le cœur sait, n'est-ce pas ?

Jero lâcha un rire qui la fit se gifler intérieurement. Pourquoi avait-elle dit ça ? Pourquoi la rendait-il nerveuse ?

— Je n'ai jamais pensé non plus que je divorcerais d'une touriste. Mais on a eu Aayla. C'est donc que j'ai fait quelque chose de bien.

Il attrapa le sac de fournitures qu'ils avaient emporté, et elle le suivit à l'avant du bateau, où le conducteur, Nico, leur lava les pieds, les mains et les jambes au jet d'eau pendant qu'un gros lion de mer les regardait d'un air endormi depuis l'un des bancs de la jetée. Ce protocole de nettoyage servait à éliminer toute bactérie et empêcher la contamination entre les îles.

Ils suivirent en silence la route sablonneuse vers le café, et elle ne put se retenir d'observer le fessier musclé de Jero.

Était-il toujours célibataire ?

Elle ne pouvait s'empêcher d'espérer qu'il le soit, même si cela n'avait en réalité pas la moindre importance. Sortir avec un homme qui était père signifiait accepter son enfant et, pour de multiples raisons, elle n'était en aucun cas ce dont ils avaient besoin.

Jero était un homme peu bavard lorsqu'il s'agissait de sa vie privée, mais elle connaissait un peu son histoire. Le jour de leur rencontre, quand il avait quitté l'hôtel, elle avait demandé à Nayely s'il vivait depuis longtemps sur l'île – par curiosité, parce qu'il était aussi vétérinaire, et non parce que les visions de son corps musclé et de ses yeux perçants l'avaient frappée au premier regard comme un rayon gamma. Mais Nayely lui avait tout raconté. Sa version en tout cas :

il avait épousé une belle touriste. Un coup de foudre. Aayla n'était pas prévue au programme, mais il avait aimé sa mère à la folie. Aayla aussi, quand elle était arrivée. Puis, quelques années plus tard, sa femme l'avait trompé avec un autre Américain de passage sur l'île. Elle vivait avec ce type à Washington DC, à présent. Ils avaient un autre enfant, et elle n'appelait presque jamais Aayla. Jero élevait leur fille seul avec l'aide d'une nounou.

Quand Aayla n'était pas à l'école, elle venait à la clinique et, depuis l'arrivée d'Ivy, restait collée à ses basques, demandant si elle pouvait utiliser son appareil-photo. Agaçante.

Non, c'était injuste. Aayla était simplement une enfant. Ivy se sentait plus agacée par sa propre incapacité à savoir comment se comporter avec elle. Évidemment, ça devait se voir. Au moins, elles avaient la petite Pluma et les chiots dont s'occuper ensemble. Aayla adorait le bébé fou et elle en avait pris de très bonnes photos. Quelques-unes étaient floues, certes, mais la fillette savait écouter et comprenait vite. Peut-être Ivy pourrait-elle la laisser utiliser l'appareil-photo plus souvent… Sous une supervision stricte, bien sûr.

— Qu'est-ce qui te fait sourire ?

Jero venait d'ouvrir la porte de la cabane délabrée qui faisait office de café et elle sentit des papillons dans son ventre en voyant l'expression de son visage.

— Comment ça ?

— Tu souriais d'une oreille à l'autre.

— Ah bon ?

Heureusement, le chien blessé n'avait besoin que d'une pommade antibiotique. Ils étaient agenouillés sur le sol de la petite pièce étouffante, auprès de l'animal, et Ivy couvrait sa plaie d'une compresse de gaze stérile. Puis elle recommanda à l'homme en gilet qui les observait de ne pas laisser l'animal lécher la zone affectée.

— Il faudrait une collerette, franchement, dit-elle à Jero.

— On n'en utilise pas, ça génère trop de déchets plastiques, répondit-il en essuyant son front moite.

Elle demanda comment le chien s'était blessé. L'homme, qui sirotait une canette de bière, les pieds sur une pile de cartons, dit qu'il ne savait pas, ce qui l'inquiéta encore plus.

— Les gens ne traitent pas toujours leurs animaux comme en Occident, lui expliqua Jero sur le chemin du retour.

C'était la fin de l'après-midi, et elle était fatiguée par la longue journée passée à gérer des appels comme celui-ci.

— Je commence à le comprendre.

— Ils les laissent errer ou les enchaînent comme chiens de garde. Au moins, on l'a convaincu de l'amener à la clinique mobile la semaine prochaine, quand nous reviendrons stériliser.

« Nous ». De nouveau. C'était bien qu'il commence à la considérer comme un membre réel de l'équipe, et le mot lui fit chaud au cœur pendant une seconde… Mais elle avait son vol de retour dans deux semaines.

— Attends. Regarde.

Jero tendit le bras, et elle s'arrêta dans son élan, le souffle coupé par cette ébauche de contact. Elle suivit son regard vers la mer, au-delà des buissons et de la petite plage encadrée de rochers de lave sombre et d'arbres de palo santo.

— Qu'est-ce que c'est ? s'enquit-elle, intriguée à la vue de l'eau.

On aurait dit qu'un ensemble de vagues particulières surgissaient en un courant qui leur était propre.

Jero traversa la route en courant, laissa tomber le sac sur le sable et en sortit rapidement des masques et des tubas. Une otarie et son petit les observaient depuis le rivage, et ils se dandinèrent vers l'eau lorsqu'elle le rejoignit.

— Si c'est ce que je pense, c'est rare de voir ça depuis la plage. Tu ne peux pas manquer ça ! s'écria-t-il avec un enthousiasme si contagieux qu'elle éclata de rire.

Il passa vivement sa chemise par-dessus sa tête.

Et elle manqua tituber. Son torse athlétique lui fit oublier l'étrange agitation dans l'eau. Waouh. Est-ce qu'il allait aussi retirer son short ?

Non. Il l'invita à se déshabiller au plus vite.

Une fois en bikini, elle n'eut pas le temps de se sentir gênée qu'il avait déjà fixé le masque sur sa tête et ajusté les sangles, prenant garde à ne pas tirer ses cheveux.

— Comment tu te sens ?

Ses yeux chocolatés fouillèrent les siens, et le cerveau d'Ivy se vida. Le corps de Jero était aussi magnifique qu'elle s'y attendait, et elle avait le ventre en feu.

— Très bien, réussit-elle à articuler.

Il sourit puis secoua la tête, comme s'il se retenait tout à coup de lui dire quelque chose. Puis il lui fit signe d'entrer dans l'eau. Quelques secondes plus tard, ses bras puissants fendaient les hauts-fonds turquoise, et elle le suivit de près. Une tortue de mer verte leur fit signe du fond de la mer, mais il continua d'avancer. Elle n'avait aucune idée de leur objectif… jusqu'à ce qu'elle la voie.

Devant cette raie manta géante, tout l'air présent dans ses poumons disparut et elle s'arrêta juste avant de percuter Jero.

Il sourit autour de son tuba alors qu'elle écarquillait les yeux.

La créature, aussi énorme qu'une antenne parabolique argentée, glissait gracieusement dans le bleu, apparemment sans craindre leur proximité, fascinante à regarder. Lorsqu'elle arriva à quelques mètres de leurs masques, elle exécuta une sorte de rotation en spirale vers la surface, les faisant remonter avec elle.

— Elles sautent comme ça hors de l'eau pour expulser les parasites de leur ventre, expliqua Jero après avoir abaissé son tuba.

Elle hoqueta.

Il fronça les sourcils et lui prit la main, l'attirant plus près.

— Ça va ?

Elle essayait de ne pas le montrer car le spectacle était

incroyable, mais ils avaient nagé un peu trop loin pour qu'elle se sente vraiment à l'aise. Elle lâcha un petit rire nerveux.

— Très bien. C'était… magnifique.

— Tu es bonne nageuse, n'est-ce pas ? Je ne t'ai même pas demandé.

Il se rapprocha, si près que son short gonflé d'eau chatouilla les hanches d'Ivy, lui envoyant un courant d'un autre genre dans le ventre. Elle étudia les gouttelettes sur ses épais cils sombres tandis qu'il entourait ses épaules d'un bras ferme et rassurant.

Qu'est-ce qu'il se passait ? L'océan entier semblait se refermer autour d'eux. Elle avait envie de l'attirer à elle, de sentir ces muscles pressés contre elle. La façon dont il la regardait…

Mettre de la distance devenait impératif, sous peine de perdre la tête.

— Je t'ai suivi jusqu'ici, non ? riposta-t-elle, embarrassée, en s'éloignant pour nager sur le dos.

Il ne l'aurait peut-être pas repoussée, mais… Non, pas question. Ce type ne cherchait pas une aventure stupide avec une bénévole, et elle n'était pas là pour ça non plus. Surtout avec un père célibataire. Sa libido prenait le dessus. Elle était restée célibataire pendant la majeure partie de l'année et, depuis son arrivée aux Galápagos, elle se sentait toujours comme une intruse parmi les couples mièvres à l'hôtel. Tout ça, c'était dans sa tête. Jero n'avait probablement pas éprouvé la moitié de ce qu'elle venait de ressentir, il s'inquiétait juste qu'elle puisse se noyer.

Il plongeait déjà à nouveau vers la raie manta.

Elle le suivit à contrecœur, l'esprit en ébullition, mais dès qu'elle fut sous l'eau, un sentiment de calme l'enveloppa et resta, même lorsqu'elle dut remonter pour respirer. La vue de Jero tournant autour de la raie manta qui dérivait silencieusement autour du corail comme un vaisseau spatial argenté était aussi envoûtante que la créature elle-même.

Soudain, une autre raie apparut. Puis une autre, jusqu'à ce qu'il y en ait cinq. Les imposantes créatures étaient hypnotisantes, dansant comme une équipe de natation synchronisée.

Waouh. Elle méditerait comme *ça*, à partir de maintenant.

De retour sur la plage, elle eut son premier aperçu complet du tatouage de Jero. Ce n'était pas un dragon comme elle l'avait pensé, mais une raie manta géante nageant de côté, comme celle qu'ils venaient de voir.

Super sexy sur son bras bronzé.

Il la surprit à l'admirer alors qu'il rangeait les tubas dans le sac.

Dissimulant la gêne suscitée par son T-shirt blanc mouillé par-dessus son bikini, elle pointa le menton.

— Quand est-ce que tu t'es fait faire ça ?

Il renfila sa chemise, suspendit le sac sur son autre épaule. Puis il remonta sa manche, lui révélant le tatouage, telle une œuvre d'art qu'il aurait passé des heures à sculpter.

— C'était après ma première visite ici, quand je suis venu voir si je pouvais vraiment y vivre.

— Joli, dit-elle d'une voix un brin enrouée, se demandant s'il était conscient de l'effet qu'il lui faisait en se mettant à moitié nu et en lui montrant les merveilles des profondeurs.

Elle ne put s'empêcher de sourire alors qu'ils retournaient sur la route. Maintenant, elle n'avait qu'une envie, recommencer.

— J'aimerais refaire de la plongée en apnée, dit-elle alors qu'ils rentraient à Santa Cruz, assis l'un à côté de l'autre dans le bateau.

Jero rit derrière ses lunettes de soleil.

— Tu es au bon endroit. Je crois que ton hôtel organise des excursions de snorkeling, non ?

— Ouais. Moi et un groupe de couples. Grisant.

Jero se frotta la mâchoire, et elle se sentit rougir.

Elle n'avait pas voulu laisser entendre qu'elle était aigrie ou qu'il s'inquiète pour elle pour une raison quelconque.

— Je veux dire, je préfère passer mon temps avec toi à faire du bénévolat. J'apprends beaucoup. Et c'est quelque chose que je ne dis pas souvent à des inconnus.

— Je suis un inconnu, pas vrai ?

Il eut un sourire en coin, et elle s'accrocha au bastingage, se sentant glisser vers lui avec le mouvement du bateau, et l'indéniable alchimie qu'elle sentait s'intensifier à chaque seconde. À moins qu'elle ne soit en train de l'imaginer ?

Elle n'arrivait toujours pas à décider, mais franchement, pourquoi quelqu'un comme Jero s'intéresserait-il à autre chose qu'à ses compétences ?

— C'est drôle que tu penses ça, reprit-il. Tu en sais plus sur moi que je n'en sais sur toi.

Il n'avait pas tort. Elle ne s'était pas vraiment confiée au sujet de Simon, de la rupture ou des raisons qui l'avaient motivée. Jero était un père qui élevait seul sa fille. De plus, il ne lui avait pas demandé grand-chose sur elle-même.

— Toute seule à l'Aqua Breeze, continua-t-il, faisant s'emberlificoter son cœur dans ses côtes.

Il attrapa deux bouteilles d'eau, lui en passa une et demanda en la regardant prudemment :

— Qu'est-ce que tu fais ce soir ?

Elle leva la tête pour croiser son regard.

Elle avait prévu d'étudier un programme de traitement et de nutrition pour le cocker senior de Mme O'Brian à Galway, auquel elle tenait à contribuer de loin, au grand dam de Mike.

— J'avais le projet de…

— Annule. On fait un nettoyage de plage chaque semaine. Je m'occupe du barbecue qui suit pour les bénévoles. C'est un moment amusant, tu devrais te joindre à nous.

Elle fixa ses pieds, sentant les yeux de Jero parcourir son profil. Des papillons voletaient autour de son nombril.

— Je vais y réfléchir. Merci.

Elle résistait à l'envie de dire oui. C'était probablement une mauvaise idée. Elle devait abattre ces papillons un par un, et rester à l'écart de tout événement non lié au travail. Imaginer Jero nu alors qu'ils étaient censés sauver des vies ensemble n'était pas productif.

Si seulement elle pouvait oublier ce béguin malheureux !

4.

Jero jeta un burger végétarien sur le gril.

Il sentait les yeux de Nayely et de Martha sur lui. Elles parlaient de lui, il le savait.

Le soleil baissait, et le nettoyage de la plage était bien avancé. Des dizaines de locaux et quelques touristes avaient déjà rempli un tas de sacs-poubelle avec des débris de plastique rejetés par la mer. Ses yeux fixèrent Ivy, très investie comme il avait deviné qu'elle le serait si elle venait… Ce qu'elle avait fait avec une heure de retard.

Une heure qu'il avait passée à douter qu'elle les rejoindrait.

Ils avaient partagé quelque chose d'intime avec ces raies mantas. C'était au-delà de tout contact physique ou même de mots. Quelque chose avait changé à ce moment-là, quand ils étaient ensemble dans l'eau. Il aurait juré qu'elle l'avait senti aussi, à la façon dont elle évitait son regard mais ne pouvait détacher les yeux de son corps. Sur le bateau, après ça, l'air était chargé. Cet émoi secret avait poussé Jero à l'inviter, pour quelque chose qui n'était pas lié au travail.

Il le regrettait déjà. Plus ses yeux parcouraient la silhouette de la jeune femme, qui longeait le rivage dans une longue robe vert d'eau, plus il était troublé. Elle était belle même lorsqu'elle s'occupait de ramasser les ordures.

Il servit trois affamés, irrité de ne pouvoir s'empêcher de la regarder, baignée des derniers rayons du soleil. Elle partirait dans quelques semaines et, même à supposer qu'il fraye avec les touristes – ce qui n'était *pas* le cas –, Ivy *travaillait* avec lui. À proximité d'Aayla. La dernière chose dont il avait besoin était que les choses se compliquent.

Elle marchait à présent droit vers lui.

Bon sang, le soleil couchant derrière elle rendait cette robe longue presque transparente. Elle était canon, avec et sans le bikini qu'elle avait porté aujourd'hui.

— Hey, Ivy ! lança-t-il.

Elle fit glisser ses yeux ambrés sur son tablier et ses pinces.

— Hey, toi-même, chef !

Il s'apprêtait à lui servir sa spécialité – crevettes grillées et brochettes d'ananas – quand Aayla surgit, couverte de sable.

— Ivy ! Tu as apporté ton appareil-photo ?

— Pas ce soir, désolée.

— L'appareil-photo d'Ivy n'est pas ton jouet, rappela Jero comme Aayla faisait la moue. Tiens, nettoie tes mains.

Aayla soupira et essuya brièvement ses mains sales avec la serviette qu'il lui tendait.

— Ivy, j'ai pensé à un nouveau jeu qu'on pourrait faire avec les chiots demain, dit-elle, les yeux brillants.

— Pourquoi tu ne vas pas jouer avec Sasha ? intervint Jero.

La petite jeta à Ivy son habituel regard implorant.

— On pourrait leur apprendre à faire des roulés-boulés !

— Aayla…

— Je crois qu'ils sont trop petits pour des roulés-boulés, répondit Ivy. Peut-être que, quand ils seront adoptés, leurs nouveaux parents leur apprendront ?

La fillette fronça pensivement les sourcils. Jero s'apprêtait à lui répéter d'aller jouer avec sa copine, mais Ivy avait une autre idée.

— On pourrait leur apprendre à s'asseoir, si tu veux.

Le visage d'Aayla s'illumina.

— Et on les photographiera pendant qu'ils apprennent ?

— Peut-être. Laisse-moi y réfléchir.

Visiblement satisfaite, Aalya repartit en bonds joyeux.

Jero poussa un soupir de soulagement.

Pour une raison quelconque, Aayla semblait attirée par Ivy, et pour d'autres raisons que l'appareil-photo. Elle avait pris l'habitude de la suivre comme son ombre à la clinique, après l'école. Certes, elles nourrissaient les chiots et s'occupaient de Pluma ensemble, mais quand même. Aayla s'attachait facilement étant donné l'absence de figure maternelle dans sa vie, et tout cela… Eh bien, c'était ce qu'il craignait depuis le début : que sa fille soit anéantie quand une autre personne qu'elle admirait repartirait pour ne jamais revenir.

— Tu sais, j'ai réfléchi, dit Ivy en passant une main dans ses boucles folles, faisant se refléter les rayons orange sur le bracelet en argent qui encerclait son poignet fin. C'est impressionnant, la façon dont tu m'as fait déconnecter, là-bas, avec les raies mantas. Tu m'as vraiment emmenée ailleurs. Cela n'arrive pas souvent.

— C'est vrai ?

Elle adressa un demi-sourire à l'océan, puis à lui.

— Je n'ai pas pensé à mes e-mails pendant au moins vingt minutes, assura-t-elle, et cela le fit rire. Ça semble stupide, mais c'est important pour moi. Je voulais te remercier, Jero, de m'accepter et de m'intégrer comme tu l'as fait depuis notre rencontre. Ça me touche beaucoup.

Elle se tourna pour lui faire face, et il rencontra à nouveau ce regard qui en disait long sur l'immense tristesse, les secrets, et la profonde déconvenue qui avait dû la pousser à fuir dans son travail, avant même d'arriver toute seule à l'Aqua Breeze Couples Resort. Cela la rendait infiniment plus vulnérable, et il s'empêcha d'évoquer un nouveau fantasme charnel, celui de la voir sans sa robe.

Il ne lui avait pas encore posé de questions personnelles qui puissent être interprétées comme un rapprochement. Hum. Plutôt égoïste de sa part. Peut-être qu'elle avait attendu qu'il l'interroge et supposé qu'il s'en fichait. Le fait qu'elle soit ici pour travailler, pour apprendre et pour être utile ne compensait pas sa soudaine culpabilité.

— Je suis heureux d'avoir pu aider. Et tu m'aides, *moi*, plus que tu ne le crois. Ton expérience est inestimable.

Il était sincère.

Lorsque son ami Nige vint lui donner une tape dans le dos et proposa de prendre en charge le barbecue, il posa les pinces et détacha son tablier. Il vérifia qu'Aayla était toujours sous la surveillance de la mère de Sasha, comme convenu pendant son service au barbecue.

— Allons faire un tour. J'ai quelque chose à te montrer.

Ivy haussa un sourcil intrigué mais hésita, comme si elle n'était pas sûre de devoir quitter les lieux. Est-ce qu'il la rendait nerveuse ?

Elle regarda les gens rassemblés sur le rivage.

— Je ne peux pas être longue. Je dois retourner au travail.

— Quel travail ?

— Je dirige une clinique…

— Comment pourrais-je l'oublier ? nota-t-il, regrettant aussitôt sa raillerie car l'expression d'Ivy s'était figée. Vous allez vendre ? demanda-t-il, se souvenant qu'elle avait mentionné une société d'investissements privés qui essayait de les racheter.

Son visage s'affaissa une seconde.

— Je ne sais pas encore. J'ignore ce que je ferais si je ne travaillais pas là-bas. C'est toute ma vie.

— Le travail n'est pas *toute* ta vie, si ?

— J'aime mon travail, riposta-t-elle, avant de grimacer. Je sais, je devrais déconnecter plus souvent. Tout le monde me le dit.

— Je peux toujours te replonger dans l'océan, si ça peut t'aider, suggéra-t-il.

Elle se raidit de nouveau, et il n'aurait su dire si c'était lui qui provoquait ce trouble ou si elle était vraiment tellement passionnée par son travail qu'elle ne pouvait pas s'absenter plus d'une heure.

— Je suppose qu'une petite promenade ne fera pas de mal.

Ils longèrent la plage puis contournèrent les rochers.

— Ton associé doit criser sans toi, à Galway, dit-il alors qu'ils empruntaient l'étroit sentier qui serpentait autour des énormes rochers et grimpait vers ce qui, il le savait, allait couper le souffle de la jeune femme.

Elle souleva sa robe pour marcher plus facilement.

— Non, Mike se débrouille bien tout seul. Il a toujours tout sous contrôle.

— Alors pourquoi tu travailles pendant ta lune de miel ? Pour ta clinique comme pour la mienne, d'ailleurs…

La question flotta un instant dans la brise, tandis qu'une nuée de papillons blancs s'envolaient d'un arbuste, engloutissant les rochers dans un nuage mouvant.

— J'imagine que le travail est ma façon de survivre… quand tout s'écroule, répondit-elle, avant de trébucher sur sa robe et de manquer glisser du chemin.

— Attention !

Il saisit son coude et passa un bras autour de sa taille jusqu'à ce qu'elle soit stabilisée. Le souffle d'Ivy s'accéléra, et elle plaqua les paumes sur sa poitrine. Une seconde. Deux secondes. Elle ne bougea pas. Il ne la lâcha pas.

— Qu'est-ce qui s'est écroulé ?

Il avait les lèvres à deux centimètres de sa tempe. D'autres papillons s'éparpillèrent dans le vent autour d'eux.

— On a annulé le mariage il y a plus de six mois. Je… Je n'aurais pas dû venir ici, mais… je ne voulais pas gâcher la réservation. J'ai aussi eu envie de voir cet endroit toute ma vie. Maintenant, je sais pourquoi.

L'océan scintillait. Ses boucles étaient soulevées par la brise, et son odeur saisit Jero une fois de plus.

Qu'est-ce qu'il lui arrivait ?

Il la relâcha, espérant qu'elle n'avait pas remarqué son érection sous son short, comme plus tôt ce jour-là, quand il était assez proche d'elle pour l'embrasser.

— Et donc, te voilà, dit-il.

— Me voilà, reprit-elle, d'un ton lourd de sous-entendus.

En quelques minutes, le bavardage des gens sur la plage fut réduit au silence par l'océan et le vent qui fouettait l'herbe le long de la corniche, au-dessus de la paroi rocheuse. Les tapis de mousse écarlate et d'hépatiques dansaient au milieu de fleurs d'un violet éclatant. C'était l'un des champs préférés de Jero à Santa Cruz. Il était encore plus magnifique dans la lumière du couchant.

Les papillons s'étaient multipliés à présent, plongeant en un spectacle synchronisé autour des fleurs comme pour faire la révérence devant chacune d'entre elles. À côté de lui, Ivy chercha l'appareil-photo qu'elle n'avait pas emporté et grimaça avec regret. Sa robe s'enroulait autour de leurs chevilles à tous deux.

— C'est tellement magique, Jero ! Les couleurs, les... *papillons*, l'entendit-il compléter à voix basse, tandis qu'elle lui jetait un regard en biais.

Des yeux d'ambre, mouchetés de vert au coucher du soleil.

Leur profondeur l'électrisa et lui envoya en même temps une effrayante onde de choc dans les veines.

Il envisagea de faire demi-tour, de présenter Ivy à d'autres personnes, n'importe quoi pour éviter qu'ils se retrouvent seuls et qu'il ait à nouveau envie de l'embrasser. Comme dans l'eau, quand les vagues l'avaient poussée assez près pour qu'elle le frôle de ses hanches. Mais ils étaient là tous les deux. Et il voulait lui montrer Enrique. Il se força à continuer le chemin.

— Viens. Ce n'est même pas ce que je voulais te montrer... Ton fiancé a fait quelque chose d'impardonnable ?

— Pas vraiment.

Marchant derrière lui, elle resta silencieuse un moment. Les papillons se séparaient pour eux alors qu'ils avançaient, comme s'ils étaient des monarques dans une foule.

— Je pense qu'il vaut mieux qu'on n'en parle pas, dit-elle en soupirant. C'est juste que... c'est fini. Tu sais, peut-être que c'était fini bien avant que ça le soit vraiment.

— Vous étiez ensemble depuis longtemps ?

— Quatre ans. On s'est rencontrés dans un parc. Je photographiais des coquelicots sauvages et j'ai remarqué ce grand type d'environ mon âge. Il avait du mal à se baisser pour ramasser quelque chose. Il s'est avéré que son chien avait… Et Simon, c'est son nom, s'était abîmé le dos en tombant de vélo, alors il ne pouvait pas se pencher assez pour ramasser. J'ai proposé de l'aider.

— Vous vous êtes rencontrés parce que tu l'as aidé à ramasser un sac à caca ? Ça, c'est romantique.

Il gloussa et, heureusement, Ivy fit de même.

— En fait, ça l'a été un moment. On est sortis ensemble. J'ai appris à connaître Bernie, son Staffie. Sa mère m'aimait bien aussi. C'était sympa.

— Juste sympa ?

— Sympa, ça me convenait, à l'époque, répliqua-t-elle fermement. C'était adulte, tu sais, pas un de ces doubles jeux comme dans les rencontres en ligne. Et, crois-moi, j'en ai connu beaucoup avant de le rencontrer. Tout ça prenait beaucoup plus de temps que ça n'en valait la peine, et j'étais occupée. Je suppose que j'étais prête pour quelqu'un, pour quelque chose de sérieux et de facile. Il m'a dit qu'il m'aimait au bout d'un mois. Et puis, après quatre ans, il a décidé qu'il voulait une famille.

— Et pas toi ?

Ivy haussa les épaules et regarda dans la direction opposée. Visiblement, elle regrettait déjà de lui avoir dit ça. Parce qu'il avait Aayla ?

Elle dévia la conversation en demandant :

— Alors, c'est comment, d'être un père célibataire, ici ?

Mais Jero mourait d'envie d'en savoir plus. Était-elle tombée amoureuse de ce Simon aussi fort, aussi vite ? Il en doutait, à la façon dont elle en parlait. Le type qui voulait une famille avait tout fichu en l'air, mais comme elle l'avait dit, avant ça, elle était prête pour *quelque chose*, et cela s'était présenté.

Il connaissait des gens qui se contentaient d'à peu près et préféraient la facilité. Ça les regardait. Personnellement, il ne pourrait pas. Il vivait pour la passion, les querelles, les réconciliations. Ceci étant, il avait eu tout cela avec Suranne, et ça n'avait pas marché non plus.

Il se renfrogna, soudain mal à l'aise.

La question d'Ivy était restée en suspens.

— Ce n'est pas facile, mais je suis aidé. Nous avons une communauté formidable autour de nous et Aayla est une enfant formidable. C'est une petite créature complexe, la plus altruiste que je connaisse. Elle se soucie sincèrement de chaque être vivant plus que d'elle-même.

— J'ai remarqué, dit Ivy en souriant.

— Beaucoup comme toi, en fait.

Ivy fixa nerveusement ses ongles, puis l'horizon.

— Je ne sais pas si on a autant de choses en commun… Sauf peut-être le fait d'avoir grandi sans un de nos parents. On va où, exactement ?

Il lui désigna le tournant du chemin devant eux.

— Tu as perdu un parent ?

— Mon père est mort quand j'avais quatre ans. Il était allé voir un match de rugby avec des amis. Il pleuvait, la voiture a fait une embardée, je ne sais pas précisément…

Elle s'interrompit pendant qu'il cherchait ses mots.

— Ma mère a travaillé dur pour nous faire vivre toutes les deux, et cela signifie aussi que je ne la voyais jamais. J'ai surtout été élevée par mon chien, ce qui peut expliquer certaines choses.

Elle lâcha un rire d'autodérision, et il serra les dents.

Une enfance difficile, en effet. Que pouvait-il dire ?

Il la conduisit là où il espérait qu'Enrique serait encore en train de nicher et lui demanda si elle avait d'autres proches, ce à quoi elle répondit par la négative. Ni oncles ni tantes, donc pas de cousins. Elle avait une nounou, dit-elle, et des livres. Pas beaucoup d'amis. Peut-être qu'elle s'était jetée dans le travail, toutes ces années, pour se sentir vue et désirée ?

Il avait fait ça aussi, mais plus tard dans sa vie.

La possibilité que Suranne le quitte pour un autre ne lui avait jamais traversé l'esprit, jusqu'à ce qu'il rentre à la maison ce jour-là et la trouve en train de passer la porte. Leur liaison, lorsqu'elle était encore en vacances, avait été très amusante. Oui, la grossesse avait été une erreur, mais il avait été excité par la perspective d'être père, excité de faire en sorte que les choses fonctionnent avec Suranne. Il s'était entiché d'elle, aveugle au fait qu'il n'était qu'une romance de vacances qui avait dérapé.

Le mariage avait été rapide, précipité par la grossesse. Il avait pensé bien faire. Elle avait dit qu'elle voulait les mêmes choses que lui. Mais elle était jeune, de huit ans sa cadette. Avec le recul, peut-être qu'elle avait juste eu peur. Bien qu'étant la mère de son enfant, elle avait vite compris qu'il n'était pas son avenir. Après la naissance, elle avait étouffé sous le poids de ses nouvelles responsabilités parentales, et elle lui avait glissé entre les doigts sans qu'il s'en aperçoive.

Il avait assumé beaucoup après son départ. Peut-être plus qu'il ne pouvait gérer. Au début, ne pas s'appesantir sur la procédure de séparation avait aidé, mais toutes ces nuits passées dans l'obscurité, à lutter contre des cauchemars récurrents dans lesquels Aayla disparaissait aussi… Il avait failli y perdre son âme.

Ce divorce interminable avait rendu violemment concret le fait que la mère de son enfant l'avait remplacé. Sa fierté en avait pris un coup. Il détestait se sentir rétrogradé. Longtemps, il avait espéré qu'elle revienne, pour le bien d'Aayla, bien sûr. Pas pour lui. Il pouvait apprendre à vivre sans elle, et il y était parvenu. Il avait fini par renaître de ses cendres, s'était endurci et avait recommencé de zéro. Une trahison de cette ampleur ne laissait pas le choix. Mais pourquoi Aayla devait-elle faire la même chose ? Pourquoi devait-*elle* se sentir indésirable ?

— Qu'est-ce que c'est ?

Les yeux d'Ivy s'étaient arrondis à trois mètres de l'énorme nid édifié sur le sol sablonneux. Il était abrité du vent par quelques arbustes. Une armée de petits lézards s'enfuit à leur approche, et elle tressaillit.

— C'est Enrique.

Ils étaient à moins d'un mètre de l'immense oiseau. Le soleil brillait à travers son gigantesque bec jaune.

— C'est un albatros. Elle est majestueuse, hein ? Elle a construit son nid pile sur le chemin parce qu'elle est sûre que personne ne marchera dessus. Comme si elle savait qu'elle sera protégée par les humains, si on sait où elle est.

Ivy paraissait enchantée.

— Pourquoi tu as appelé un oiseau femelle Enrique ?

— Les gardes forestiers pensaient que c'était un mâle, jusqu'à ce qu'ils voient les œufs. Elle doit se battre avec des iguanes tous les jours, mais elle a l'air d'aimer cet endroit.

Il regarda Ivy faire le tour du nid, remontant sa robe sur ses chevilles, tout en gardant une distance respectueuse. Elle s'accroupit pour mieux voir le gigantesque oiseau blanc, dont les yeux perçants la scrutaient tout aussi attentivement. La lumière déclinait rapidement, maintenant. Ils devaient rentrer avant qu'Aayla le cherche, mais ça faisait du bien de montrer à Ivy ce que seules les îles Galápagos avaient à offrir. Des choses que lui et Aayla aimaient partager… Ce qui était bizarre et un peu inquiétant.

— Elle est merveilleuse, murmura Ivy.

— Elle sera une mère formidable, ajouta-t-il, se concentrant sur l'albatros et non sur les lèvres d'Ivy.

Il s'accroupit en face d'elle, de l'autre côté du nid. L'oiseau géant ébouriffa ses plumes, manifestement fier de présenter sa future progéniture encore protégée dans sa coquille.

— Je suppose que certaines créatures sont faites pour

être mères, dit Ivy d'un ton mélancolique, presque pour elle-même. D'autres, en revanche, ne le sont pas.

Il hocha la tête.

Lui, il se demandait devant chaque miroir qu'il croisait s'il était capable de ne pas décevoir sa fille.

— Tu t'en sors très bien avec Aayla, si ça veut dire quelque chose, poursuivit Ivy comme si elle lisait dans ses pensées.

Il grommela un remerciement.

Peut-être que ça en donnait l'impression, vu de l'extérieur, mais il avait failli envers sa fille en ne se battant pas plus pour garder sa mère. Aayla n'avait cessé de la réclamer, après son départ, mais Suranne lui avait demandé de rester à l'écart, et il avait cédé pour épargner à Aayla un rejet supplémentaire. N'empêche, la pensée qu'il aurait dû faire quelque chose de plus ne le quittait pas.

Ils rebroussèrent chemin vers la plage dans un silence un peu gênant, feignant d'être paisibles, et il repensa aux propos d'Ivy tout le reste de la soirée.

Il n'en était pas sûr, mais d'après ce qu'elle avait dit plus tôt à propos de son ex, elle ne voulait pas d'enfants, ou elle avait décidé que la maternité n'était pas pour elle. Probablement parce qu'elle avait été marquée par l'absence de sa propre mère étant enfant. Avec ses fiançailles brisées, Ivy avait peut-être eu le cœur encore plus meurtri que le sien au fil des ans, et ce n'était pas peu dire.

Mais il pouvait lui montrer à quel point les enfants pouvaient être cool. Ils regardaient le monde autrement. Aayla, sa fille miraculeuse, même à six ans, avait une compréhension hors du commun de l'importance de ces îles, de leurs habitants et de leurs luttes. Compatissante, empathique, toujours émerveillée par la beauté et les splendeurs de l'univers. Elle était tout pour lui.

Pourtant, il l'avait laissée tomber. Il n'avait pas réussi à garder le contact avec sa mère. La seule chose dont elle avait besoin autant que de lui.

Demain serait un nouveau départ, décida-t-il en bordant sa fille dans son lit ce soir-là. Fini de succomber au charme irlandais. Peu importe comment Ivy Malone s'y prenait, il se rendrait désormais imperméable à son charme ensorceleur. Seul un imbécile aurait laissé son cœur et son esprit s'enchevêtrer comme un dauphin dans un filet de pêche pour une touriste qui partirait bientôt et qui portait un bagage émotionnel encore plus gros que le sien.

Il serait poli et présent, mais il n'irait pas plus loin avec elle. Et il ne laisserait certainement pas Aayla trop s'approcher non plus.

5.

— Où sont-ils ?

— Où sont quoi ? demanda Ivy.

Elle dut se mordre la langue en regardant Jero et Dudders, le bénévole à dreadlocks venu de Birmingham via la Thaïlande, fouiller des cartons remplis de dossiers dans la réserve qui faisait aussi office de salle pour les cages.

— Les formulaires de l'agence d'adoption. Je jure que je les ai mis ici. On a besoin de renseignements sur une portée qu'on a envoyée à Quito.

— Ce n'est pas classé ou dans une base de données informatique ? demanda-t-elle encore.

Elle reporta son attention sur la petite Pluma, qui gonflait ses ailes, guettant probablement le retour imminent d'Aayla de l'école. L'oiseau avait pris l'habitude de la suivre partout dans la clinique, un peu comme Aayla la suivait, elle.

Les deux hommes ignorèrent sa question. Ivy prit Pluma dans ses bras et la serra contre sa poitrine.

— Je peux vous aider à mieux organiser les choses, si vous voulez, proposa-t-elle, s'attendant à l'habituel refus.

— C'est bon, on gère, grogna Jero comme prévu.

Elle caressa la tête brune et douce de Pluma, et l'oiseau apprivoisé blottit ses palmes bleu ciel dans sa main.

Donc, Jero ne voulait vraiment pas de son aide. Bien.

Il avait été un peu distant ces deux derniers jours. Une ou deux fois, il était parti répondre à une urgence sans elle, emmenant Aayla « pour l'expérience ». Elle s'était retrouvée à s'occuper des consultations et avait même pratiqué quelques petites opérations, toujours avec l'un des bénévoles à portée de main. Leur infirmier vétérinaire était un jeune homme de vingt-cinq ans originaire de Guayaquil, appelé Zenon, qui portait des tatouages de fleurs tout le long du bras gauche et de la jambe droite. Il était une insulte à la symétrie mais arborait un sourire désarmant – quand il était à l'heure, ce qui était moins fréquent qu'elle l'aurait souhaité.

Dudders s'avérait assez fiable, pour peu qu'on l'encourage. Elle soupçonnait parfois qu'il n'avait pas fait grand-chose dans la réserve de singes en Thaïlande, à part glisser des bananes à ses favoris et leur faire écouter du Bob Marley depuis son hamac. Mais qui était-elle pour le juger ?

Dans l'ensemble, elle vivait l'expérience enrichissante qu'elle avait espérée. Pas du tout relaxante, mais une véritable leçon d'humilité. Et un contraste frappant avec tout ce à quoi elle était habituée à Galway.

Elle trouvait toujours incroyable que les soins soient gratuits à la Darwin Animal Clinic. Pour eux, sauver des vies n'avait pas de prix, comme c'était le cas, hélas, dans sa région du monde. On pouvait amener son animal pour des traitements antiparasitaires gratuits, ce qui contribuait à protéger le fragile écosystème des Galápagos. Il s'agissait de rendre en retour, de faire en sorte que tous les animaux et les hommes vivent en harmonie.

Mais pour protéger le berceau de la théorie de l'évolution sur le terrain, elle préférait contribuer *avec* Jero. Non pas passer tout son temps ici, ou…

En fait, elle se serait sentie bien à la clinique s'il y était aussi, songea-t-elle en fixant son beau profil.

La convierait-il pour l'expédition qui s'annonçait ?

Cette fois-ci, il s'agissait d'une traversée de nuit avec une écologiste, afin d'aller observer les albatros endémiques, réputés pour leur envergure pouvant atteindre deux mètres et demi. Contrairement à Enrique, ces oiseaux préféraient un endroit plus éloigné, à l'extrême sud-est de l'archipel. On estimait à quelque vingt mille les couples qui se reproduisaient et nichaient sur l'île Española, vieille de près de quatre millions d'années et totalement inhabitée.

Elle regarda les muscles de Jero se transformer en rocs tandis qu'il retirait d'autres dossiers de l'étagère, et la gracieuse raie manta sur son bras lui adressa presque un sourire narquois.

Dans tout ce lettrage cryptique, il y avait plus qu'il ne le laissait entendre. Le dessin était trop complexe, le symbolisme trop bien étudié pour être dénué de sens. Mais, encore une fois, pourquoi s'en souciait-elle ?

Pour la même raison qu'elle voulait l'accompagner sur cette petite île couverte de fiente d'albatros, sans doute. Même si se rapprocher ne pouvait lui faire aucun bien. Plus elle s'attachait, plus il lui serait difficile de l'oublier – de les oublier – quand il le faudrait.

Aayla était un petit rayon de soleil qui égayait chaque instant qu'elles passaient ensemble. Ivy avait été prise de court par les bouffées de joie étonnée qu'elle ressentait lorsque la fillette exposait son point de vue, rafraîchissant et souvent hilarant, sur les choses. Hum. Elle n'avait jamais envisagé sa vie avec un enfant, mais les mots de Simon lui revenaient sans crier gare :

« Tu penses que tu serais une mauvaise mère parce que ta propre mère l'était. Mais l'abandon n'est pas une maladie héréditaire, c'est un choix. Si tu choisissais la maternité, tu y mettrais tout ton cœur, comme tu le fais pour le reste. »

Elle l'avait toujours rabroué, disant que ça n'avait rien à voir avec l'abandon, qu'elle était simplement trop occupée et trop figée dans ses habitudes. Ce qui était vrai. Mais peut-être qu'il la connaissait mieux qu'elle ne le pensait.

Tandis qu'elle calait la tête de Pluma sous son menton, elle regarda Jero s'enfoncer sur la chaise en cuir usé et balancer ses grands pieds sur le bureau, et Simon s'effaça de ses pensées.

Seigneur, ce moment avec les raies mantas, l'autre jour, avait été *réel*. Et cet autre, quand elle avait trébuché sur le chemin et qu'il l'avait rattrapée, les yeux pleins de soleil couchant et entourée de papillons. Un moment de cinéma, mais *réel* ! Le genre de réel qui vous coupait le souffle et vous faisait décoller du sol, qui vous prouvait que toute rencontre avant celle-ci n'était que médiocre. Il lui avait fallu toute sa force pour ne pas céder à l'impulsion d'embrasser sa bouche incroyablement attirante…

— Je l'ai trouvé !

Jero brandissait triomphalement un dossier.

Elle lui adressa un sourire forcé. Décidément, qu'il puisse fonctionner dans un tel chaos organisé la dépassait.

Aayal surgit dans la pièce avec sur ses talons sa nounou, une jeune Équatorienne appelée Nina.

— Ivy ! Papa ! Est-ce que les petits chiots se sont bien assis quand vous leur avez dit de le faire ?

— Pas encore. Je pense qu'ils attendent que *tu* le leur dises, répondit Ivy, se surprenant elle-même.

C'était sorti tout seul, sans qu'elle ait réfléchi.

C'était la vérité, après tout. Aayla semblait avoir un vrai don avec les animaux. La fillette leur chuchotait des choses ou restait assise avec eux pendant des heures, en silence, tout comme Ivy dans son enfance. Elle aurait pu jurer alors que le grand cœur de son chien comprenait chaque mot qu'elle disait ou ne disait pas.

Laissant tomber son sac d'école sur le sol, Aayla s'agenouilla près du carton des chiots, bientôt rejointe par Jero. Ivy sentit son cœur faire une embardée et oublia instantanément l'agacement que lui inspirait le système de classement, ou plutôt son absence, en le voyant s'accroupir à côté de la petite fille pour lui demander comment s'était passée sa journée.

C'était si gentil et attentionné, et… sexy.

Aayal avait échangé avec un correspondant de sa classe dans un pays différent, bu un smoothie à la papaye au déjeuner et obtenu la meilleure note en biologie 3D, quoi que cela signifie pour une enfant de six ans. Et elle voulait tresser les cheveux d'Ivy.

— Attends, quoi ?

Ivy bondit du bureau où elle était perchée avec Pluma, loin des petites mains d'Aayla. Dudders, hilare, enfila une blouse par-dessus son pantalon à pattes d'éléphant et sortit pour accueillir un jeune couple qui entrait dans la clinique.

— Je sais tresser les cheveux. Je peux m'entraîner sur toi. J'aime bien tes cheveux, Ivy.

Non, mais… Comment se sortir de là ?

Tel un chevalier sur un cheval cabré, Jero fit rempart de son corps et poussa gentiment Aayla hors de la pièce pour qu'elle rejoigne Dudders à la réception, où elle fut heureusement distraite par le chat amené en consultation.

Ouf. Crise évitée.

Jero se tourna vers elle.

— Je vais essayer de la tenir hors de ton chemin, dit-il.

Soudain, elle comprit qu'elle n'avait pas du tout envie de ça.

— Non, non, tout va bien, lui assura-t-elle en s'accroupissant pour ouvrir la cage de Pluma, sentant ses yeux sur son dos. C'est juste qu'avec les boucles de mes cheveux, il ne serait pas facile de faire des tresses. Elle serait déçue.

Jero poussa un soupir, remit en place un coin de poster décollé sur le mur derrière la cage et sortit le dossier de la famille présente.

Argh.

Jero n'était pas aveugle : Ivy venait juste de lui donner une nouvelle preuve de son incompétence pour ce genre de choses – le contact physique, les trucs du genre maternel.

Ses amies se moquaient d'elle quand elle refusait de tenir leur bébé. Elle ne comprenait ce refus que maintenant. Ça paraissait toujours trop risqué : et si elle aimait ça ? Si elle en voulait un ensuite ? Et si un bébé arrivait et que ce n'était rien d'autre qu'une déception ?

À cause de la déclaration qu'elle avait étourdiment

prononcée à voix haute devant Jero, selon laquelle seules *certaines* créatures étaient faites pour être mères, il avait sans doute pensé qu'elle insultait son ex-femme, comme si elle en avait le droit. La mère d'Aayla ne se donnait pas beaucoup de mal pour voir sa fille, bien sûr, mais la fillette avait un père. Et un sacrément bon.

— Jero, écoute…

Elle s'apprêtait à lui dire à quel point elle était désolée que les enfants soient en quelque sorte confinés dans son esprit à la catégorie de « petits extraterrestres déstabilisants », mais Pluma lui échappa des mains alors qu'elle allait la placer dans la cage. À sa grande surprise, le petit oiseau somnolent passa en se dandinant entre les jambes de Jero et franchit la porte pour rejoindre Aayla. Celle-ci la prit affectueusement dans ses bras et l'éloigna des chiots, leur parlant à tous comme une bergère réconfortant son troupeau.

— Ivy, regarde ! Elle m'aime, et je l'aime.

La voix d'Aayla était douce et légère, mais elle semblait folle de joie. Son bonheur était contagieux.

— Un bébé fou à pieds bleus pense qu'une gamine de six ans est sa mère, dit Jero d'un ton mi-figue, mi-raisin.

L'envie de s'expliquer s'envola de l'esprit d'Ivy. Elle le rejoignit dans l'embrasure de la porte, la manche de sa blouse venant frotter contre la sienne.

Avec un peu de chance, son sourire dissimulait l'emballement de son cœur qui battait la chamade à ce contact.

Jero ajouta à voix basse :

— Elle n'acceptera plus jamais de se séparer de cet oiseau maintenant.

Son souffle chaud lui chatouilla l'oreille, et ses sens entrèrent en ébullition. Dans sa tête, elle était de retour sur le chemin bordé de rochers, pressée contre lui.

— Elles ont créé un lien, toutes les deux.

— On devrait faire en sorte que cela n'arrive pas, lui rappela-t-il. Ce sont des créatures sauvages, qu'on ne peut pas garder. Aucun être vivant doté d'ailes ne peut être maintenu dans un endroit où il ne veut pas être.

— À quoi servent les cages, à ton avis ? rétorqua-t-elle.

Jero rit doucement.

— Aucun être n'a besoin de cage s'il se plaît où il est. L'ennui, avec les créatures sauvages, c'est qu'on ne sait jamais quand elles vont changer d'avis.

Est-ce qu'il parlait d'elle ?

Elle garda le silence, les joues embrasées.

Une aventure de vacances avec lui, cela n'arriverait jamais, même si le béguin croissant qu'elle éprouvait peuplait ses rêveries de baisers passionnés sur des sentiers venteux. L'ex de Jero était une touriste qui les avait quittés. Quelle était la probabilité pour qu'il retente l'expérience, si tant est qu'il le désire ?

— Alors, cette écologiste – elle s'appelle Dee Whitfield – veut savoir si tu viens avec nous cette nuit, reprit-il en la regardant de biais. Elle a lu tes états de service, je pense qu'elle a très envie que tu te joignes à nous.

Oh ! C'était maintenant qu'il mettait ça sur le tapis ?

Elle voyait rouge, à présent. Comme c'était chouette que son excellente réputation professionnelle la précède ! Ce n'était pas entièrement surprenant, cela dit. Mais il était préférable de ne pas tenter le diable avec Jero, torse nu au soleil. Navigation vers une destination lointaine, pleine mer, île au terrain accidenté, soins aux animaux, peut-être une autre session de plongée en apnée avec la faune exotique… Ce serait de la torture.

— Je vais sans doute rester ici, se força-t-elle à dire. De toute façon, tu as effectué beaucoup de ces expéditions sans moi.

Jero pinça les lèvres puis haussa les épaules, et la possibilité de cette sortie oscilla dans l'esprit d'Ivy comme une boule de plomb suspendue au-dessus de sa tête :

J'y vais. Je n'y vais pas. Oh ! pourquoi pas ? J'y vais !

Quoi ? Non, hors de question. Mais visiter l'un des archipels les plus isolés de la planète, c'est une occasion incroyable. En plus, l'écologiste sera là. Aucun écart de conduite ne pourrait se produire dans une telle promiscuité !

— Bon, si l'écologiste veut me rencontrer, comment refuser ? Je serai du voyage, capitaine, déclara-t-elle avant de pouvoir y réfléchir davantage.

Jero lui fit un sourire exaspérant qui rendit sa bouche encore plus désirable.

— Tu as un zoom sur ton appareil-photo ?

— Bien sûr, pourquoi ?

— C'est le meilleur endroit des Galápagos pour observer les oiseaux. Aayla adore informer les croisiéristes.

Ivy ravala une boule de la taille d'un œuf d'albatros dans sa gorge.

— Aayla vient avec nous ?

Jero semblait légèrement irrité, à présent.

— Il faudra bien. Je viens de me rappeler que Nina est en congé ce week-end.

Ivy tenta de prendre un ton enjoué, sans y parvenir.

— Eh bien, ça va être amusant.

6.

— Tu dors ? chuchota la voix de Jero.

Ivy retint son souffle.

Il était devant la porte de sa cabine, sans doute prêt à toquer si elle ne répondait pas.

Elle avait senti l'alchimie bouillonner entre eux dès qu'Aayla et Dee, l'écologiste du Galápagos Conservation Trust, une Britannique d'une soixantaine d'années, étaient allées se coucher. Il lui avait demandé si elle voulait un dernier verre et, même si elle ne rêvait pas mieux après une journée longue et épuisante dans la chaleur, elle avait refusé. Mais à présent, sans surprise, elle restait éveillée, à penser à lui, essayant sans succès de se laisser bercer par le doux rythme de l'océan.

— Je suis réveillée, répondit-elle à contrecœur.

— Alors tu ne devrais pas manquer ça ! Je suis sûr que vous n'avez rien de tel, à Galway.

La curiosité l'emporta. Sur le pont, Jero la conduisit jusqu'à un long télescope qu'il avait orienté sur les étoiles.

À peine avait-elle appuyé un œil sur l'oculaire qu'une pluie d'étoiles filantes illumina le ciel. Avec un cri émerveillé, elle tituba en arrière.

En riant, il posa les mains sur ses hanches, et elle sentit son pouls se muer en météore dans ses veines. Jero guida à nouveau ses yeux vers le télescope, qu'il fit pivoter dans une nouvelle position avant de replacer les mains sur ses hanches.

Elle sentait littéralement la chaleur de son corps contre son dos. Avait-il la moindre idée de l'effet qu'il lui faisait ?

— Savais-tu qu'on peut voir aux Galápagos deux fois plus d'étoiles qu'ailleurs ? murmura-t-il tandis qu'elle scrutait le ciel étincelant.

Elle déglutit et secoua la tête. Les mots lui échappaient, tout la sidérait en cet instant.

— C'est parce que nous sommes sur l'équateur. Ça signifie que les constellations des deux hémisphères se rencontrent. Les nuits comme celle-ci, on dirait que les cieux explosent littéralement.

Elle chercha son souffle. Après un long moment de silence durant lequel elle exigea de son cœur qu'il cesse de déraper comme une auto-tamponneuse, elle chuchota :

— Je me demande si mon père est quelque part là-haut, orchestrant ce spectacle pour nous d'une façon ou d'une autre. Il était une sorte d'étoile pour moi quand j'étais petite.

— Je parie que tu étais une enfant géniale, Ivy.

Elle osa se retourner.

Jero la regardait, il la regardait vraiment, comme s'il voulait dire autre chose mais qu'il se retenait. Ils se fixèrent pendant ce qui sembla un très long moment avant qu'il détourne le regard.

— Je ne sais pas si je crois à une vie après la mort. Et toi ? demanda-t-il ensuite.

Elle haussa les épaules et s'éloigna du télescope.

Il avait rompu la magie, comme si leur proximité l'avait effrayé, lui aussi. Elle le regarda repositionner l'instrument et coller son œil dessus. Dans son dos, elle lança :

— Je devrais y aller, essayer de dormir un peu.

Et elle se précipita dans sa cabine avant qu'il puisse répondre. Elle dormit d'un sommeil agité jusqu'à ce que les cris des mouettes la réveillent à l'aube.

Isla Española était sans conteste le plus bel endroit sur lequel Ivy avait posé les yeux. Le cadre était encore plus spectaculaire que les plus jolies parties de Santa Cruz. Son appareil-photo ne pouvait rendre justice aux falaises de lave noire, au roulement incessant des vagues qui s'écrasaient en dessous et à la variété d'oiseaux de mer colorés qui tourbillonnaient autour d'eux sans crainte. Aayla les connaissait tous.

— Regarde, papa, un autre pinson de cactus ! s'écriait-elle en agitant les jumelles devant eux sur le sentier herbeux.

La petite Pluma, venue pour la balade, sortait sa tête pelucheuse du petit sac à dos Disney qu'Aayla portait sur les épaules.

Ivy n'arrivait toujours pas à croire qu'elle ait amené l'oiseau, mais Jero avait raison : ces deux-là avaient tissé un lien, et Pluma ne s'en serait pas bien sortie si elle avait été laissée seule. Elle ne mangeait encore que les vers qu'ils lui donnaient dans la main.

Ils marchaient depuis quarante minutes dans le site de Punta Suarez, en direction d'un lieu bien connu de nidification des albatros. Jusqu'à présent, Aayla avait époustouflé Ivy avec sa connaissance des espèces sauvages de l'île. Même Dee était impressionnée, ce qui n'était pas peu dire, car l'écologiste semblait savoir tout sur tout. Mais peut-être pas autant que Jero et Aayla.

— Oh ! regardez, il y a un faucon des Galápagos qui arrive ! Ivy, tu dois prendre une photo !

Aayla avait l'intention de tout photographier.

Ivy surprit le sourire de Jero alors qu'il secouait du talon de sa chaussure de randonnée ce qui ressemblait à une crotte de lézard. Il lui attrapa la main comme elle reculait pour éviter de piétiner d'autres débris insalubres et manquait de peu d'écraser un œuf d'oiseau niché dans un arbuste.

L'adrénaline inonda ses veines à son contact.

— Attention.

— Merci.

Tandis qu'il soulevait un instant ses lunettes de soleil, elle plongea à nouveau dans son regard, observant les mouchetures couleur feuilles d'automne dans le brun de ses yeux.

Son ample chemise blanche, ouverte dans la brise, mettait en valeur sa large poitrine et le maillot de football délavé des Texas Longhorns qu'il avait enfilé ce matin après leur baignade sur le bateau.

Cela n'avait pas été facile de ne pas le manger des yeux et de s'éloigner de lui dans l'eau, mais elle avait réussi à nager à quelques mètres de distance, reconnaissante qu'Aayla et Dee soient là pour faire tampon.

Sur n'importe quel autre homme, ce maillot de foot l'aurait fait tiquer. Tout comme la casquette de base-ball. Jero n'était pas exactement le fan de football typique, il connaissait chaque arbuste et chaque fleur, et chaque cri d'oiseau qui leur parvenait. Il connaissait les différents courants marins et aériens qui voyaient différentes créatures s'installer sur différentes îles. Quand il parlait, elle écoutait avec émerveillement. Elle n'était jamais allée dans un endroit aussi sauvage, et profiter de cette pureté avec Jero et Aayla déclenchait au fond de sa poitrine une sorte de libération explosive. Elle n'arrivait pas à identifier ce sentiment.

— C'est toi qui vas prendre la photo, dit-elle à Aayla, en troquant les jumelles pour l'appareil-photo.

— Tu es sûre ? chuchota Jero.

— Pourquoi pas ? Elle est manifestement enthousiaste à l'idée de photographier, répondit-elle en passant la courroie de l'appareil autour du cou d'Aayla.

La fillette, ravie, se mit à mitrailler les oiseaux dans les arbres, et Ivy pressa ses yeux sur les jumelles, se concentrant sur le faucon rare.

Pourquoi son cœur se déchaînait-il chaque fois que le souffle de Jero lui effleurait l'oreille ?

— Qu'est-ce qu'on a là ? Je peux voir une seconde ?

Elle leva les yeux au moment où Jero lui posa une main sur l'épaule et lui prit les jumelles avec l'autre.

Dee poussa un cri d'excitation, plissant les yeux contre ses propres jumelles. Aayla commença à tourner le téléobjectif de son appareil-photo d'une manière qui fit douter Ivy de la pertinence de son prêt, en fin de compte… Mais Jero lui rendit les jumelles et la fit pivoter vers l'endroit à observer.

— Qu'est-ce qu'on regarde ? demanda-t-elle.

— Les rituels de parade nuptiale des énormes albatros. Ces oiseaux s'accouplent pour la vie. C'est quelque chose de le voir par soi-même, regarde !

La chaleur de ses mains sur les siennes mua son cerveau en bouillie. Puis ses yeux trouvèrent ce qu'il lui montrait, et elle ne put s'empêcher de sourire.

Deux albatros géants exécutaient une danse de séduction sur les rochers devant eux, s'arrêtant de temps à autre pour faire claquer leurs becs l'un contre l'autre comme des épées.

— Tu vois comment la femelle penche la tête en arrière et crie ? lui chuchota de nouveau Jero à l'oreille, la faisant frissonner. C'est un code albatros pour dire « Tu me plais. Je pourrais vouloir faire des bébés avec toi ».

Elle tourna la tête vers lui, manquant de le frapper avec les jumelles. Il se trouvait à un centimètre de son visage.

— Pardon, dit-elle trop vite.

— Tu es un danger ambulant, déclara-t-il d'un ton taquin.

Les yeux plissés de Jero se posèrent sur ses lèvres et, durant une fraction de seconde, elle le *vit* littéralement penser à l'embrasser. Puis il se détourna en se passant une main sur la mâchoire comme pour effacer physiquement cette pensée.

Le cœur battant la chamade, la tête haute, elle continua sur le chemin vers Dee, évitant le regard de Jero.

Ç'avait été limite ! Il l'avait à coup sûr senti aussi.

Donc, son béguin n'était pas à sens unique.

Elle ne put s'empêcher de méditer là-dessus durant les deux heures suivantes, alors qu'ils dénombraient et marquaient tous les albatros qu'ils croisaient. Elle ne pouvait toujours pas regarder Jero dans les yeux, et lui semblait se détourner d'elle à la moindre occasion.

Nulle part où aller, maintenant. Pas de distractions. Pas même une connexion Internet pour vérifier ses e-mails. Plus vite ils rentreraient à Santa Cruz, mieux ce serait, se répétait Ivy tandis que Jero disposait les chaises autour de la table du dîner sur le pont du bateau.

Elle faisait semblant de se concentrer sur ses notes, mais elle l'observait depuis son transat, se demandant à quoi il pensait… Si toutefois il pensait quelque chose. Les hommes n'idéalisaient pas chaque rencontre comme les femmes avaient tendance à le faire. Si seulement elle pouvait arrêter de l'imaginer torse nu ! Peu importe, elle serait bientôt de retour à l'hôtel, où elle reprendrait le contrôle de ses pensées.

— C'est presque l'heure de dîner, Ivy, tu as faim ? lui demanda Dee qui disposait les couverts sur la table.

Le soleil se couchait sur leur premier jour à Isla Española, et Aayla était occupée à photographier les derniers rayons qui envahissaient le bateau en bois et le profond océan sur lequel ils flottaient, au large.

Ils mangèrent tandis que la nuit tombait, puis Manny, le capitaine, alluma une série de lumières, faisant danser les ombres sur le pont. L'océan se fondait dans le noir. On aurait dit qu'ils étaient au fin fond de l'espace, sans aucun autre humain ou bateau à des kilomètres à la ronde. Aayla commença à bâiller sur sa chaise. Puis elle courut dans sa cabine et revint avec *La Chenille qui fait des trous.*

— Pluma veut que tu lui lises, Ivy, dit-elle après avoir ouvert la cage de l'oiseau, dont les pattes bleues produisaient de petits claquements sur le plancher du pont.

Ivy s'immobilisa sur sa chaise, éprouvant la bouffée familière de malaise.

— Ivy n'a envie de lire pour personne ce soir. La journée

a été longue, objecta Jero d'un ton ferme, en prenant le livre des mains de sa fille.

Mais Pluma se dandinait vers Ivy et lui sauta sur les genoux. Celle-ci éclata de rire, abasourdie.

— Je te jure, elle comprend ce que tu dis, Aayla !

— Je te l'ai dit, elle veut que tu lui lises l'histoire.

Aayla reprit le livre à Jero et le fit glisser vers Ivy sur la table. Pluma ébouriffait ses plumes d'un air encourageant, et Jero, poussant un soupir, se mit à débarrasser pendant que Dee s'excusait et se retirait dans sa cabine pour la nuit.

— Peut-être que je devrais te faire la lecture, Aayla ? s'entendit proposer Ivy.

Jero semblait peu convaincu, mais elle saisit le livre, et Aayla s'installa pour l'histoire.

Ivy lut le livre à moitié de mémoire sous les étoiles filantes, trébuchant parfois sur les mots car les yeux de Jero la brûlaient depuis l'autre côté de la table.

Il y avait quelque chose de troublant à n'être qu'avec eux deux. Leur petite unité familiale était quelque chose de spécial, de sacré. Quelque chose qu'elle n'avait jamais eu. C'était douillet et chaleureux, comme un pull tout doux. Elle se sentait à l'aise et complète… Jusqu'à ce qu'elle se souvienne qu'elle n'y jouait aucun rôle. Pas réellement. Elle était une pièce rapportée. Cette chose continuerait sans elle, longtemps après qu'elle serait partie et aurait repris sa vie solitaire dans la grisaille de Galway. La clinique était littéralement *tout* ce qu'elle aurait.

Peut-être qu'elle devrait vendre, pensa-t-elle soudain, si Mike le souhaitait. L'idée de ne plus l'avoir dans sa vie la faisait soudain se sentir très vulnérable, comme un bébé oiseau laissé en pâture aux lézards.

L'alchimie avec Jero rayonnait toujours plus intensément lorsqu'il quitta le pont avec sa fille pour aller la coucher.

Ivy leva les yeux vers la lune nichée au creux de la Voie lactée, anticipant son retour. Quelques minutes plus tard, il revint, une bouteille de whisky et deux verres à la main.

— Que dirais-tu d'un dernier verre ?

Chaque fibre de son corps lui disait de refuser à nouveau et d'aller se coucher aussi, comme elle en avait l'intention depuis qu'ils avaient fini de dîner. Elle répondit néanmoins :

— Oui, pourquoi pas ?

Misère ! Elle faisait ce qu'elle avait évité la veille – s'immerger dans sa compagnie envoûtante ! Mais c'était déjà trop tard, il était en train de lui servir un verre, et elle ne voulait pas se montrer grossière.

Le silence se prolongea tandis qu'ils s'installaient dans les chaises longues. Comme si Jero sentait la tension dans l'air, il commença à parler de la journée, des albatros, des lions de mer qu'ils devaient marquer le lendemain. Il lui raconta qu'un pingouin s'était un jour faufilé derrière lui sur un bateau comme celui-ci, et qu'il avait dû faire demi-tour et le ramener pour ne pas contaminer les îles.

C'était peut-être le whisky, mais elle commença à se détendre… jusqu'à ce qu'il pose la question brûlante :

— Tu as dit que tu ne voulais pas en parler, mais, pardonne-moi, je n'arrête pas de m'interroger sur les raisons pour lesquelles ton ex a bien pu te laisser partir.

Le souffle d'Ivy se bloqua. Jero saisit la bouteille et, sidérée, elle tendit son verre pour qu'il la resserve également.

— Je veux dire, je ne te connais pas très bien, poursuivit Jero. Mais je peux affirmer que tu es intelligente, talentueuse, belle, et que tu es capable d'inventer une fin super à *La Chenille qui fait des trous*. Qui savait qu'elle finissait par adopter, comme Aayla, un fou à pieds bleus dans la version anglaise ?

Ivy, embarrassée, tenta d'ignorer que le fait qu'il la trouve belle semblait remplir de miel liquide les fissures de son cœur.

— Je te l'ai dit, Simon voulait fonder une famille.

— Et tu n'étais pas prête ?

— Je ne pense pas que je serai prête un jour. Je travaille trop pour tout ça.

Il plissa les yeux. Après un moment, il dit :

— Ce n'est pas facile d'élever un enfant. Ce n'est pas non plus quelque chose que j'avais prévu de faire seul.

Il but une gorgée et se leva.

Elle le suivit et posa ses bras sur le garde-corps, remarquant que le clair de lune reflété dans l'eau projetait des lueurs chatoyantes sur sa peau.

— Et toi, pourquoi ton ex t'a quitté ? demanda-t-elle. Tu es intelligent, tu es talentueux, tu es beau.

Il sourit et lui donna un petit coup d'épaule.

— Je suppose qu'elle voulait plus que cette île. Après son départ, je me réveillais en sueur en pensant qu'Aayla était partie aussi. Je fonçais dans sa chambre à 3 heures du matin pour vérifier qu'elle ne s'était pas enfuie. Entre nous, il m'arrive de le faire encore. Elle me quittera un jour, cependant. Elle voudra plus que cette île, elle aussi.

À en juger par son expression, il était vraiment terrifié qu'Aayla le quitte comme son ex l'avait fait.

— Je ne pense pas que tu doives t'inquiéter de ça pour l'instant, dit-elle doucement, osant poser une main sur la sienne. Tu es un père formidable. Aayla semble heureuse, bien équilibrée…

Il étudia sa main comme s'il s'agissait d'un alien tout juste atterri de Jupiter.

— Je fais de mon mieux.

— Elle est merveilleuse. J'aime sa compagnie, vraiment. Crois-moi, c'est assez surprenant venant de moi…

Jero se rembrunit brusquement. Il retira sa main et posa son verre sur le pont, les yeux pareils à deux fentes étroites.

— Alors, quand est-ce que tu reprends l'avion, déjà ?

Quoi ?

Elle le regarda plier et déplier ses doigts, comme s'il

essayait de chasser le souvenir de son contact. Il s'éloignait plus vite qu'il n'avait commencé à s'ouvrir. Il venait d'abattre un mur puis de le reconstruire plus haut que jamais.

— Je… Je ne sais pas. J'oublie sans cesse quel jour c'est, répondit-elle avec sincérité.

— Eh bien, tu ferais mieux de le noter. Il ne faudrait pas que tu restes coincée ici.

— Non, j'imagine, répliqua-t-elle d'un ton neutre, même si son cœur disjonctait.

Elle scruta son profil dans l'obscurité.

Que venait-il de se passer ? Oh ! mon Dieu, venait-elle accidentellement d'insulter Aayla ?

Il reboucha la bouteille et jeta froidement :

— Tu devrais aller te coucher. Demain, on se lève à la première heure pour finir de comptabiliser la faune.

7.

Le lendemain, il pleuvait, et Dee préféra finalement rester sur le bateau en compagnie d'Aayla pendant que Jero et Ivy se rendaient sur l'île pour une dernière inspection.

Ivy avait eu les nerfs à vif toute la matinée avant qu'ils montent dans le petit Zodiac. La pluie s'intensifiait à chaque seconde, trempant ses vêtements. Le T-shirt de Jero était presque transparent. Chacun de ses muscles se dessinait sous le ciel gris. Il lui avait à peine adressé la parole depuis le début de la journée. Son attitude vis-à-vis d'elle s'était refroidie si rapidement la veille au soir ! Il lui avait tourné le dos juste au moment où elle avait eu un aperçu de ses pensées.

Typiquement masculin. Mieux valait en être contrariée que blessée…

— Ivy. Là-bas.

Elle le suivit vers un bébé lion de mer plus loin sur la plage. Il était seul, se tordait sur le sable et poussait de petits cris d'impuissance qui fendaient le cœur.

Elle s'accroupit à côté de Jero pour examiner la créature.

— Il a l'air un peu dénutri. Où est partie ta maman ? murmura-t-elle en passant une main sur la fourrure lisse, presque cireuse, de l'animal aux grands yeux ronds et tristes.

On n'était pas censé toucher les animaux sauvages, mais en tant que vétérinaire et que femme, une sorte d'instinct maternel prenait le dessus. Quelle que soit leur espèce, les bébés avaient besoin de soins.

— On dirait que la mère l'a abandonné pour une raison quelconque. Ça arrive, dit tristement Jero. Peut-être qu'elle ne pouvait pas se nourrir et donc pas produire de lait pour le nourrir aussi.

Sa mâchoire se contracta, et Ivy se demanda s'il pensait à son ex chaque fois qu'il voyait une créature solitaire cherchant sa mère disparue, de la même façon qu'elle se revoyait elle-même, enfant, assise par terre sous l'escalier, lisant à Zeus *La Chenille qui fait des trous*.

— Qu'est-ce qu'on peut faire ? demanda-t-elle alors que la pluie et cette nouvelle difficulté lui donnaient la chair de poule.

Jero soupira et lui jeta un regard en coin.

— Le vétérinaire du parc national le nourrirait au biberon, mais ce petit ne peut pas quitter l'île.

À la grande surprise d'Ivy, il posa une main sur sa nuque, sous ses cheveux. Instinctivement, elle se laissa aller une seconde pendant qu'il effectuait sur sa peau un petit mouvement circulaire réconfortant avec son pouce. Le geste lui embrasa le bas-ventre, en dépit des circonstances.

— Heureusement qu'Aayla n'est pas là. Elle aurait essayé de le transporter jusqu'au bateau dans son sac à dos, dit-il.

Ivy ravala un sanglot.

Elle-même aurait pu faire la même chose, autrefois. Malgré tout le bien qu'ils faisaient ici, ils ne pouvaient pas aider tous les animaux. Cela lui donnait envie de rester plus longtemps, de faire plus. Soudain, elle comprenait pourquoi Jero était venu, toutes ces années plus tôt, et n'était jamais reparti.

Repassant en mode vétérinaire, Jero lui tendit un carnet.

— Note les caractéristiques physiques, sa taille, ses oreilles, la couleur de sa fourrure… On doit signaler tous les animaux qu'on rencontre.

Ils travaillèrent ensemble pendant une heure sous la pluie, puis ils redescendirent le chemin côtier vers le Zodiac.

Elle fixait le sac à dos de Jero devant elle, pensant à Aayla et à ce qu'il avait dit le soir précédent, son angoisse de la perdre. Il était clair qu'il restait encore traumatisé par l'abandon de son ex, tout comme elle-même paniquait chaque fois qu'elle imaginait que quelqu'un qu'elle aimait allait la quitter.

Peut-être était-ce en partie pour cela qu'elle avait quitté Simon, avant qu'il le fasse, songea-t-elle pour la première fois. L'un d'entre eux aurait probablement fini par partir, quand bien même elle aurait accepté de porter ses enfants. C'était une pensée horrible, mais les faits étaient les faits. Ils n'avaient jamais eu grand-chose en commun. Elle aurait dû se réveiller des mois avant que la question des enfants l'y oblige. Quand avait-elle décidé que, juste parce qu'elle avait été ignorée auparavant, elle devait se contenter du premier homme qui lui prêtait un peu d'attention ?

— On n'est plus très loin, maintenant. Ça va, derrière ?

Jero s'était retourné à demi, l'interrompant dans ses pensées. Sa chemise mouillée était à présent complètement collée à sa silhouette, on aurait dit une statue îlienne.

— Tout va bien, répondit-elle, jetant un coup d'œil à sa propre chemise trempée.

Les rayures vert pâle et blanc étaient aussi transparentes. L'avait-il remarqué ? Mais quelle importance avait son apparence pour lui ? Pourquoi laissait-elle cet homme la troubler ainsi ? Plutôt que d'admettre, la veille, qu'ils pourraient avoir quelque chose en commun, il l'avait repoussée. Le ton qu'il avait pris pour demander quand elle repartirait la faisait encore frémir.

Elle leva les yeux vers le ciel gris.

Elle devrait *vraiment* vérifier la date de son vol, cela dit. Mike devait attendre son retour avec impatience… Ou pas. Il n'avait pas appelé depuis un moment, maintenant qu'elle y pensait. Avait-il peur de lui annoncer qu'il voulait vendre ?

Plus ils gagnaient du temps, plus l'offre montait pour la clinique, mais ils ne pouvaient pas traîner trop longtemps. Mike avait une famille, l'argent lui permettrait de prendre quelques années de congé pour en profiter. Mais *elle*, que ferait-elle ? En dehors de la question de l'argent, elle aurait toujours besoin de se sentir utile.

— Comment tu as su que c'était ce que tu voulais faire ? Vivre ici, j'entends. T'occuper de toute cette faune sauvage, surtout dans des situations comme celle-ci ? demanda-t-elle au dos de Jero tandis qu'ils se hâtaient en direction du Zodiac.

— Ce n'est pas qu'un paradis comme le pensent les touristes, répondit-il en enjambant un tronc d'arbre tombé et en s'arrêtant pour vérifier qu'elle y arrivait aussi.

Le sol sablonneux était maintenant inondé par endroits, et les lézards de lave détalaient devant leurs pas.

— Lors de mon deuxième jour ici, quand la dernière lampe chirurgicale a brûlé, j'ai dû utiliser une lampe frontale pour opérer durant le reste de la semaine.

— Une lampe frontale ? Vraiment ?

Elle écarta une branche de son visage. Ce geste provoqua une averse de grosses gouttes qui lui trempa encore plus les cheveux.

— C'est la vie de l'île.

Il souleva la branche suivante pour qu'elle puisse passer dessous en toute sécurité.

— Lorsqu'un chien a été renversé par une voiture au cours de mon premier mois ici, on n'avait même pas d'attelle pour sa patte cassée. J'ai dû me rendre dans deux quincailleries. Et même là, tout ce que j'ai pu trouver, c'était du bois de fenêtre. Mais c'était assez rigide une fois coupé à la bonne taille.

— La patte a guéri ?

— Oui. C'est là que j'ai mesuré que je pouvais faire plus sur ces îles que n'importe où ailleurs. Et j'ai commencé à mettre sur pied quelque chose pour de bon. Il y a encore beaucoup à faire, mais on n'a plus besoin d'aller à la quincaillerie pour des attelles de fortune, c'est déjà ça.

Il retint une autre branche pour elle et ajouta :

— J'aime le fait qu'aucun jour ne ressemble à l'autre, mais on fait quand même bouger les choses.

— J'aime bien la vie sur l'île, avoua-t-elle sans réfléchir. Les jours comme celui-ci, j'aimerais ne pas avoir à repartir.

Jero s'arrêta dans son élan et se tourna vers elle. Le cœur d'Ivy s'emballa quand il tendit la main vers son visage et détacha une feuille qui s'était prise dans ses cheveux. La pluie parut disparaître. Tout disparut. Ses doigts trouvèrent la main qui passait près de sa joue…

À ce moment, un coup de tonnerre secoua le ciel, et les cieux s'ouvrirent.

Elle poussa un cri. Jero serra sa main dans la sienne et se mit à courir. Elle pouvait à peine voir où ils allaient à travers le torrent de pluie qui lui fouettait le visage, mais il la poussa soudain dans un abri de fortune fait de rondins et d'un toit de tôle couvert de branchages et de mousse. Elle se retrouva à l'intérieur du minuscule espace, haletante, à reprendre son souffle tandis que Jero ouvrait une sorte de lucarne, envoyant un peu de lumière à l'intérieur.

— C'est un affût pour les ornithologues, expliqua-t-il.

Elle rit nerveusement, se laissant tomber sur l'étroite banquette alors que la pluie pilonnait le toit. De la mousse et des feuilles sèches étaient éparpillées sur le sol. Quelque part, un animal invisible détala. Jero posa le sac à dos par terre. L'abri semblait rétrécir pour s'adapter à eux deux.

— Tu es sûre que tu ne veux pas partir ? lui demanda-t-il avec un sourire en coin, en indiquant du menton la pluie torrentielle, tout en égouttant ses bras et sa chemise.

Elle s'enveloppa de ses bras, captivée par le motif de la raie manta dans le maigre faisceau de lumière.

— Je ne sais pas, répondit-elle en toute sincérité.

Cet homme debout devant elle comme une sorte de chasseur guerrier, sur cette île balayée par le vent et la pluie, transformait son cœur en toupie. Le fait d'être dans un poste d'observation d'oiseaux exigu n'aidait pas.

Il se rapprocha encore.

— On sait tous les deux que tu *dois* partir, dit-il.

— Je sais, admit-elle, laissant ses mains réduire l'écart entre eux et accrocher l'ourlet de son T-shirt. Je dois partir un jour, mais…

Qu'est-ce qu'il arrivait à son cerveau ? Chaque mot qu'ils échangeaient semblait donner le coup de grâce. Les yeux de Jero brillaient de désir. Il la ressentait aussi, cette *chose*. Là, en cet instant, deux vies très différentes cherchaient à fusionner en elle, la déstabilisant totalement. Une partie d'elle voulait rester, s'assurer de la sauvegarde de cette faune, de cette nature. Aider Jero à faire tout cela…

Rester avec lui.

Une sorte d'énergie inconsidérée surgit en elle. Elle attira Jero à elle comme si sa vie en dépendait. Il lui rendit la pareille, plongeant sur ses lèvres comme un fauve fond sur sa proie. Son ventre se mua en une boule liquide et chaude de désir tandis que leur baiser s'approfondissait et s'intensifiait, à l'image de la pluie qui martelait le toit au-dessus de leurs têtes.

— Ivy…, grogna-t-il d'une voix rauque, dure.

Une effervescence parcourut ses veines, enflammant chaque fibre de son être tandis qu'il la relevait sur ses pieds. Elle étouffa dans sa tête la voix sévère qui rappelait qu'elle ne devrait pas faire ça, qu'elle s'était tenue à l'écart pour de bonnes raisons…

La bouche de Jero prenait possession de la sienne. Sa langue tournoyait en une danse affamée. Jamais elle n'aurait imaginé qu'elle pouvait être aussi excitée par un quasi inconnu. Un gémissement de plaisir lui échappa quand elle agrippa la masse de ses épaules. Les muscles ondulaient sous ses mains.

Il était tellement, tellement sexy.

Jero ralentit son baiser et glissa les doigts sous sa chemise mouillée jusqu'à son haut de bikini, attisant son désir à un point presque douloureux. Ses tétons se raidirent, son souffle devint haché. Le sentir caresser la courbe de ses seins comme si c'était un trésor précieux suffisait à la rendre humide à des endroits que la pluie ne pouvait atteindre.

Grisée, elle se lova contre lui et cessa un instant de respirer quand il empoigna de l'autre main les boucles dans sa nuque, ramenant sa tête en arrière. Les lèvres de Jero firent pleuvoir des baisers sur sa bouche, dans son cou, sur ses seins. Elle avait rêvé de cela, tout en souhaitant que ces pensées disparaissent, mais la réalité était mille fois meilleure.

Quelle idiotie ! Elle allait tomber irrémédiablement amoureuse de lui, maintenant...

Son ego tentait encore de la réprimander, mais elle n'écouta pas. Elle se cambra vers Jero, mourant d'envie d'en avoir plus.

Comme pour la taquiner ou la tourmenter, il caressa sa bouche parfaite, passa le pouce sur sa lèvre inférieure, la regardant si profondément dans les yeux qu'un frisson la traversa, pas à cause du froid cette fois.

— Ça fait des jours que je ne pense qu'à ça.

Sa bouche se recourba en un demi-sourire qui se mua rapidement en une sorte de léger reproche alors qu'il lui caressait le visage et ajoutait :

— Je me suis souvent répété que je ne devais pas le faire.

Elle le regarda fixement, trop étourdie pour prononcer un mot. Elle avait besoin de sentir à nouveau ses lèvres sur les siennes, avant que le regret s'empare d'elle aussi. Elle voulait que ce moment dure, bien trop pour parler.

D'une main sur sa nuque, elle attira sa tête à elle, caressa son crâne rasé, suivit du doigt son tatouage.

Les sourcils d'ébène se rapprochèrent.

— Regarde ce que tu me fais, grommela-t-il doucement.

Son ton sensuel la fit vibrer d'anticipation. Elle sentait très bien ce qu'elle lui faisait, c'était fermement pressé contre sa cuisse tandis qu'il reprenait ses lèvres. Sans cesser de l'embrasser, elle trouva la fermeture Éclair de son short.

— Je prends toujours la pilule, assura-t-elle.

Jero murmura quelque chose d'inaudible puis la souleva.

Instinctivement, elle enroula les jambes autour de sa taille. La dureté de son sexe la rendit plus humide encore et, lorsqu'il écarta sa culotte, il ne lui fallut qu'une seule poussée pour se glisser en elle, tant elle était prête.

Les doigts plongés dans ses cheveux, il lui inclina la tête en arrière, reprit ses lèvres, et elle oublia complètement où elle se trouvait tandis qu'il allait et venait, la remplissant plus profondément à chaque mouvement, alternant entre force et douceur. Oh ! mon Dieu ! Un plaisir inégalé la parcourait à chaque poussée, l'emmenant encore plus loin dans un vertige exquis. Elle lui étreignit la taille avec ses jambes, sentant déjà l'orgasme monter. La démesure de cette sensation faisait pulser chaque atome de son corps. C'était le rapport sexuel le plus torride qu'elle ait jamais eu !

Le temps était devenu un concept étranger. Qu'il se passe des minutes ou des heures, elle ne pouvait se concentrer que sur la sensation de lui en elle. Quand elle bascula dans le plaisir en criant, Jero poussa une dernière fois. Son expression devint si intense alors qu'il jouissait à son tour qu'elle en eut la gorge sèche.

Ensemble, ils se relâchèrent peu à peu, tremblants, pantelants. Jero s'effondra contre la paroi, l'air exténué. Elle-même luttait pour retrouver son souffle.

Que s'était-il passé ?

Elle sentit un rire affleurer. Elle se sentait comme une vilaine, très vilaine collégienne avec son petit ami dans l'abri à vélos.

— La pluie s'est arrêtée, observa Jero au bout d'un moment, la regardant d'un œil circonspect.

Il remit son short et ramassa le sac à dos. Elle ne pouvait savoir ce qu'il pensait, mais la palpitation brûlante entre ses cuisses perdurait.

Est-ce qu'ils venaient vraiment de faire ça ?

Jero ouvrit la porte, et le soleil inonda la petite cabane, la renvoyant à la réalité.

Le ciel était à nouveau bleu. Le chemin vers le bateau était dégagé.

Le trajet du retour jusqu'à Santa Cruz fut calme. Ivy lisait ou faisait semblant, jetant des coups d'œil furtifs à Jero.

Il semblait distant, distrait. Regrettait-il cette relation sexuelle spontanée ? Elle, non, mais si cela signifiait que les choses seraient désormais bizarres entre eux, elle la regretterait aussi.

Cela avait été imprudent. Incroyable. Incomparable à tous points de vue, mais même s'il était sans doute inévitable qu'ils répondent à cette attirance, elle était ici une touriste, tout comme l'ex de Jero. Cela devait réveiller des souvenirs chez lui, lui rappeler ce qu'il avait perdu en faisant exactement la même chose. Est-ce qu'il la mettait déjà dans la case « grosse erreur » ? Elle s'était lancée tête la première dans une situation délicate, et pas seulement pour elle. Elle était mal à l'aise quand leurs regards se croisaient et qu'il se détournait.

Ils avaient tous les deux franchi une frontière sans retour.

8.

Ivy sortait de la salle d'opération en retirant ses gants chirurgicaux quand Jero entra dans la clinique. Elle croisa son regard et pila net, probablement surprise de le voir.

Lui-même sentit son ventre se crisper, et il laissa tomber la boîte de pansements qu'il transportait à côté du bureau. Pourtant, il avait réussi à garder son calme depuis ce qu'il s'était passé sur Isla Española.

— Tu es là tôt, dit-elle en ajustant son chignon de boucles rousses. Je croyais que tu étais parti avec la clinique mobile.

— C'était le cas, et maintenant je suis de retour. Je dois me réapprovisionner en matériel avant d'aller à Floreana.

Ivy fronça les sourcils.

— Je pensais que tu attendrais Aayla. Elle finit l'école dans une demi-heure.

— Elle va jouer chez une copine. Je doute qu'elle vienne à la clinique aujourd'hui.

— Oh. D'accord. Très bien. Je ne l'ai pas vue depuis notre retour d'Española, ni Pluma.

— Eh bien, il s'est passé beaucoup de choses, répliqua-t-il, tandis que la culpabilité se déchaînait en lui.

L'énorme chat noir se tortillait dans les bras de leur client à côté d'elle. Son maître s'éclaircit la gorge.

— Si ça ne vous dérange pas, je vais y aller, dit-il en espagnol.

Jero se dépêcha d'ouvrir la porte pour lui, tandis qu'Ivy faisait la même chose. Ils se heurtèrent et elle laissa échapper un soupir. Il nota ses joues rougies, ses mains fébriles, la façon dont elle rajustait sa blouse blanche en évitant son regard.

Elle était toute retournée maintenant, à cause de son arrivée. Ou de son mensonge. Avait-elle remarqué qu'il s'efforçait de se tenir à l'écart, ainsi qu'Aayla, depuis que son coup de foudre totalement inacceptable et apparemment irrévocable avait dégénéré ?

Tu parles d'un sang-froid.

— Comment s'est passée l'opération ? lui demanda-t-il quand ils furent seuls à la réception.

Ivy prit la peine d'écrire quelque chose dans un dossier qu'il ne reconnaissait pas. Elle commença à lui parler de l'amputation du pénis qu'elle venait de pratiquer sur le chat, en raison de la sixième obstruction urinaire qu'il avait subie en autant de mois. Voir ses lèvres bouger le ramena sur l'île… Comme la plupart des choses qu'elle disait maintenant.

C'était très fâcheux. Il avait beau essayer de l'éviter, il ne pouvait s'empêcher de revivre l'euphorie sexuelle qu'ils avaient partagée, manquant faire s'écrouler ce fichu poste d'observation des oiseaux.

Bon sang… Il n'avait pas fait l'amour comme ça depuis longtemps, voire jamais. La façon dont les vagues de l'orgasme d'Ivy s'étaient propagées en lui, c'était une sacrée connexion. Depuis, il mourait d'envie de la savourer à nouveau…

— Jero ?

— Quoi ? Désolé, tu me parlais ?

Ses yeux ambrés se plissèrent.

— Je disais que j'ai mis en place un nouveau système de classement. Ça devrait rendre les choses un peu plus faciles pour vous tous. On peut en discuter maintenant ?

Ce fut à son tour de froncer les sourcils.

— Pourquoi tu as fait ça ?

Il contourna le bureau et feuilleta le dossier du patient soigneusement étiqueté, mais elle était en train d'ouvrir l'ordinateur portable, de taper dans un programme qu'il ne reconnaissait pas non plus, de cocher des cases en ligne, de lui expliquer comment ils devraient désormais enregistrer toutes leurs notes dessus.

Le malaise l'envahit.

— On ne fait pas ce genre de choses, objecta-t-il.

— Eh bien, vous devriez. C'est mieux, rétorqua-t-elle. Vous avez besoin d'une trace numérique.

— Pourquoi ?

— Parce qu'on n'est plus en 1960, Jero, le monde a évolué. Je ne comprends pourquoi tu es si offusqué. Que dirait Darwin s'il était encore là ?

Il serra les mâchoires.

Il n'appréciait pas particulièrement le changement, surtout entrepris par une femme sortie de nulle part et qui lui avait déjà assez fait tourner la tête.

— Je ne veux pas de trace numérique, Ivy. C'est plus personnel comme ça, riposta-t-il. On sait où tout se trouve dans le monde réel. Pourquoi modifier ce qui fonctionne ?

— Essaye au moins, d'accord ? Et je ne suis pas sûre que vous sachiez où tout se trouve. Vous êtes toujours en train de chercher des dossiers. C'est une perte de temps.

Il allait répondre, mais Ivy était déjà en train d'entrer autre chose dans l'ordinateur, l'air déterminé.

Bon, elle avait raison, sa façon de classer les dossiers était dépassée. Et ce n'était pas ce nouveau système qui l'ennuyait le plus. Ils avaient tous deux cédé à leur attirance, sur l'île. Ce n'était pas la faute d'Ivy si son monde se trouvait chamboulé. Il n'aurait pas dû flancher comme il l'avait fait. Il avait réussi à inviter plus de problèmes dans sa vie et dans celle d'Aayla. Ivy l'avait ensorcelé, elle s'était glissée dans sa peau, or ce n'était pas sa place, vu qu'elle partait dans un peu plus d'une semaine.

Il en était conscient et il avait quand même impliqué son cœur.

— Tu mets les renseignements sur l'animal dans cette colonne et les coordonnées sur cet onglet…

Il resta silencieux pendant qu'elle lui expliquait le logiciel, essayant de ne pas prêter attention au bruit d'une nouvelle portée de chatons errants que Dudders avait amenée plus tôt et qui miaulaient à l'arrière. Une chose de plus à penser sur une liste sans fin – il devait repartir avec la clinique mobile dans moins de deux heures, cette fois à Floreana. Il devait aussi retrouver Dee à sa base de recherche à la Tortoise Station, dans les hautes terres de Santa Cruz, où il examinerait les tortues géantes pour détecter d'éventuelles nouvelles grossesses. Une amie d'Aayla venait à la maison ce soir avec sa mère pour adopter un chiot. Ne leur avait-il pas promis aussi un dîner ?

Il ne s'en souvenait même pas. Tout ce qu'il parvenait à penser maintenant, c'était qu'Ivy faisait tout son possible pour l'aider alors qu'il avait été un crétin absolu.

Peut-être qu'elle s'en voulait tout autant d'avoir compliqué les choses ? Ils n'avaient pas reparlé de ce qu'il s'était passé sur Española. Au lieu de cela, ils se tournaient autour en une sorte de danse maladroite, comme deux albatros qui se font la cour, incertains de la prochaine étape.

Ils devraient vraiment en parler. Il devait lui dire à quoi s'en tenir, qu'elle ne s'attende pas à autre chose durant son séjour ici. Oui, il allait lui expliquer qu'il s'était fixé une limite. Une limite qui excluait toute tentation supplémentaire… Ce qui, en y réfléchissant, était la raison pour laquelle il l'avait évitée en premier lieu. Il ne pouvait donc pas se rapprocher d'elle, même s'il le voulait.

Il referma l'ordinateur portable, laissant sa main dessus.

— Ivy, à propos de ce qu'il s'est passé. On devrait probablement…

Le soulagement inonda son regard.

— Oh ! mon Dieu ! Oui, Jero. Je pensais la même chose…

Elle faisait pivoter la chaise vers lui quand la sonnette

d'entrée retentit. Leur client suivant entra avec Bernardo, un énorme chien brun et blanc de la taille d'un poney Shetland.

Tous deux se plaquèrent un sourire sur le visage. Ivy s'efforça de détourner le regard et se leva, tandis que les mots qu'il avait prévu de dire se dissipaient dans l'air conditionné.

Et zut ! À quoi pensait-elle, exactement ? Que pensait-elle qu'il allait dire ? Et pourquoi s'en souciait-il tant, bon sang ?

Son téléphone sonna sur le bureau. L'école d'Aayla.

La fillette était sortie pour aller aux toilettes dix minutes plus tôt, et elle n'était toujours pas revenue. Ils ne la trouvaient pas. Le cauchemar de tout père.

Son cœur sombra. Il fixa le mur pendant une seconde pour intégrer la nouvelle.

Ivy dut sentir la peur qui se développait lentement dans son ventre.

— Qu'est-ce qui ne va pas ?

— Aayla a disparu.

Il pouvait à peine croire les mots qui sortaient de sa propre bouche.

— Disparu ?

— Tu peux te charger de cet examen ? demanda-t-il.

— Bien sûr. Vas-y ! dit-elle en posant une main sur son bras.

L'inquiétude dans les yeux d'Ivy ne lui échappa pas, mais il ne pouvait pas l'accepter. Il ne pouvait même pas envisager qu'elle puisse avoir des raisons de s'inquiéter.

— Elle n'a pas pu aller bien loin, essaie de ne pas t'affoler ! cria-t-elle dans son dos tandis qu'il fonçait dans la rue.

Il se retint de hurler pendant tout le trajet vers l'école primaire de Rainbow Grove, qu'il effectua en courant. Son téléphone restait silencieux, ce qui signifiait que personne n'avait encore vu Aayla. Il cria son nom, dérangeant un poulet qui picorait le chemin devant lui, et deux touristes avec des sacs à dos géants.

La panique lui brouillait la tête. Et si elle avait été kidnappée ? Et si… Et si…

Qu'elle lui dise de ne pas s'inquiéter prouvait juste à quel point Ivy connaissait peu la question. En tant que parent, on s'inquiétait tout le temps. Il y avait rarement un moment où on ne s'inquiétait pas. Il y avait même de quoi se faire du souci toute la journée et toute la nuit si on se mettait à penser aux dangers que son enfant pouvait croiser sur le chemin de la vie pendant qu'on regardait ailleurs.

Ivy n'avait pas la moindre raison de savoir ça. Elle ne connaissait rien à l'éducation parentale. Elle avait eu peu de contacts avec des enfants avant de rencontrer Aayla…

Il se réprimanda, donna un coup de pied dans un caillou sur sa route et s'excusa auprès d'un chien quand le caillou atterrit devant son nez et le réveilla.

Voilà qu'il recommençait à être dur avec Ivy, au lieu d'être dur avec lui-même. Ivy s'était montrée géniale avec Aayla jusqu'à présent, le reste était dans sa tête. Un résultat de sa propre culpabilité à chambouler le statu quo, ce qui, s'il n'était pas plus prudent, pourrait aussi chambouler Aayla.

Celle-ci pouvait déceler à un kilomètre le moindre soupçon d'alchimie et de tension. Elle savait que quelque chose se tramait entre Ivy et lui, maintenant qu'il y pensait. Elle avait insisté pour qu'Ivy lui fasse la lecture sur le bateau, et elle l'avait réclamée depuis leur retour. Il avait refusé et tâché de détourner son attention avec d'autres choses, comme il l'avait fait pour lui-même, ce dont il n'était pas fier.

Et maintenant, l'inquiétude et la peur bouillonnaient en lui.

C'était l'heure de la sortie. Autour de lui, les parents récupéraient leurs enfants, l'air moite était chargé de rires et de bavardages aigus.

Mme Ferdinand, la gentille directrice équatorienne, le prit à part devant les portes de l'école.

— Vous l'avez trouvée ?

— Non, toujours pas, répondit Mme Ferdinand d'un ton

contrit. Mais nous pensons qu'elle a dû aller chercher son oiseau quelque part.

— Pluma ?

Jero se gratta la tête et sortit à nouveau son téléphone muet, comme si, s'il regardait l'écran, un aimable inconnu allait l'appeler pour lui dire qu'il l'avait trouvée.

— Elle s'est taillé une sacrée réputation aujourd'hui, avec cet oiseau, expliqua la directrice. Mais apparemment, Pluma a commencé à voleter dans la classe, ce qui a perturbé le cours. Cela a dû se reproduire quand Aayla l'a emmenée dehors…

Angie, la mère célibataire de la copine chez qui Aayla devait aller jouer, s'approcha, la mine inquiète. Elle serra son bras, qu'il retira avec agacement.

— Quelqu'un les cherche ? demanda-t-il.

— Bien sûr, tous les enseignants et volontaires, certains parents aussi…

— Aayla ne s'éloigne pas comme ça, coupa-t-il, avant de gagner les toilettes extérieures où sa fille avait été vue pour la dernière fois.

Il l'appela par son nom, en vain. Il se dirigea ensuite vers la plage. Était-il trop tôt pour mobiliser les autorités ? Il appela pour vérifier, choqué d'entendre le tremblement de sa propre voix.

Ils étaient déjà sur le coup, bien sûr – l'école les avait alertés.

Pendant l'heure qui suivit, le nom d'Aayla résonna partout autour de lui. De la plage à la rue, les gens se rassemblaient, parlaient, émettaient des hypothèses concernant sa fille. La communauté amicale qui avait vu grandir Aayla ne l'avait jamais fait se sentir aussi seul. La transpiration s'accumulait sur sa nuque. Le désespoir lui creusait le ventre.

9.

— Oui, Nayeli ?

Ivy pressa le téléphone contre son oreille pour entendre quelque chose malgré le cri du cormoran qu'on venait de déposer à la clinique. Il avait été frappé par le ballon de football d'un enfant, et il tenait à le faire savoir. Le bruit n'apaisait pas vraiment son cerveau frénétique, et elle cria en direction de la réserve.

— Zenon ! Viens ici, s'il te plaît.

Depuis une heure que Jero était parti, elle se faisait du souci. Et voilà que Nayely appelait depuis la réception de l'hôtel. Pitié, non, songea-t-elle en faisant signe à Zenon d'emmener l'oiseau de mer à l'arrière. Ce n'était pas le moment d'apprendre que sa chambre avait été inondée ou que le plafond s'était écroulé.

— Ivy, je pense que tu dois venir tout de suite. Je n'arrive pas à joindre Jero.

Le ventre d'Ivy se noua.

— Quoi ?

— Aayla est ici. Elle te demande.

Quelques minutes plus tard, Ivy avait laissé la charge du cormoran braillard au seul Zenon et se dépêchait de traverser la ville sur la bicyclette que lui avait prêtée l'hôtel. Elle n'avait jamais pédalé aussi vite.

En franchissant les portes du hall, elle trouva Nayely assise avec une Aayla en larmes sur le canapé violet, Pluma blottie contre sa poitrine. C'était tout un spectacle : un enfant et un oiseau aux pattes bleues. Un couple qui traînait des valises se rapprochait, attendri, mais Aayla l'avait repérée. Elle sauta sur ses pieds en criant son nom, sans cesser de tenir fermement le doux corps duveteux de Pluma.

— Jero est en route. J'ai finalement réussi à le joindre, lui dit Nayely en jetant un coup d'œil nerveux à la file de clients qu'elle avait dû faire patienter et qui sirotaient un cocktail en suivant les événements, l'air amusé.

Ivy la remercia profusément d'être restée aux côtés d'Aayla. Quelle communauté ils avaient ici ! Soulagée, elle se laissa tomber sur le canapé tandis qu'Aayla, à travers ses larmes, lui parlait à tort et à travers en espagnol et en anglais.

— C'est ici que tu as trouvé Pluma, Ivy. Peut-être qu'elle a voulu voler jusqu'à toi ?

Ivy prit délicatement l'oiseau que lui tendait la petite fille et le posa sur ses genoux. Elle essaya de garder une voix calme et posée.

— Eh bien… Je n'y avais pas pensé, avoua-t-elle.

— J'aurais voulu avoir ton appareil-photo quand elle s'est envolée.

— Elle a volé, déjà ?

— Elle a essayé de s'échapper ! dit Aayla avant de fondre en larmes de nouveau. Tu crois qu'elle ne m'aime plus ?

Ivy sentit sa gorge s'assécher.

— Ne pleure pas, ma puce…

Elle regarda autour d'elle pour trouver de l'aide. Ça la mettait affreusement mal à l'aise de voir la petite pleurer.

Et soudain, elle sut pourquoi : cela lui rappelait toutes les fois où elle-même avait pleuré, seule, convaincue que sa mère préférait être n'importe où plutôt qu'à ses côtés.

Une sorte d'étrange instinct de protection se manifesta en elle. Elle s'agenouilla devant la fillette, essuya les larmes sur ses joues de sa main libre, comme elle avait vu ses amies le faire avec leurs enfants. Ça n'était pas aussi horrible qu'elle s'y attendait, et Aayla se calma instantanément.

Cela envoya un étrange flot de chaleur dans son cœur et, d'une certaine manière, la réconforta elle aussi.

— Tu as vraiment vu Pluma voler ?

Depuis la réception, Nayely confirma que, oui, Pluma avait volé jusqu'à l'entrée de l'hôtel et essayé de s'y engouffrer en donnant des coups de bec sur la porte. Aayla avait surgi quelques instants plus tard, affirmant que Pluma avait atterri plusieurs fois sur le chemin depuis l'école. On aurait dit que l'oiseau apprivoisé vérifiait qu'Aayla la suivait.

Incroyable. Cet oiseau était un miracle. C'était la première fois que Pluma volait, mais ce ne serait sûrement pas la dernière. Les mots de Jero revinrent à la mémoire d'Ivy :

« Aucun être vivant doté d'ailes ne peut être maintenu dans un endroit où il ne veut pas être. »

— C'est une créature sauvage, Aayla, dit-elle doucement. Elle va parfois s'envoler. Mais on dirait qu'elle est venue à un endroit où elle pensait que l'une de nous serait. Et elle t'a amenée ici aussi ! Ça signifie qu'elle nous aime toutes les deux, n'est-ce pas ?

Aayla, qui sanglotait encore, parut y réfléchir une seconde, tandis qu'Ivy se rendait compte de la véracité de ses propres paroles. Pluma *devait* ressentir un lien avec elles deux si elle était revenue à l'Aqua Breeze.

Aayla renifla et l'étreignit dans un énorme câlin, écrasant presque la pauvre Pluma entre elles deux.

— Tu vas lui manquer, dit-elle enfin, d'une voix tremblée qui balaya sur-le-champ sa sensation de réconfort.

— *Aayla !*

Elles se séparèrent d'un coup.

Jero traversa le hall à toute allure et prit sa fille dans ses bras.

— Oh ! Aayla ! Tu m'as fait une peur bleue ! Qu'est-ce que tu fais ici ?

— Pardon, papa. Je cherchais Pluma, mais Pluma cherchait Ivy.

Ivy se leva, consciente de la manière dont son cœur s'était emballé à la seconde où Jero était apparu. Pendant une minute, alors qu'il tenait l'enfant dans ses bras, contrôlait qu'elle était saine et sauve et lui demandait si elle allait bien, elle se sentit complètement invisible. C'était un pur moment père-fille, dans lequel n'importe qui pouvait voir sans l'ombre d'un doute à quel point Aayla comptait pour Jero.

Elle cligna des yeux pour retenir ses larmes alors qu'une sorte d'envie viscérale envahissait chaque partie d'elle. Envie de quoi, elle ne savait pas trop. Cela avait commencé à l'instant, quand Aayla avait dit qu'elle manquerait à Pluma.

Peut-être qu'elle était destinée à ne jamais faire partie de quelque chose d'aussi important. Peut-être qu'elle ne connaîtrait jamais ce genre d'amour. Elle s'était toujours employée à se dire qu'elle n'en voulait pas. Qu'est-ce qui clochait chez elle ?

— Ivy ?

Elle se ressaisit. Jero lui parlait et cela concernait la clinique.

— Zenon est là-bas, répondit-elle rapidement, agacée d'être aussi émotive. Pluma a volé jusqu'ici, Jero…

Il lâcha enfin sa fille et lui pressa la main. Ce simple contact projeta une onde de choc à travers tout son bras.

— Je sais. Merci d'avoir géré la situation aussi vite. Mon téléphone était saturé d'appels de gens qui voulaient savoir si j'avais trouvé Aayla.

Sa voix était une douce brise à son oreille. Avant qu'elle puisse répondre, il retraversa le hall pour rejoindre Nayely.

— Toi non plus, je ne peux pas assez te remercier.

— Je n'ai vraiment pas fait grand-chose, objecta Nayely.

Mais Ivy vit les sourcils noirs bien dessinés de celle-ci se hausser quand Jero la serra contre lui dans une étreinte enthousiaste.

— Ces femmes sont toutes les deux extraordinaires,

s'exclama Jero avec fougue devant la file de couples qui attendaient de s'enregistrer.

Tout le monde applaudit, et Ivy réprima un sourire à la vue des joues en feu de Nayely.

Peut-être n'était-elle pas la seule à avoir le béguin pour Jero, par ici. Encore que Nayely n'avait sans doute pas enroulé ses jambes autour de lui dans un poste d'observation des oiseaux, au milieu d'une tempête de pluie.

Oh ! pourquoi se faire du mal ainsi ?

Elle détourna les yeux et ramassa son sac sur le canapé.

Ce n'était pas le moment de revenir sur leur relation torride d'un jour ou de souhaiter que cela se reproduise. Jero avait évité d'être seul avec elle depuis, il regrettait donc lui aussi cet écart. N'était-ce pas ce qu'il allait lui dire plus tôt ? Qu'il voulait oublier ce qu'il s'était passé ? Elle s'y attendait et avait été prête à l'accepter. À l'évidence, il ne voulait pas d'une « aventure avec une touriste ». Elle le savait avant qu'ils laissent leurs pulsions prendre le dessus sur cette île, et ça lui convenait. Elle non plus ne voulait pas d'aventure. Elle était, comme Mike aimait à le dire, le genre de femme *tout ou rien*. Plutôt rien que tout la plupart du temps, mais quand même, elle pouvait offrir quelque chose à ces deux-là : leur petite bulle, leur cercle intime. Leur famille.

— Je suis censé être à Floreana avec la clinique mobile à l'heure qu'il est, grommela Jero en scrutant son téléphone alors qu'ils sortaient de l'hôtel.

Elle posa une main sur son bras.

— Annule, on ira demain. Tu viens de passer deux heures assez intenses, prends du temps pour toi.

Devant eux, Pluma se dandinait sur le sable sous le regard attentif d'Aayla. Jero lui avait donné la stricte instruction de ne pas essayer de la retenir.

« Si Pluma veut voler, laisse-la voler. »

— D'accord, mais je devrais quand même rejoindre Dee au centre des tortues, dit-il pensivement, glissant son téléphone dans sa poche et faisant s'animer la raie manta sur son bras.

— Demain, répéta-t-elle.

Pourquoi était-il si têtu ? Cet homme était encore plus débordé qu'elle, et ce n'était pas peu dire.

— D'accord, céda Jero en soupirant. De toute façon, je crois que j'ai promis de faire à dîner pour une amie d'Aayla et sa mère. Elles viennent choisir un chiot.

Ivy se tut, se gardant de protester contre ce nouveau programme : elle voulait que les chiots soient adoptés. Jero les avait tous accueillis chez lui pendant qu'ils leur cherchaient de nouvelles familles.

— Est-ce qu'Ivy peut venir dîner, papa ?

Aayla tirait sur le bas de la chemise de son père, ses grands yeux bruns leur jetant à tous deux un regard suppliant.

— Pluma veut qu'on soit tous là. Si on est tous au même endroit, peut-être qu'elle ne s'envolera pas de nouveau ?

— Euh, je... Je suis occupée, commença Ivy en décochant un coup d'œil à Jero.

Il ne voulait pas qu'elle vienne chez eux, n'est-ce pas ? De plus, elle devait fermer la clinique, finir d'entrer les informations sur les patients dans le nouveau logiciel, et appeler Mike qui n'avait pas été très disert concernant ses dernières réflexions sur l'acquisition.

Elle commençait à être nerveuse. D'énormes changements l'attendaient s'il voulait vendre et qu'elle décidait de ne pas le faire...

— Bien sûr qu'elle peut venir si elle le souhaite. On ne voudrait pas contrarier Pluma, dit Jero, chassant toute pensée de l'esprit d'Ivy.

Il lui lança un regard en coin avant de rabattre ses lunettes de soleil sur ses yeux, se rendant insondable.

Aayla poussa un cri de joie, saisit la main d'Ivy et fit

signe à Pluma de les suivre sur le sentier, dans la direction opposée à la clinique.

Ivy s'attendait presque à ce que l'oiseau s'envole à nouveau, mais pour l'instant, Pluma semblait satisfaite de sa précédente aventure. À la place, elle vola jusqu'à l'épaule de Jero et s'y percha sur ses petites pattes bleues. Jero éclata de rire, et toute la tension retomba.

— Elle veut faire un tour avec papa ! s'exclama Aayla.

Qui ne le voudrait pas ? songea Ivy qui sentait l'anxiété remonter sa colonne vertébrale. Si elle allait chez eux, Jero et elle finiraient par être obligés de parler de ce qu'il s'était passé. Il lui dirait que ça ne devait plus se reproduire, et elle devrait donner son accord. Quel embarras…

Elle repoussa ces pensées tandis qu'ils marchaient dans le soleil de la fin d'après-midi.

Le reste de son temps ici était réservé à ses devoirs envers les adorables Aayla et Pluma, et les chiots. C'était tout.

10.

Jero sentait ce qu'il appelait désormais « le poison Ivy » reprendre son emprise sur lui, rien qu'en la voyant administrer un anesthésiant au chien sur la table devant eux.

Même si Ivy Malone était tout sauf un remède, prétendre que son départ imminent ne l'affectait en rien serait atroce.

— C'est presque fini, petit bonhomme, dit-elle à l'animal fraîchement adopté, prêt à être stérilisé.

En vérité, il avait un peu l'impression qu'une partie de lui-même allait aussi passer sous le scalpel.

Ivy avait quitté l'Aqua Breeze Resort. Sa valise était dans la réserve, tel un funeste présage, en attendant qu'elle parte prendre le ferry qui l'emmènerait à l'aéroport.

Depuis le dîner chez lui, quand Aayla avait insisté pour qu'Ivy les borde, Pluma et elle, et leur lise une histoire, il retenait l'envie dévorante de lui dire que sa présence avait signifié énormément. Pour sa fille et pour lui.

Ces mots étaient toujours sur le bout de sa langue, mais il ne les avait pas prononcés.

Ils savaient tous les deux ce que cette rencontre avait été, non ? Juste un moment, ponctuel. Une seule fois très, très agréable et mémorable, mais une seule quand même. Devenir sentimental et émotif à propos de son départ serait trop sérieux, trop dramatique. Ce serait comme admettre qu'il aimait l'avoir près de lui, qu'il avait besoin d'elle.

Or il n'avait *pas besoin* d'elle, ni à la clinique ni ailleurs. Il en avait assez bavé pour se remettre de la dernière touriste qui l'avait attiré, puis épousé, puis abandonné. Il allait enfin bien, pas question de revivre ça ni rien de similaire.

Il avait laissé passer toutes les occasions de parler à Ivy de quoi que ce soit d'important, et maintenant il lui semblait trop futile de mettre ça sur le tapis. Ivy n'avait pas essayé non plus de parler de ce qu'il s'était passé. Il ne savait pas si elle était gênée ou si elle regrettait d'avoir couché avec quelqu'un d'autre durant sa prétendue lune de miel. Entre eux, ils étaient passés maîtres dans l'art de parler uniquement de choses banales. Et maintenant, ils comptaient les minutes qu'il leur restait en stérilisant un autre animal.

— Passe-moi ce scalpel, s'il te plaît.

— Celui-ci a l'air plutôt bien. Il va bientôt se réveiller. J'appelle son maître…

Parler pour de bon à Ivy. Lui dire quelque chose de gentil. C'était le moins qu'il puisse faire.

Ce soir-là, quand elle s'était jointe à eux pour le dîner, Angie, la mère de la copine d'Aayla, avait choisi le plus gros et le plus mignon des chiots. Un peu pompette, elle avait fait sa pipelette à table, parlant ouvertement des liaisons de son ex-mari pendant que les fillettes jouaient à l'étage. Quand sa fille et elle étaient enfin parties, les laissant seuls dans le salon, Ivy et lui, il avait été sur le point d'évoquer leur écart avec désinvolture, sans en faire un drame mais sans non plus l'ignorer. Mais il n'avait pas trouvé les mots justes. Aayla avait appelé Ivy dans sa chambre pour une histoire. Puis celle-ci avait trouvé une excuse pour rentrer chez elle.

C'était peut-être mieux comme ça, non ?

Idiot. Il préférait la laisser partir sans un mot plutôt que de parler de ses sentiments ?

Bien sûr, Ivy avait insisté pour venir travailler avant de partir, et ce qu'il y avait entre eux n'avait pas disparu juste parce qu'il l'avait espéré. Cela flottait toujours, comme un fantôme insolent.

Fantôme qui était toujours là, dans la voiture, deux heures plus tard, alors que le ferry à énergie solaire pour l'aéroport de Baltra venait juste d'accoster.

— Tu n'avais vraiment pas besoin de me conduire au ferry, tu sais, dit Ivy.

Ses mains serraient et desserraient le bord de son siège. Son jean et ses bottines en cuir marron prévus pour l'atterrissage à Galway soulignaient combien ils vivaient dans des mondes différents.

Il agrippa le volant du pick-up, puis coupa le moteur.

— Je viens avec toi, déclara-t il.

— Pour être sûr que je parte vraiment, hein ?

Mais ce n'était pas drôle. Il n'y avait rien de léger dans ce moment. En fait, Jero était affligé par la douleur sourde et incessante dans son cœur. Il n'avait aucune envie de la reconnaître, mais il ne pouvait pas l'ignorer.

Il laissa malgré lui sa main s'attarder dans le creux du dos d'Ivy tandis qu'il faisait rouler sa valise sur le ferry. Ils firent la courte traversée du canal Itabaca dans un silence relatif, sous un ciel nuageux et maussade, et le silence se prolongea jusqu'au hall des départs.

— Il y a un monde fou ici, remarqua Ivy en se frottant les bras et en lui jetant un regard en coin.

Pourquoi ne pouvait-il pas simplement le dire ? Il avait aimé l'avoir près de lui, il aurait voulu qu'elle reste plus longtemps. Cette unique fois lui avait donné envie d'elle plus qu'il n'avait jamais eu envie de personne.

Pourquoi était-il un tel idiot égoïste ?

Ce matin, Aayla avait fait un énorme câlin à Ivy avant l'école. Ivy avait parlé de lui laisser son appareil-photo, mais il avait refusé. Il achèterait à sa fille son propre appareil. Ivy avait paru plutôt blessée par son refus, mais un cadeau – c'est-à-dire un souvenir – n'était pas souhaitable en l'occurrence. En réalité, il aurait même préféré ne pas laisser sa fille lui dire au revoir. Les adieux signifiaient douleur et larmes pour Aayla – merci, Suranne. Pour lui aussi, probablement.

Mais il ne s'agissait pas de lui.

Vraiment ?

— C'est une mauvaise blague ? s'exclama Ivy.

Elle fixait le tableau des départs d'un air renfrogné.

— Ma correspondance à Guayaquil est annulée ! Tu le crois ? Ils auraient pu envoyer un message…

Elle leva les yeux au ciel.

— Je sais, je sais, la vie sur une île… Mais sérieusement, pourquoi maintenant ? Ça ne pourrait pas tomber plus mal !

Jero éclata de rire à ses paroles, sans même savoir pourquoi. Un brusque soulagement, peut-être, parce qu'elle n'allait nulle part, pas encore en tout cas. Ce changement de plan lui faisait tourner la tête.

Il la suivit comme un sherpa avec sa valise jusqu'au bureau d'enregistrement, sur lequel elle plaqua son passeport avec brusquerie.

— Je dois aller à Galway.

— Désolée, madame, il y a eu un problème technique. La compagnie aérienne a suspendu tous ses vols.

Il écouta l'hôtesse expliquer qu'un des avions internationaux de la compagnie connaissait une panne sur un de ses moteurs et qu'Ivy serait prioritaire sur le vol suivant, dans cinq jours, plus ou moins.

Elle réussit à ne pas paraître aussi ennuyée qu'elle l'était sans aucun doute, même quand ils furent de retour dans la voiture en direction de Puerto Ayora.

— Cinq jours avant que je puisse prendre mon vol. Plus ou moins. Qu'est-ce que je vais faire d'ici là ? Je ne peux pas retourner à l'Aqua Breeze, dit-elle en regardant le paysage défiler. Même s'ils n'étaient pas complets un an à l'avance, ma prétendue lune de miel n'a apporté que des tracas à cette pauvre Nayely.

Il fronça les sourcils. Il était peut-être cinglé, mais il avait déjà une longueur d'avance.

— Tu sais, si tu veux, on peut t'installer dans le logement du personnel à la clinique. Ce n'est pas si mal, à condition de ne pas détester Bob Marley.

Elle se tourna vers lui et, durant une seconde, il crut qu'elle allait lui rire au nez à l'idée de prolonger le temps embarrassant qu'ils passaient ensemble.

— Tu veux me donner une chambre à côté de Dudders ?

Il haussa les épaules mais ne put s'empêcher de glousser.

— Je dis juste que l'offre d'une chambre est là, que tu veuilles continuer à travailler pour nous ou non.

— Pourquoi je ne le voudrais pas ?

Il resta silencieux, sentant ses yeux le transpercer.

C'était une question piège.

— Je suppose que… tu as décidé d'en finir avec tout ça, hasarda-t-il après un moment.

— Parce qu'on n'a jamais parlé de ce qu'il s'est passé ?

Ivy expira longuement. Quand elle reprit la parole, sa voix se brisa comme du verre, projetant des éclats à travers la carapace durcie de Jero.

— Ça ne veut pas dire que j'en ai fini, Jero. En fait, si tu veux savoir, quand j'ai vu que le vol était annulé, d'une certaine façon, je me suis sentie soulagée.

Elle était sérieuse ?

Alors que la réalité le rattrapait, un déferlement inexorable monta de ses reins et l'envahit, faisant basculer son esprit en pilote automatique. Il écrasa le frein.

Ivy sursauta et s'agrippa au tableau de bord tandis que la voiture faisait une embardée et s'arrêtait sur le bas-côté dans un nuage de poussière.

— Descends, ordonna-t-il, laissant le moteur tourner.

— Quoi ? bafouilla Ivy, serrant son sac contre elle.

— Sors de cette voiture !

Avant qu'elle ajoute quoi que ce soit, il était dehors et

contournait le pick-up. Il ouvrit sa portière à la volée et, au moment où elle posait une bottine décidément peu adaptée sur le sol sablonneux, il se pencha et prit son visage dans ses mains.

— Je ne voulais pas non plus que tu partes déjà.

Il pressa son front contre le sien, des jours d'émotions refoulées menaçant de se déverser.

Au diable tout ça.

— Je n'aurais pas dû ignorer ce qu'il s'est passé. J'aurais dû dire quelque chose. Je suis un imbécile.

— Moi aussi !

— Je n'ai pas été capable de me sortir de la tête ce jour-là, ni le goût de toi.

Ivy attrapa sa chemise par le col et le tira vers elle.

— Mon Dieu, moi non plus.

L'odeur d'Ivy envahit ses sens, le rendant fou. Il trouva ses lèvres, mû par la même intensité que lors de la tempête. Les mains d'Ivy le parcouraient, soudain possessives, exigeantes. Ils s'embrassaient si furieusement qu'elle était plaquée contre la voiture, une jambe autour de sa taille. Ils ne reprirent leur souffle qu'en entendant les coups de klaxon d'un chauffeur de camion qui essayait de faire passer son large chargement à côté du 4 – 4.

Moins d'une heure plus tard, Jero faisait rouler la valise d'Ivy dans le hall de la résidence Pelican Hill.

— On a fait construire ces appartements juste avant notre maison, expliqua-t-il en appelant l'ascenseur. J'ai vécu ici un certain temps avec Aayla après… Je les loue surtout aux touristes.

Ivy contempla le hall d'entrée étincelant avec son décor géant consacré à la vie marine et ses palmiers en pot.

— Tu veux dire qu'ils t'appartiennent ? Pourquoi je ne le savais pas ?

Sa main glissait le long du bras de Jero, comme si elle ne pouvait se résoudre à rompre le contact.

— Sans doute parce que je ne te l'ai jamais dit.

Il se surprit à sourire devant ses lèvres légèrement enflées.

Il avait arrêté la voiture plusieurs fois sur le trajet pour explorer sa bouche, retrouver la sensation de perfection d'auparavant. Ce qu'il se passait en ce moment était clairement *tout* ce qu'il s'était promis de ne pas faire, mais il préférait ne pas s'en soucier. D'une certaine façon, l'univers – ou un avion défectueux – lui avait donné une autre chance. Comment l'ignorer ?

Il la serra contre lui dans l'ascenseur et l'embrassa jusqu'au troisième étage, où elle s'écarta rapidement quand les portes s'ouvrirent.

— Je te mets au 301, dit-il en glissant sa carte dans la serrure magnétique. Ne t'inquiète pas, Dudders est au premier étage.

— Tu as des serrures électroniques ici ? C'est intéressant, ironisa-t-elle en déposant des baisers le long de son tatouage, ce qui lui fit oublier un instant ce qu'il faisait. Je suis surprise que tu n'aies pas à inscrire mon nom dans un livre poussiéreux qui sent le renfermé…

— Oh ! on fera ça aussi ! riposta-t-il.

Et il la souleva pour la porter sur son épaule.

Elle protesta en riant tandis qu'il poussait sa valise à l'intérieur avec le pied et claquait la porte derrière eux. Il l'allongea sur le lit et se pencha sur elle, lui coinçant les mains au-dessus de la tête, pressées contre le matelas.

— Et maintenant ? grogna-t-il, entendant sa gorge étranglée par le désir.

— Et maintenant ? répondit Ivy en l'attirant vers elle avec ses jambes.

Une seconde après, il l'étouffait de baisers, laissant sa langue poursuivre son voyage dans des endroits encore plus délicieux de son corps laiteux.

Certes, il n'aurait pas dû, pas plus que la fois précédente. Mais il y avait quelque chose de différent. Cette fois, il ne pouvait littéralement pas s'arrêter. Aucune logique ou raison n'était suffisante pour qu'il éloigne d'elle ses mains ou sa bouche.

Il lui ôta ses bottines ridicules. Le reste de leurs vêtements suivit séance tenante. Ils savaient tous les deux que la voiture n'avait été qu'un préliminaire. Il ne fallut pas longtemps pour qu'elle se tortille, gémissante, nue contre lui, comme ce jour-là sous la pluie drue qui tombait au-dessus de leurs têtes. Il caressa la chair blanche et lisse de son ventre, tandis qu'elle arquait les hanches à sa rencontre et le suppliait.

— Tu as envie de moi ? demanda-t-il d'une voix rauque.

— Plus que je ne le devrais, murmura-t-elle.

C'était une invitation en soi.

Elle cria quand il plongea en elle d'une poussée avide qui lui fit crisper les doigts sur ses épaules. Rien n'avait jamais paru aussi bon. Il fit taire les voix qui lui disaient qu'il allait le regretter. Rien n'avait changé, il en était conscient. Ivy partirait. Mais pas encore. Est-ce que partager un peu de plaisir avant cela était vraiment si mal ?

Il devait ralentir, sous peine de jouir trop tôt, mais Ivy était redoutable. Elle le chevaucha de manière experte jusqu'à ce qu'il sombre dans le néant de la passion pour la deuxième fois.

Ils avaient passé plus d'une heure ensemble, intervertissant les positions, essayant des choses qu'il ne se souvenait même pas d'avoir essayées avant – ou alors c'était juste différent avec elle. Ils s'accordaient parfaitement. Le corps mince d'Ivy, tout menu et tremblant contre le sien, donnait une impression de délicatesse, mais elle n'était pas timide. Elle savait exactement ce qu'elle voulait.

— Jero, je t'en prie…

Elle émit un son animal qui l'excita plus que tout ce qu'il avait jamais entendu, embrassa ses lèvres, puis pressa la bouche sur son épaule en le serrant dans ses bras. Les draps étaient trempés, les palmiers derrière la fenêtre avaient l'air tout gênés d'assister à ce spectacle.

— Je t'en supplie…

— Dis-moi que tu voulais recommencer après la dernière fois, murmura-t-il en se redressant au-dessus d'elle.

Il adorait l'expression de son visage quand il la mettait ainsi au supplice avec une promesse de plaisir. L'émotion qui l'avait submergé ne lui ressemblait pas. C'était comme si Ivy avait débloqué un autre côté de lui, un côté primitif qu'il n'avait jamais exploré et qu'il voulait découvrir encore et encore.

Elle sourit et lui agrippa les hanches pour le tirer à elle.

— Je le voulais. Je le veux !

Il la pénétra à nouveau avec la vigueur qu'elle demandait, mémorisant son visage alors que le plaisir la traversait. Elle eut un petit rire rauque et espiègle, comme si elle non plus ne se reconnaissait pas complètement.

Il ne se lassait pas de ses gémissements, de ses cris de plaisir. Quand il sentit l'orgasme l'emporter, il aurait juré qu'il venait de danser avec son âme dans une tout autre dimension.

— Il faut vraiment cinq jours pour réparer un avion ? demanda pensivement Ivy, quelque temps plus tard, en reprenant son souffle.

Il se tourna pour lui faire face, étudiant les taches de soleil dans ses yeux et l'éclat révélateur de ses joues. La lumière du jour se déversait encore par la fenêtre sur leurs corps humides et pantelants, et sur les draps froissés.

— Cinq jours, plus ou moins, lui rappela-t-il, glissant une boucle rousse derrière son oreille pour la voir s'échapper aussitôt. Ça ne doit pas être le meilleur avion s'ils ont besoin d'une semaine pour faire venir des pièces de rechange.

— Ou un ingénieur spécialisé ? Peut-être que je l'ai échappé belle, ajouta-t-elle en feignant un frisson horrifié. Peut-être qu'on devrait juste en profiter. À moins que…

Elle marqua une pause. Il l'entendait presque réfléchir.

— À moins que ? insista-t-il, mais il lisait déjà son visage.

— Je veux dire, je pars toujours, Jero.

Elle suivit doucement du doigt la raie manta sur son bras et soupira. Soudain, l'ambiance était gâchée.

Il repoussa le drap, cherchant la fraîcheur.

— Je sais, admit-il en soupirant aussi.

— Alors… Ce n'était pas une très bonne idée, hein ?

L'expression d'Ivy se fit triste. Elle lui caressa la joue et ce contact se logea directement dans son cœur. Il avait l'impression qu'elle s'attendait à ce qu'il proteste, mais comment le pourrait-il, alors qu'elle avait raison ? Une fois de plus, il avait laissé ses instincts bestiaux prendre le dessus. La réalité le giflait au visage.

Aayla avait été bouleversée quand Pluma s'était envolée, et Pluma n'était qu'un oiseau. La fillette était traumatisée parce qu'il avait échoué à garder Suranne sur l'île assez longtemps pour l'élever avec lui. Il serait un imbécile s'il réitérait l'expérience avec quelqu'un d'autre. Redire au revoir à Ivy serait atrocement déroutant pour lui et pour sa fille.

Il se ressaisit, passa une main sur son crâne.

Cette femme lui plaisait beaucoup plus qu'il ne s'y attendait, mais les femmes venaient et quittaient sa vie, et quand Ivy partirait aussi, Aayla serait torturée par des questions auxquelles il ne pourrait répondre. Quel genre de message lui envoyait-il ?

— Jero ?

Ivy le fixait.

Il aurait voulu l'embrasser encore, passer au deuxième round, mais il voulait aussi prendre ses affaires et s'en aller. Que ce soit *vraiment* la dernière fois qu'ils se voyaient.

Elle entrelaça leurs doigts et pressa sa main sur l'oreiller entre eux, comme si elle le sentait déjà s'éloigner. Ses yeux implorants faillirent lui faire tout oublier hormis à quel point c'était bon d'être avec elle. Mais elle l'avait dit en premier, non ? C'était une mauvaise idée. S'ils continuaient, même plus ou moins cinq jours, il ne pourrait pas s'empêcher d'impliquer Aayla, et ce serait encore plus compliqué.

— Je ne regrette pas ce qui vient de se passer, commença-t-il, sentant le poids de ses pensées s'accumuler sur sa langue.

Les mots étaient lourds et froids, tels des glaçons écrasant les flammes qui venaient de brûler entre eux. Mais s'il ne les prononçait pas maintenant, il ne le ferait jamais.

Il se tourna vers elle.

— Pas de regrets, Ivy Malone, poursuivit-il.

— Pas de regrets, acquiesça-t-elle en resserrant les doigts autour des siens.

— Mais tu as raison. Ce n'était pas une bonne idée. Cela ne doit pas se reproduire. Tu devrais profiter des quelques jours qu'il te reste. Tu peux loger ici, bien sûr, mais oublie l'idée de travailler à la clinique. Sors, profite des îles, prends plus de photos…

Elle se redressa d'un coup, remontant le drap contre sa poitrine. La douleur qu'il vit sur son visage le bouleversa. Il réalisait maintenant qu'il l'avait un peu testée, dans l'espoir qu'elle réagirait et lui dirait qu'elle envisageait autre chose que s'envoler pour toujours.

— D'accord, répondit-elle lentement, prudemment, alors que son cœur martelait ses côtes comme un boxeur dans une cage. Je comprends, tout bien considéré. Aayla considérée.

Il serra les poings.

Idiot ! Bien sûr, elle ne voulait rien d'autre. Il s'attendait à quoi ? À ce qu'elle lui annonce qu'elle vendait son cabinet en Irlande pour s'installer ici avec lui et Aayla ? Ils ne lui suffisaient pas, pas plus qu'ils n'avaient suffi à Suranne. Il était tombé amoureux d'une autre boule d'énergie obstinée qui finirait par les écrabouiller, sa fille et lui.

Il se força à ne pas la retenir lorsqu'elle se leva, laissant sur le lit un creux de chaleur et de soleil en forme d'Ivy. Se mordant la langue, il la regarda se retourner, entièrement nue, pour lui faire face.

Mon Dieu, elle était magnifique. Il ne se souvenait pas

d’avoir eu envie d’une femme à ce point, mais il avait déjà été assez stupide de s’impliquer ainsi.

Laisse-la partir. Laisse-la partir.

Elle l’étudia une seconde, puis prit ses vêtements.

— Alors, j’imagine que c’est la dernière fois que tu me vois, Jero. C’est fini.

11.

Non loin du stand de Marsha, Ivy photographiait trois enfants qui jouaient joyeusement au ballon devant le marché aux poissons toujours aussi animé.

— Ivy ! la héla Marsha. Je ne t'ai pas vue ces derniers jours, je pensais que tu étais partie.

Ivy remit le capuchon de l'objectif sur son appareil.

— Non, je suis toujours là.

Elle était restée relativement discrète depuis qu'elle s'était retrouvée coincée ici trois jours plus tôt, en grande partie parce qu'elle ne voulait pas susciter des questions comme celle-ci, qui l'amèneraient à parler de Jero. Les gens s'étaient probablement accoutumés à la voir avec lui.

Elle contourna Álvaro, lissa sa robe verte et s'approcha pour saluer Marsha, qui tranchait une tête de poisson.

— Tu travailles encore à la clinique, alors ? demanda cette dernière.

— Pas exactement.

Ivy inspira à fond, soulagée que le moment soit interrompu par le pélican habituel qui plongeait sur la tête de poisson. Marsha le chassa et, après avoir bavardé quelques minutes, Ivy prit congé.

Une fois de plus, Jero envahit ses pensées.

Savoir qu'elle était à la fois si proche et si loin de lui, après tout ce qu'il s'était passé, lui tordait constamment le ventre. Plus elle se repassait la scène dans sa tête, plus elle craignait d'avoir réagi de manière excessive. Avec son silence, en restant à l'écart, elle jouait le rôle de la touriste qui repart toujours, au lieu de peut-être, juste peut-être, celui d'une femme qui voyait l'ébauche d'un avenir dans lequel elle n'avait jamais osé se projeter auparavant. Quand ils étaient en train de faire l'amour, elle avait imaginé vendre, revenir ici, voir si ça pouvait marcher. Mais elle ne l'avait pas dit à Jero. Parce qu'elle débordait de phéromones, qu'elle était pleine de lui et qu'elle avait eu peur qu'il ne ressente pas la même chose.

Reprenant sa marche, elle tenta de chasser Jero de sa tête. Quel bien cela lui ferait-il de se laisser aller à d'autres accès de folie arbitraires ? Une enfant était impliquée. Elle avait fait ce qu'il fallait.

N'est-ce pas ?

Jero persistait pourtant à l'obséder, le son de sa voix, la sensation de ses lèvres sur les parties de son corps qui brûlaient encore pour lui. La passion qu'il avait manifestée au lit n'était qu'un prolongement de la façon dont il se comportait au quotidien. Elle n'avait jamais eu un amant pareil. Un amant avec qui elle s'accordait si aisément. Les premières fois avec Simon avaient demandé un peu d'adaptation. Elle s'était dit plus souvent « c'était sympa » que « waouh, ça emmène dans une autre dimension ! ». En fait, elle pouvait dire la même chose de la plupart de ses rencontres sexuelles précédentes. Elle en était presque venue à croire que le sexe était surfait.

Maintenant, elle savait que ce n'était pas le cas. Elle pouvait se sentir excitée rien qu'en pensant aux positions qu'ils avaient essayées. S'arrêtant à l'ombre d'un arbre, elle répondit à la sonnerie de son téléphone, observant deux autres enfants qui jouaient sur la plage qu'elle avait nettoyée au début de son séjour. Cela lui semblait déjà si loin. Et, bizarrement, elle remarquait des enfants partout alors qu'elle les voyait à peine, avant.

— Salut, toi ! Des nouvelles de ton vol de retour ?

La voix de Mike semblait déjà étrange, hors contexte.

— Pas encore, répondit-elle en soupirant.

— Il n'y a pas d'autres vols que tu pourrais prendre ?

— Si, mais ils coûteraient plus cher. Je n'ai pas à payer plus si j'attends l'avion de ma compagnie aérienne.

— Celle avec des moteurs défectueux ? C'est logique, j'imagine.

Elle sourit à sa causticité tout irlandaise.

— Quelles sont les nouvelles de Blue Stream Veterinary, Mike ? Je n'ai pas regardé mes e-mails ces jours-ci.

— J'ai remarqué que tu avais fait une pause sur ce plan-là, en effet. C'est une bonne chose, Ivy. Mais oui, ils nous ont donné un délai pour leur répondre. Dans six semaines. Tu étais censée être rentrée à ce jour, donc autant te le dire maintenant : j'ai assez envie de vendre.

Elle prit une grande inspiration.

Elle l'avait su au fond d'elle, elle l'avait senti venir, telle une alarme sur un compte à rebours qu'elle avait juste refoulée.

Les parents des deux enfants s'enlaçaient à présent, devant leur progéniture qui s'ébattait en maillot de bain fluo.

Son cerveau erratique la ramena dans la charmante maison de Jero, le soir où elle avait lu une histoire pour Aayla. Ils s'étaient tenus de part et d'autre du lit, avec ses ridicules draps Petit Pingouin assortis au pyjama d'Aayla. Trop mignon. En fait, c'était si chaleureux, aimant et douillet, cette unité familiale… comme quelque chose qui lui manquait.

Bien sûr, cette sensation l'avait paniquée, et elle était partie dès qu'elle avait pu. C'était vraiment stupide de se faire des idées pareilles à cause d'un homme qui vivait à des milliards de kilomètres de son quotidien. Ce n'était pas comme si le fait d'avoir rencontré un père célibataire sexy et son enfant pouvait remplir le trou solitaire dans lequel elle avait passé son enfance.

Ils l'avaient conviée dans leur cellule familiale, jusqu'à un certain point. Ils lui avaient donné l'impression qu'elle faisait partie d'une famille pour la première fois depuis que son père était mort et que sa mère avait oublié son existence.

Ils lui avaient aussi fait oublier qu'elle avait des décisions très adultes à prendre concernant son propre bébé – sa clinique.

— Est-ce que tu écoutes, au moins ?

Elle avait vaguement enregistré que Mike parlait des aspirations du groupe de capital-investissement, mais il était maintenant question de la perruche de Miss O'Reilly qui perdait ses plumes… Elle s'excusa, l'esprit vacillant sous toutes ces informations.

— Tu n'as pas envie de rentrer, pas vrai ? demanda-t-il, l'arrêtant dans son élan. Tu veux passer plus de temps avec ce Jero. *Et* avec sa fille.

— Ne sois pas ridicule, rétorqua-t-elle, d'une voix si aiguë qu'un iguane tourna la tête vers elle.

— Au moins, pour une fois, tu t'es déconnectée, dit Mike. Il n'y a pas que le travail dans la vie. Mais tu sais, Ivy, ta vie ne s'épanouira que jusqu'au niveau dont tu te contentes.

Elle en resta muette une seconde.

— Waouh, Mike ! Quelle découverte !

— En tout cas, si tu n'étais pas encore aussi piégée dans le passé, tu commencerais peut-être à voir un avenir différent. Pour cette clinique, pour toi-même ! Écoute, personne ne peut te reprocher de garder ton cœur verrouillé, mais parfois tu devrais le laisser sortir de cette cage dans laquelle tu le maintiens… Juste un petit moment.

Elle fixa l'océan, bouche bée, puis se mordit les joues.

Mike ne connaissait pas tous les détails. Elle avait déjà ouvert la porte de cette cage par deux fois… Même un peu plus qu'une porte, pour être honnête. Et cela avait été sexuellement époustouflant ! Mais elle serait de retour à Galway dans quelques jours, où tout ça serait du passé et où son cœur se rebifferait très certainement de retourner dans sa cage. Elle ne les reverrait jamais, et elle devrait essayer de les oublier.

C'est ce qu'elle dit à Mike, de plus en plus consciente à mesure qu'elle parlait qu'elle ne disait pas la vérité, qu'elle se privait de ce qu'elle voulait vraiment. Mike se moqua d'elle, rappelant qu'elle lui avait demandé d'envoyer son vieil appareil-photo à la clinique de Santa Cruz, pour Aayla. Jero avait refusé qu'elle lui offre le plus récent, après tout, et elle avait voulu laisser à l'adorable fillette de quoi nourrir son talent.

— Tu es célibataire, Ivy, amuse-toi ! Je vais dire à ces gens qu'ils devront attendre un peu plus longtemps, c'est décidé. Rappelle-toi, ce n'est pas parce que je veux vendre que tu dois le faire. Tu pourrais aussi travailler sous une nouvelle direction pour un salaire énorme… Il y a beaucoup de choses à prendre en compte. Tu pourrais même travailler sous contrat et prendre des vacances prolongées. N'importe où.

Il mit l'accent sur *n'importe où*. Comme s'il voulait dire *ici*, aux Galápagos. Puis il annonça qu'il devait y aller. La perruche avait besoin de lui.

— Ivy ?

La voix de Dudders derrière elle la fit pivoter juste au moment où elle raccrochait. Il portait un sac de petits poissons dont elle savait qu'ils étaient destinés aux chatons et autres animaux de la clinique.

— Je pensais bien que c'était toi. Comment ça se passe au troisième étage du Pelican Hill ?

— Super, merci. Comment va la Darwin Clinic ?

Dudders lui relata consciencieusement les derniers événements. Puis il mentionna une sorte de bug dans le nouveau système de classement numérique, qu'ils ne parvenaient pas à résoudre.

— Jero a dit que tu voulais profiter du reste de ton temps ici, loin de la clinique, ce qu'on comprend parfaitement tout à fait, hein. Mais si tu avais quelques minutes…

Il la regardait avec espoir par-dessus son sac de poissons.

Elle déplaça son appareil-photo sur l'autre épaule, se renfrognant à mesure qu'elle assimilait les mots de Dudders.

Qu'est-ce qu'il se passait, aujourd'hui ? L'univers la testait, à coup sûr. D'abord l'annonce de Mike, maintenant ça. Jero avait dit aux autres bénévoles qu'elle avait décidé *volontairement* de ne pas être présente. Comment osait-il ? Pas du tout ! Il mettait *ses* mots à lui dans sa bouche.

Son sang se mit à bouillir tandis que son esprit s'agitait.

Oui, elle avait mis fin à leur relation, mais il n'avait pas à agir comme si elle était déjà partie, surtout si on avait besoin d'elle. Il lui avait dit qu'il ne regrettait rien. Il avait menti. Il regrettait tellement qu'il essayait activement de ne pas l'impliquer dans quoi que ce soit !

Avant de projeter son irritation envers Jero sur le pauvre Dudders, elle prit une nouvelle grande inspiration.

— J'ai quelques minutes.

Puis elle le précéda, fonçant droit vers la clinique.

— Ivy ! s'écria Aayla, échappant à sa nounou et percutant presque Ivy à la seconde où elle entrait avec Dudders. Je croyais que tu étais partie !

— Je l'étais, mais…

Ivy balaya la réception des yeux en quête de Jero, tandis que son cœur bondissait.

Elle ne s'attendait pas à trouver Aayla, qui aurait dû être à l'école. À première vue, Jero n'était pas sur place. Elle ne savait pas si elle devait être déçue ou soulagée, mais toute sa colère se dissipa sur-le-champ.

Qu'était-elle censée dire à Aayla alors qu'elles s'étaient déjà dit au revoir trois jours plus tôt ?

— J'ai mal à la gorge, déclara la fillette en mettant ses mains autour de son cou avec une grimace.

Elle était absolument craquante avec ses cheveux bruns qui, retenus par un bandeau écarlate, flottaient en bouclettes autour de son visage. Mais elle était en effet plus pâle que d'habitude.

— Oh ! Je suis désolée que tu sois malade, mon cœur, se surprit à dire Ivy, s'agenouillant pour se mettre à sa hauteur. Quand est-ce que tu as commencé à te sentir mal ?

— Pendant la leçon de calcul.

Ivy sourit et repoussa délicatement une mèche de cheveux derrière l'oreille de la fillette.

— Le calcul me faisait le même effet.

— Je l'ai ramenée plus tôt de l'école, expliqua Nina.

— Je suis si contente que tu sois là !

Aayla jeta les bras autour de son cou, tandis que Pluma sortait de sous la petite table près de la porte. Elle alla se percher sur une étagère, au-dessus des dossiers qu'Ivy avait espéré rendre inutiles, et elle tendit sa tête blanche vers elle. Était-elle en train de lui dire bonjour ?

Ivy était abasourdie. L'oiseau devenait plus grand et plus domestique chaque jour. Elle avait déjà la taille d'un corbeau géant, et si elle volait librement, c'était toujours en orbite autour d'Aayla.

Incroyable !

— Donc, l'ordinateur…

Dudders la regardait avec des yeux pleins d'espoir.

— Oh ! Oui, bien sûr, dit-elle en posant son appareil-photo sur le bureau avant de s'y asseoir.

Elle était en train de régler le problème quand Jero franchit la porte. Son cœur se mit à battre la chamade.

Il avait les épaules voûtées, son beau visage était marqué par l'inquiétude. Il portait de nouveau la casquette du Texas, des tongs et un T-shirt bleu marine. Sublime, à sa façon totalement inconsciente.

Il ne la remarqua pas au début. Il alla directement vers Aayla et s'accroupit près de la petite table où elle avait repris sa lecture avec Nina.

Comme il aurait été ridicule d'essayer de se cacher derrière l'ordinateur portable, Ivy se leva, tentant d'ignorer les mini-clowns qui faisaient des sauts périlleux dans son ventre.

— Salut, Jero.

Surpris, il se tourna vers elle.

— Ivy !

— J'étais en train de reconfigurer vos fichiers. Si vous m'en aviez parlé plus tôt, vous auriez économisé quelques heures de travail. Une partie de ce que vous avez entré devra être rajoutée.

Il haussa les épaules, il avait l'air un peu penaud devant les autres.

— Je, hum… Je ne voulais pas te déranger.

Ou plutôt, il ne voulait pas qu'elle vienne ici, au cas où elle révélerait comment il avait envoyé par deux fois au septième ciel la touriste qu'elle était, pour commodément oublier ensuite son existence !

Mais elle garda son calme.

— C'était un petit problème avec le serveur. Si ça se reproduit, vous pouvez juste…

Elle redressa les épaules et se raidit, mesurant que, quoi qu'elle dise, cela lui passerait probablement au-dessus de la tête.

— Je vais tout mettre par écrit, en fait.

Jero ne disait rien. Il la fixait toujours comme si elle était un chat sauvage dont il ne savait que faire.

Était-il fâché qu'elle soit revenue ? Qu'Aayla sache qu'elle était toujours sur l'île et qu'elle s'était tenue à l'écart pour une raison quelconque ?

Quoi qu'il en soit, mieux valait partir avec sa dignité intacte.

— Heu, en fait, je viens de me rappeler que je dois y aller.

Elle referma l'ordinateur portable.

— Ivy, attends !

Jero faisait un pas vers elle, la main tendue, quand Pluma plongea depuis l'étagère sur le sac de poissons posé sur le sol. Elle l'attrapa avec son bec et s'envola avec, mais le sac se déchira. En un clin d'œil, les petits poissons s'abattirent comme des grêlons puants sur leurs têtes.

Nina poussa un petit cri. Jero essuya ses bras et sa nuque. Pluma commença à engloutir un poisson, posée en haut d'une pile de livres. Mortifiée, Ivy resta plantée là, à regarder des petits trucs argentés glisser de ses vêtements vers le sol…

Puis, brusquement, Aayla éclata de rire, son mal de gorge oublié. Nina suivit, gloussant derrière sa main. À la grande surprise d'Ivy, Jero se mit à rire aussi. Le simple fait de les entendre fit basculer un interrupteur en elle, et elle rit à son tour, si fort qu'elle pouvait à peine se tenir droite.

— Tu vois ! cria Aayla. Pluma ne veut pas que tu partes, Ivy !

Elle leva les yeux vers Jero, croisa son regard, et sentit ses joues s'enflammer.

Peut-être que la fillette avait raison – qui savait à quel point les fous à pieds bleus sont intelligents, en réalité ? Au moins, cette pluie de poissons avait apaisé la tension entre Jero et elle. Elle lui en voulait toujours d'avoir dit à tout le monde qu'elle ne voulait plus venir à la clinique, mais…

La porte derrière eux s'ouvrit en trombe.

— Aidez-moi, s'il vous plaît !

Les rires s'arrêtèrent net. Une adolescente venait d'entrer en titubant, pleurant comme une Madeleine. Dans ses bras, elle tenait quelque chose de mou qui semblait bien trop gros et trop lourd pour elle.

12.

Jero était encore en train d'intégrer le mal de gorge d'Aayla, la réapparition soudaine d'Ivy et la pluie de poissons, et maintenant l'adolescente parlait avec un débit de mitraillette. S'efforçant au calme, il tendit les clés de la maison à Nina pour qu'elle ramène Aayla.

Ivy menait déjà à l'arrière la fille et le chien qu'elle portait.

Il la rejoignit dans la salle d'opération, où elle lui lança une blouse et des gants, et entreprit d'anesthésier le chien pendant que l'adolescente les observait, les yeux larmoyants.

— Tu n'es pas obligée de rester, chuchota-t-il à Ivy.

Avant l'incident des poissons, il était sur le point de la remercier pour le nouveau logiciel. Il avait renâclé à l'utiliser, mais cet outil avait rendu les choses beaucoup plus faciles, avant qu'il tombe en panne.

— C'est une autre façon de dire que tu ne veux pas que je reste ? rétorqua-t-elle. Tu as dit à tout le monde que je ne voulais plus travailler ici. On n'était pas d'accord sur ce point, Jero.

Zut. Mais il n'eut pas le temps de répliquer.

— Dudders, on s'en occupe, Jero et moi, enchaîna-t-elle. Emmène cette demoiselle à la réception, s'il te plaît.

Il regarda Dudders conduire l'ado vers la porte.

Ses bénévoles en étaient venus à faire confiance à Ivy presque autant qu'à lui, et il lui avait demandé de rester à l'écart. Il avait ses raisons pour cela, et lui laisser du temps seule pour voir l'île était la moins égoïste d'entre elles. Il ne se faisait pas confiance en sa présence. Mais elle était là, et il avait besoin d'elle. Le chien, un mélange de beagle et de teckel qui n'avait pas un an, s'était fait écraser.

— Dégantage de la patte gauche, observa Ivy par-dessus la table alors qu'ils inspectaient les ongles de l'animal.

Ceux-ci étaient tous en train de se décoller, en même temps que sa peau et sa fourrure – un vrai désastre. Heureusement, Aayla avait été trop distraite par l'avalanche de poissons pour s'en rendre compte.

— Vous pouvez le sauver ? Je l'ai amené directement.

L'adolescente en larmes se tenait toujours dans l'embrasure de la porte, les fixant avec espoir.

— Il va s'en sortir, lui assura Jero.

Il croisa à nouveau le regard d'Ivy, essayant d'ignorer l'agitation qui y persistait. Ce n'était pas le moment de penser à la façon dont ils avaient laissé les choses… ou dont il s'était empêché chaque soir de courir à son appartement pour reprendre là où ils s'étaient arrêtés.

— La pauvre bête… Il est resté planté là et a laissé le scooter le heurter, poursuivit l'adolescente qui refusait de partir malgré les incitations de Dudders.

— On va s'occuper de lui, la coupa Ivy.

— Je vous en supplie, faites quelque chose ! Je pense qu'il n'était déjà pas très bien avant que ça arrive, ajouta-t-elle alors que Dudders parvenait enfin à la faire sortir.

Dix minutes plus tard, ils eurent le résultat des radios, qui n'étaient pas bons : la fille avait raison, ce chien était probablement né avec une patte déformée. C'était sans doute ce qui avait conduit à l'accident. Il n'avait pas été assez rapide pour éviter de se faire écraser.

Ivy baissa les yeux sur le chien inconscient.

— Pauvre bonhomme. Je pense qu'on va devoir amputer. Il s'adaptera assez vite sur trois pattes. Pour l'instant, il souffre trop pour continuer à profiter de la vie.

— Alors, on est deux dans le même cas, déclara Jero.

— Quoi ? s'exclama Ivy. Tu te compares à un chien ?

Un stupide chien en mal d'amour, peut-être, songea-t-il, agacé par lui-même.

— Allons-y, éluda-t-il, souhaitant que son esprit et son cœur s'accordent sur ce qu'ils ressentaient.

Ils s'occupèrent du blessé en silence.

Il ressentait comme de l'électricité chaque fois que leurs doigts se frôlaient. Sa présence lui avait manqué, de même que ses boucles flamboyantes et son sourire, et que sa façon d'interagir avec Aayla, qui avait laissé une forte empreinte sur la fillette, il ne pouvait le nier. Maintenant, sa fille voulait devenir photographe animalier.

Quelle femme, pour leur faire perdre la tête ainsi…

Il s'efforça de se concentrer sur les points de suture.

Soigner l'animal blessé était primordial, mais revoir Ivy de façon si inattendue l'avait mis en état de choc, comme ce chien. Ces derniers jours, il avait pensé à elle constamment. Aayla ne l'avait pas lâché :

« Ivy ceci… Ivy cela… Papa, Ivy manque à Pluma ! »

— Pourquoi as-tu dit à tout le monde que je ne voulais pas être ici ? demanda-t-elle en enlevant ses gants.

Jero installa le chien à trois pattes, endormi, dans une caisse. Il s'éclaircit la gorge.

— Je me testais, je suppose, pour voir comment ce serait quand tu serais vraiment partie…

C'était la vérité, n'est-ce pas ?

— Tu pars *toujours*, Ivy, ajouta-t-il, alors que le serrement familier commençait à se faire sentir dans sa gorge.

— Tu as raison. J'ai une vie à retrouver. Je devrais déjà y être, en réalité… d'autant plus que Mike veut vendre sa moitié de la société. Il me l'a annoncé tout à l'heure. Ce ne sera pas pareil sans lui. Je peux soit vendre et partir moi aussi, soit rester sous une nouvelle direction… Houlà, voilà que je pense encore tout haut. Je ne sais même pas pourquoi je te dis ça.

Ivy se tut, et il essaya d'ignorer le martèlement de son cœur.

Il savait reconnaître un appel à l'aide : malgré tout, elle

voulait son avis, ou un conseil. Or, il *ne voulait pas* se soucier de ce qu'elle ferait ensuite…

Il prit son temps pour verrouiller la cage et l'entendit déboutonner sa blouse chirurgicale.

Une fois qu'elle l'aurait raccrochée au mur, elle repartirait là-bas, en Irlande. Elle retournerait à sa vie compliquée qui n'impliquerait en aucun cas Aayla et lui, quoi qu'elle décide.

Elle poussa un soupir derrière lui.

— Tout est arrivé si vite entre nous, reprit-elle. Que tu ne veuilles pas me voir ici m'a vexée, mais tu as raison, ça aurait été compliqué si j'avais continué à travailler avec toi – c'est déjà assez gênant de te parler de ma vie comme si ça t'importait !

— Ivy, bien sûr que ça m'importe !

Elle leva la main quand il se retourna vers elle.

— C'est bon, Jero. On s'est bien amusés. Je sais que tu es très occupé, et je sais que tu dois penser à Aayla, à qui exerce une influence sur elle et de quelle manière, surtout après ce que ton ex-femme a fait…

— Cela n'a rien à voir avec Suranne, la coupa-t-il.

Les yeux d'Ivy s'arrondirent.

Il se maudit pour avoir répliqué ainsi, sur la défensive. Il voulait croire qu'Ivy n'avait été qu'une distraction temporaire, la source d'un peu d'amusement, mais elle était devenue beaucoup plus. Comment se faisait-il qu'il se soucie autant d'elle à chaque seconde ? C'était pour ça qu'il était en colère, il s'en rendait compte. Il avait développé des sentiments pour Ivy peut-être encore plus rapidement que pour Suranne. Apprendrait-il un jour ?

— Il faut que j'aille voir Aayla, grommela-t-il en enlevant sa blouse et la jetant dans le panier à linge. Je dois aussi me doucher pour me débarrasser de cette satanée odeur de poisson. Je vais passer la main à Dudders en sortant.

Elle jeta sa blouse par-dessus la sienne avec une violence qu'on n'aurait pas soupçonnée dans un corps si délicat.

Il se tourna vers elle et s'arrêta net.

Elle croisait les bras, les lèvres pincées.

— Merci pour ton aide aujourd'hui, dit-il, s'efforçant de ne pas se laisser affecter par la tempête de douleur et de fureur dans ses yeux ambrés. Et félicitations pour avoir développé une entreprise tellement géniale que d'autres veulent l'acheter. Ce n'est pas donné à tout le monde, ajouta-t-il avec un geste autour d'eux – pile à l'instant où un poster se décollait à nouveau du mur –, mais tu l'as fait. Ça doit être quelque chose d'incroyable, ce qui t'attend à Galway.

— Ce que *tu* fais ici est incroyable, Jero, répliqua-t-elle, en allant recoller le poster d'une claque ferme. Si tu ne vois pas à quel point je le pense vraiment, à quel point tu m'inspires et me fais penser que je devrais…

Elle s'interrompit, et il la dévisagea, décontenancé.

— Tu devrais quoi ? Qu'est-ce que tu allais dire ?

— Ça n'a pas d'importance, marmonna-t-elle, ce qui indiquait que ça en avait beaucoup mais qu'elle préférait néanmoins ne pas le dire.

Puis elle quitta la pièce dans un effluve de poisson, ce qui, d'une certaine manière, renforça encore plus le désir que Jero avait d'elle.

Jero lisait quand on sonna à la porte.

Il jura entre ses dents. Il était plus de 9 heures du soir, et Aayla dormait à l'étage. Sa gorge était encore douloureuse. Il ne voulait pas qu'elle se réveille. S'attendant à un voisin, il ouvrit la porte et marqua un temps d'arrêt.

— Ivy.

Elle sentait les fleurs et la crème de douche à présent, et elle était super sexy dans sa robe fluide couleur de l'océan.

— J'ai laissé mon appareil-photo à la clinique, et je n'ai pas les clés, expliqua-t-elle, trop froidement à son goût.

Il lui expliqua qu'il avait pris l'appareil avec lui après

qu'elle était partie en trombe. Il comptait le lui rapporter le lendemain. Peut-être.

— Je ne pensais pas que tu voudrais me voir, ajouta-t-il en indiquant la cuisine, où l'appareil était posé sur le comptoir.

Elle le prit, regarda autour d'elle avec circonspection, et il regretta de ne pas avoir fait la vaisselle.

— Merci de l'avoir mis en sécurité.

Il enfonça les mains dans ses poches.

— Je te dois des excuses. Tu veux t'asseoir ?

Elle pressa fortement les lèvres. Les deux chiots restants gambadèrent autour d'elle pendant qu'il poussait une pile de papiers et les petites voitures d'Aayla au bout du comptoir.

— Tu avais raison, tout à l'heure. Ce qu'il s'est passé avec mon ex a tout changé pour Aayla, et moi… Je n'aurais pas dû t'agresser comme ça. Je n'aime pas qu'on me rappelle toutes les façons dont j'ai foiré la vie de ma fille.

Ivy fronça les sourcils en se posant sur une des chaises.

— De quoi tu parles ?

— Eh bien, pour commencer, dit-il en faisant rouler une mini-pelleteuse vers lui et en la ramenant d'un doigt, je n'ai pas réussi à lui fournir la chose dont une petite fille a le plus besoin – sa mère. C'est un point sensible.

Ivy posa une main sur son bras, arrêtant la pelleteuse dans son élan.

— Le fait que ton ex ait choisi une autre existence n'est pas ta faute. La vie sur l'île est dure, ça n'a rien à voir avec toi. Aayla te vénère, comme tous les gens que j'ai rencontrés ici. Tu as construit une famille autour de vous ici même. Et si tu veux le savoir, c'est… l'une des choses les plus chouettes dont j'ai jamais fait partie.

Elle fixa une seconde les chiots qui sautaient autour de ses jambes et poursuivit.

— Je n'ai jamais eu de mère à mes côtés non plus, souviens-toi. Mais je vais bien. Tu suffis à ta fille, Jero, ne pense pas autre chose !

Il sentit un sourire lui monter aux lèvres, en écho à celui qu'elle lui adressait.

Donc, elle n'était plus en colère contre lui. Tant mieux, il s'en était voulu toute la soirée pour la façon dont ils s'étaient quittés. Comme toujours, il s'était empêché d'aller vers elle comme il l'aurait voulu.

— Merci.

Les lèvres d'Ivy étaient aussi tentantes que d'habitude, mais il ne pouvait pas l'embrasser. Il ne céderait pas.

— Bon, tes compétences techniques et organisationnelles ont leurs limites, reprit-elle. Et tu encourrais la peine de mort si tu portais des tongs dans *ma* clinique… Mais ce sont des problèmes mineurs.

Il sourit plus largement. Il ne pouvait pas l'embrasser, mais il ne voulait pas non plus que ce moment se termine.

— J'aime quand tu chantes mes louanges.

— Ne t'y habitue pas, rétorqua-t-elle.

— Tu n'as jamais vraiment parlé de ta mère, hasarda-t-il.

Ivy prit un chiot dans ses bras et le serra contre sa poitrine. Puis elle demanda un verre de vin.

Sans hésiter, il alla chercher une bouteille.

Deux verres plus tard, elle lui avait tout dit.

À quatre ans et demi, Ivy était trop jeune pour comprendre le sens de la mort. Elle savait seulement qu'une sorte de vide s'était installé dans la maison, à la place de son père. Zeus, leur chien, était resté couché sur le paillasson pendant une semaine, sa grosse tête sur ses pattes, attendant. Elle s'était assise avec lui, lui disant que tout irait bien mais sachant au fond d'elle que ce ne serait pas le cas. Etta Malone, ex-meilleure mère du monde, s'était jetée dans le travail après cela. Elle forçait le respect. Première femme P-DG de son secteur, elle avait comblé le fossé entre les sexes dans l'industrie technologique en apprenant aux femmes à coder. Un vrai modèle, c'était ce que tout le monde affirmait. Journées à rallonge, démarrées tôt le matin… Ivy l'avait à peine vue pendant la majeure partie d'une décennie.

— Maman a fait en sorte que son travail soit tout pour elle. Comme si elle ne pouvait surpasser son chagrin que si elle en détournait suffisamment son attention. J'ai mis un moment à comprendre qu'elle faisait son deuil durant tout ce temps. Elle pensait sans doute qu'elle m'aidait en ne m'exposant pas à son malheur. Mais les enfants savent des choses. Ils en savent plus qu'on ne le pense…

— Continue, dit-il, proposant de la resservir en vin avant de la conduire dans le salon

Il déplaça sa guitare du canapé, mais elle s'assit à l'autre bout et croisa les jambes sous elle, les yeux fixés sur *La Chenille qui fait des trous* sur la table basse.

— Je l'entendais pleurer dans son lit à minuit. Il lui manquait tellement… Si j'essayais de la rejoindre, elle me chassait. Je me sentais exclue, mais je ne voulais pas qu'elle se sente encore plus mal en en parlant. Alors on a continué comme ça, à exister en silence des deux côtés opposés d'un mur. Je ne sais pas qui était la plus renfermée des deux.

Ivy sirotait son vin, et il se demanda si elle avait l'habitude de parler de tout cela.

Il se forçait à ne pas étendre les jambes pour ne pas la toucher d'une manière ou d'une autre. Était-ce seulement une bonne chose qu'elle soit là ? Sans doute que non. Si Aayla se réveillait, elle trouverait Ivy chez eux, et elle la regardait déjà comme si elle était la meilleure chose au monde, juste après les Lego.

— Vous êtes toujours en contact ?

— C'est elle qui a payé pour cette lune de miel. Ce n'était pas une mauvaise mère, mais elle ne m'a pas vraiment convaincue qu'on peut jongler entre une famille et une carrière. Les choses n'étaient pas parfaites avec Simon, mais la rupture a été due au fait que, avec mon travail acharné, je ne voulais pas de famille. Je suis probablement aussi occupée qu'elle l'était.

— Mais tu n'as pas besoin d'être aussi occupée, si ?

Ivy ferma les yeux et secoua la tête.

— Je n'arrive pas à croire que je te raconte tout ça.

Il caressa du regard ses joues empourprées.

Est-ce qu'elle n'était pas en train de changer d'avis après avoir appris à connaître Aayla ? Jero n'était peut-être pas très objectif, mais sa fille faisait une excellente publicité pour le fait de passer du temps avec des enfants.

Il éprouvait une étrange fierté devant la façon dont Ivy avait surmonté une telle adversité et accompli déjà tant de choses. Elle aussi forçait le respect.

Il se pencha, posa la main sur son genou par-dessus sa robe.

— Tu es capable de jongler avec n'importe quoi, assura-t-il. Je t'ai observée. Je pense que tu ferais une excellente mère. Il suffit de voir à quel point Aayla t'aime déjà.

À la seconde où il le dit, il se rétracta.

— Non pas que je cherche une mère de substitution pour Aayla. Je veux dire…

Le verre d'Ivy cogna la table basse quand elle le posa.

— Et je ne tiens à être la mère de substitution de personne, répliqua-t-elle à la vitesse de l'éclair.

Le cœur de Jero manqua un battement. Ses doigts, qui serraient le pied de son verre, devenaient blancs. Il crut qu'il allait le briser.

Qu'est-ce qui lui avait fait dire ça, bon sang ?

— On n'aurait peut-être pas dû boire ce vin, marmonna Ivy.

Elle fit mine de se lever, mais il l'attrapa par le coude, et cette fois elle atterrit juste à côté de lui avec un petit gémissement d'impuissance.

— J'ai compris, Ivy. Tu ne veux pas d'enfant. Et il n'est pas question de t'imposer quoi que ce soit. Tu es très bien telle que tu es.

— Je le sais.

Lorsqu'il posa la main sur sa joue, elle se laissa aller

contre sa paume et couvrit sa main de la sienne. On aurait dit qu'elle menait une sorte de bataille silencieuse dans sa tête.

— Tu es plus que bien, insista-t-il. Mais quand tu rentreras retrouver ton entreprise, qu'on veut apparemment t'acheter pour beaucoup d'argent, promets-moi que tu réfléchiras à ce que tu veux vraiment, à ce qui compte vraiment pour toi. Je ne voudrais pas que tu passes à côté de quelque chose.

Elle le scruta, la confusion lui faisant plisser le front. Sa voix était étranglée quand elle parla.

— Pourquoi est-ce que ça t'importe autant ?

Il suivit ses lèvres du doigt, mémorisant leur forme avec la pulpe de son index, assailli par des sentiments contradictoires.

— Tu es quelqu'un de spécial, répondit-il, son esprit, sa bouche et son corps ne s'accordant pas sur la façon dont il devait agir.

— Arrête de me donner envie de ne pas rentrer, Jero, dit-elle en baissant la tête.

— Eh bien, arrête de me donner envie de te demander de rester, répliqua-t-il en lui relevant le menton.

Toute pensée rationnelle devenait impossible. Il n'aurait su dire qui embrassa l'autre en premier, mais en quelques secondes, ils étaient enchevêtrés sur le canapé, et il ne put que se rappeler à quel point l'intense sensualité d'Ivy était addictive. Elle déposait une traînée de baisers de ses lèvres à sa gorge, soulevait sa chemise en même temps, puis elle le chevaucha et le bloqua avec ses cuisses.

Les baisers féroces s'adoucirent, guidés par leurs cœurs plus que par leurs mains.

Il était désespérément amoureux. Il serait dévasté quand elle partirait, mais qu'était-il censé faire d'autre que la conduire dans sa chambre, en passant sur la pointe des pieds devant la porte d'Aayla ?

Pressé contre elle dans le lit, il sentit gronder dans son sang une faim plus profonde et plus forte que le seul désir sexuel. Il voulait combler Ivy, partager ses joies et ses douleurs, connaître chaque centimètre de son corps, chacune de ses cellules, et toute son histoire.

Il n'avait jamais éprouvé une telle envie avec personne, n'avait jamais osé imaginer quelque chose d'aussi intense après… après tout ce qu'il avait enduré pour en arriver là. Pourquoi ne pas céder et se laisser aller à profiter d'elle, puisque, malgré tout, elle était encore là ?

13.

Deux semaines plus tard, Ivy fixait l'e-mail, l'estomac noué.

Le vol de retour était parti deux jours auparavant, sans elle, et si elle ne prenait pas le suivant, prévu dans trois jours, elle perdrait sa place gratuite. Jusqu'à présent, elle avait tergiversé et trouvé des excuses, passant ses jours et ses nuits à refouler la réalité, enfermée dans une bulle de sexe torride avec Jero.

Il s'agissait davantage que de sexe torride, en fait. Elle aimait être avec lui et Aayla à table, discuter des devoirs d'école et cuisiner avec la petite, rire de Pluma, leur parler de l'Irlande en observant leur air effaré, comme si c'était un pays étrange et lointain qu'elle inventait. Parfois, sa vraie vie lui donnait à elle-même l'impression d'être une fiction.

Mais sa conversation avec Jero, le soir où elle était venue chercher son appareil-photo, ne quittait pas son esprit.

Jero ne cherchait donc pas une mère de substitution pour Aayla, ce qui aurait pourtant été compréhensible. Elle ne voulait pas en être une et le lui avait dit. Peut-être un peu vite, avec le recul. Hélas, elle avait le sentiment de ne pas être à la hauteur des exigences de Jero.

Cela aurait dû être bien. Elle avait une vie à retrouver, après tout. Mais c'était aussi atrocement déroutant.

Des enfants, elle n'en avait jamais voulu, mais plus elle passait de temps avec Aayla, plus ses raisons paraissaient en désaccord avec son cœur. Bien sûr, Aayla était géniale. Mais peut-être que c'était juste *cette petite fille* qu'elle appréciait, et non l'idée de devenir mère.

Qu'est-ce que c'était que ce sentiment ?

Il fallait y réfléchir, c'était certain.

Grâce à une campagne en ligne et des affiches, conçues par Aayla et placardées dans la ville, ils avaient réussi à faire adopter les derniers chiots. Et plusieurs portées de chatons. Cela avait été très amusant, mais ce genre de projet réclamait de passer beaucoup de temps à trier des e-mails. Même si le temps avait considérablement ralenti depuis qu'elle se laissait aller à profiter de chaque moment, il n'avait pas suspendu son cours. Elle devait vraiment arrêter de procrastiner et réserver son vol !

— Ivy, où dois-je mettre Tripode ? On a besoin de la cage pour les nouveaux chiots.

Zenon regardait autour de lui, en quête d'un endroit où reloger le chien à trois pattes, qui venait d'avoir sa dernière visite de contrôle après l'amputation, deux semaines plus tôt.

Elle était agacée. Zenon était arrivé en retard une fois de plus et avait par conséquent manqué le briefing, où elle avait expliqué à l'équipe de bénévoles, dont une nouvelle venue d'Australie, le programme du jour.

— La fille qui l'a amené le récupère dans l'heure, elle l'a adopté, tu te souviens ? Emmène-le faire un tour. Ensuite, tu pourras nettoyer la cage pour les chiots.

Il hocha la tête et se dirigea vers l'arrière, mais elle le rappela.

— Il ne s'appelle pas Tripode, elle l'a nommé Alpha. Et tu sais quoi, Zenon ? Il y a beaucoup de gens qui aimeraient faire du bénévolat ici. Si tu n'as plus le temps, il suffit de me le dire… Et de le dire à Jero.

Les épaules de Zenon s'affaissèrent. À son grand étonnement, il devint écarlate, balbutia des excuses, promit de faire mieux, et assura à quel point il appréciait qu'elle lui en parle. Apparemment, Jero avait tenté de le rappeler à l'ordre plusieurs fois, avant d'abandonner et de déléguer simplement plus de responsabilités à Dudders et à elle, mais ce n'était pas suffisant. Pas tant qu'*elle* était là.

Elle essaya de ne pas laisser la tension l'envahir alors qu'elle continuait ses consultations.

Un traitement contre les puces, une griffe incarnée... Tout se confondait tandis qu'elle retournait la situation dans sa tête. Elle devait partir. Elle devait réserver ce vol. Mike voulait vendre, et elle aussi.

Peut-être.

Elle n'arrivait toujours pas à se décider. Chaque jour apportait un sentiment différent. Elle n'avait rien dit jusqu'à présent parce que l'idée de renoncer à son bébé – sa clinique – la terrifiait. Mais peut-être était-il temps ? L'idée de rester et d'investir dans la Darwin Clinic ne la quittait pas. Il y avait tellement de choses à faire ! C'était pourtant trop étrange pour être exprimé à voix haute. La nuit, ça l'empêchait de dormir. Elle étudiait les lignes et les angles du visage endormi de Jero sur l'oreiller voisin du sien, se demandant ce qu'il lui arrivait.

Simon ne lui avait jamais inspiré ces sentiments. Il ne lui avait jamais donné l'impression que, avec lui à ses côtés, elle pouvait faire une différence dans le monde. Simon était un homme bien, mais il ne l'avait jamais incitée à se remettre en question, à se demander où elle en était et ce qu'elle ferait sans lui. En fait, elle avait toujours tout maîtrisé. Elle ne voulait pas d'enfants, et ça lui convenait aussi. C'était pourquoi elle s'était sentie en sécurité avec lui pendant si longtemps – jusqu'à ce que ce ne soit plus le cas.

En sécurité, oui, mais en fin de compte insatisfaite...

Jero l'avait encouragée, la nuit où ils avaient fait l'amour pour la première fois chez lui. Il l'avait fait réfléchir à ce qu'elle voulait. Il lui avait permis d'entrer dans son existence, et elle s'était laissée aller à penser que ça pouvait valoir la peine de s'y accrocher, contre toute attente.

Mais c'était insensé, non ? Les passades émotionnelles

intenses ne duraient pas, on ne les appelait pas des passades sans raison. De plus, Jero n'avait rien dit de définitif du genre « Reste avec moi ». Elle supposait que c'était ce qu'il ressentait chaque fois qu'ils faisaient l'amour, mais même dans ce cas, il avait raison de se taire et d'agir en prévoyant un au revoir officiel. Bien qu'il ait dit qu'elle pourrait être une excellente mère dans le futur – et que cela signifie plus pour elle que lorsque Simon avait dit la même chose –, elle réfléchissait déjà à de nouveaux projets dans lesquels s'impliquer et qui rempliraient ses journées, comme elle le faisait toujours. Quel genre de modèle serait-elle à long terme ?

Il devait le savoir : elle n'était pas ce qu'il leur fallait, à Aayla et lui. Elle n'avait plus qu'à réserver son vol.

— Ivy, où est la rallonge ? demanda Dudders. Je dois brancher cette nouvelle lampe chauffante pour le lézard.

Elle s'avoua vaincue et referma l'ordinateur.

— Il y a une rallonge dans le placard là-bas, je crois. Je ne sais pas quel âge elle a. Tu devrais demander à Jero quand il reviendra.

— Je suis sûr que c'est bon, dit Dudders en souriant. Oh ! tu peux m'aider à déplacer les autres prises ?

Elle soupira. Il était temps de dire à Jero qu'elle partait pour de bon, mais elle réserverait le vol plus tard.

Cet après-midi-là, Ivy retrouva Aayla, Nina et Pluma sur la plage, pour le débat communautaire que Jero organisait. Dee, la sympathique écologiste du sanctuaire des tortues, la salua, tout comme Angie, la femme qui était venue chez Jero pour choisir un chiot.

En cette fin de journée, le soleil projetait de longues ombres sur le sable. La lumière dorait tous les gens qui avaient afflué pour entendre Jero.

Dans des moments tel que celui-ci, Ivy ne pouvait s'empêcher de se figurer les déluges de pluie qui ne manqueraient pas de l'accueillir lorsqu'elle aurait atterri en Irlande.

Aayla la mena par la main jusqu'à la chaise qu'elle lui avait réservée, juste devant la scène improvisée, et Ivy sentit son cœur faire un ridicule bond lorsque Jero apparut.

Il sortit un chaton d'une poche surdimensionnée de son short, et tous les enfants se précipitèrent, s'agenouillant devant la scène pour avoir la chance de tenir le petit chat pendant qu'il expliquait l'importance de la clinique mobile.

— N'ayez pas peur d'amener vos chats et vos chiens à l'un de nos postes mobiles. Plus nous protégerons les animaux domestiques des maladies indésirables, plus nos îles seront à l'abri…

Il était à mi-chemin de son discours, et Ivy était de plus en plus malade à l'idée de lui dire qu'elle partait enfin, quand Marsha, la sympathique poissonnière du marché, fit son apparition.

Elle avait l'air à bout de nerfs. Quelque chose n'allait pas.

Ivy se leva et s'approcha d'elle.

— Désolée, je sais que tu es occupée… mais c'est Álvaro.

Marsha passa une main dans ses cheveux grisonnants. La transpiration perlait sur son front comme si elle avait couru jusqu'ici à toute vitesse, craignant pour le lion de mer.

— Qu'est-ce qu'il se passe avec Álvaro ?

Marsha expliqua qu'il n'était pas venu au marché depuis deux jours, ce qui ne lui ressemblait pas. Quelqu'un venait de l'informer qu'une otarie blessée correspondait à sa description.

— Il est sur une plage de la baie. On ne peut pas y aller sans bateau. Les gars qui l'ont trouvé n'ont pas pu le ramener, il était effrayé et violent. J'ai besoin que tu m'y emmènes.

— Moi ? s'exclama Ivy, stupéfaite.

— Toi et Jero. Il connaît Jero. Il nous connaît tous, peut-être qu'il nous laissera l'aider ?

Certaines personnes dans le public s'étaient retournées sur leurs chaises et les observaient. Jero le remarqua. Il fronça les sourcils, s'excusa et descendit de la scène. Quelques minutes plus tard, il récupérait les clés d'un bateau, renvoyait Nina à la maison avec Aayla malgré les supplications de cette dernière pour se joindre à eux, et appelait la clinique pour que Dudders les rejoigne au port avec du matériel médical d'urgence.

Ce n'était pas Dudders qui les attendait au port avec le sac de matériel. C'était Zenon.

— Qu'est-ce que tu fais là ? demanda Jero, l'air méfiant.

Ivy était bluffée. Zenon était rarement disponible en cas d'urgence, surtout si tard. Il était d'ordinaire sorti avec une touriste ou en train de dormir. Génial ! Il l'avait vraiment écoutée !

— Je veux juste faire ma part du boulot, dit le bénévole en adressant un sourire discret à Ivy. J'espère que notre bon vieux Álvaro va bien. Et, Jero, je voulais m'excuser si j'ai semblé peu enthousiaste dans mon travail. Ça va changer.

Pendant un instant, Jero donna l'impression que Zenon l'avait électrocuté d'un coup de Taser, mais celui-ci lui tapa dans le dos avec bonhomie et lui assura que tout allait bien. Ivy remercia Zenon d'un signe de tête, puis monta à bord du bateau qui s'élança, pleins gaz.

Le vent lui emmêla les cheveux tandis qu'ils faisaient le tour de la côte, Pluma les suivant à grands coups d'ailes. Pas du genre à rater quelque chose d'excitant, l'oiseau avait laissé Aayla, sentant peut-être qu'elle était en sécurité, pour s'envoler avec les adultes.

Jero attira son attention, et elle fixa sans la voir l'eau qui filait, le cœur serré à l'idée de lui annoncer son départ.

Comment allait-il réagir ? Il savait qu'elle allait finir par partir, bien sûr, même s'ils n'en avaient pas encore parlé. Peut-être qu'elle avait tenté de gagner du temps, tombant amoureuse un peu plus chaque jour, allant au-devant d'une vraie chute…

— Ça va, derrière ?

C'était à elle que Jero s'adressait. Heureusement, Marsha répondit pour elle.

— Je vais bien, je pense juste à mon pauvre Álvaro.

— Moi aussi, ajouta rapidement Ivy.

Elle pensait aussi à Álvaro, mais l'idée de bouleverser Aayla et Jero en montant dans cet avion la désarçonnait de nouveau. Son cerveau lui semblait contusionné, meurtri. Elle devrait juste le dire maintenant, leur dire à tous les deux qu'elle réservait son vol et partait dans trois jours.

Pourquoi n'y arrivait-elle pas ?

— Álvaro ! Oh ! mon pauvre vieux !

Marsha fut la première à sauter du bateau lorsque Jero s'arrêta près du rivage.

Ivy sentit sa main se poser au creux de ses reins alors qu'ils foulaient le sable en direction du gigantesque lion de mer.

— Il n'a pas l'air très bien, observa-t-elle avec tristesse, dès qu'ils furent assez proches.

Ses nageoires étaient prises dans du filet de pêche dont il n'avait pas pu se dégager. Il y en avait tellement que c'était un miracle que la créature puisse encore bouger. L'enchevêtrement de mailles bleues et rouges de sang déchirait le cœur.

La mine furieuse, Jero chercha un couteau dans le sac de fournitures, mais la pauvre chose beuglait de douleur et de panique, les empêchant de s'approcher davantage.

— Il faut qu'on t'enlève ça, mon grand !

Marsha, visiblement choquée, essaya de tirer sur le filet. Álvaro grogna et souffla, mais, à leur grand soulagement, il ne se jeta pas sur elle. C'était remarquable de vérifier à quel point certains animaux sauvages pouvaient se montrer confiants envers les humains auxquels ils étaient habitués.

— Je ne peux pas supporter de voir tout ce sang sur lui !

Marsha s'était mise à pleurer, et Jero l'arrêta dans ses tentatives pour démêler les filets, rejoint par Ivy qui chuchotait des paroles apaisantes. Marsha caressa la grosse tête soyeuse tout en expliquant qu'ils essayaient de l'aider.

— Peut-être qu'il va bien…, commença Ivy.

Mais soudain, Álvaro pivota vers eux avec un jappement assourdissant et se cabra comme une otarie de cirque. Il rugit, la faisant sursauter. Un cri lui glaça le sang, avant qu'elle se rende compte que c'était le sien.

— Ivy, recule !

Jero la tira en arrière avant que le lion de mer atterrisse sur elle. Le souffle coupé, elle se figea dans ses bras.

— Il t'aurait écrasé les os, murmura-t-il. J'ai eu une peur bleue !

Elle ravala un hoquet quand il posa une main sur sa joue et écarta ses boucles. Il ne l'avait jamais touchée devant quelqu'un auparavant, et elle ne manqua pas de noter l'expression de surprise sur le visage de Marsha.

Son cœur se mit à tambouriner encore plus vite.

Mais l'attention de Marsha se portait maintenant sur Pluma, qui avait volé vers la tête du lion de mer et émettait des gloussements doux et apaisants.

Le langage des oiseaux pour dire « calme-toi » ?

Étrangement, cela semblait faire des merveilles. Finalement, Álvaro resta complètement immobile, et ils purent commencer à couper les mailles qui l'entravaient.

— Il n'est pas aussi gravement blessé qu'il y paraît, assura Jero à Marsha. Les otaries ont une peau très dure, elles en ont besoin pour vivre sur terre et dans la mer. Il va guérir, peut-être en gardant quelques cicatrices.

— Mais tout ce sang ?

— C'est juste du sang. Tout le monde saigne.

Marsha acquiesça et promena son regard sur eux.

— Je suppose que vous savez ce que vous faites.

Ivy resta silencieuse, les nerfs à vif.

Savoir que Marsha les avait percés à jour l'angoissait. Sous-entendait-elle que Jero n'avait pas réfléchi sérieusement en entamant une relation avec elle ?

C'est alors qu'Álvaro pivota sur le sable, se libéra du dernier lambeau de filet et entra dans l'eau en se dandinant. Marsha applaudit et le suivit. Pluma s'envola au-dessus d'eux en poussant des cris joyeux.

— Dieu merci, il va s'en sortir, murmura Jero.

Il porta sa main à ses lèvres et s'apprêtait à embrasser Ivy quand Marsha se retourna

— Alors, vous deux… Vous êtes ensemble ?

Marsha lança à Jero un regard indiquant qu'elle était plus inquiète pour lui qu'elle n'osait le dire.

Ivy se crispa, attendant qu'il réponde quelque chose. Elle attendit. Et attendit.

Jero haussa juste les épaules, gardant les yeux sur Álvaro.

La honte s'abattit sur elle.

Peut-être attendait-elle une déclaration qui ne viendrait jamais. Ils n'étaient pas ensemble, elle n'était qu'une passade. C'était ce qu'il laissait entendre par son silence. Il était juste gêné d'être surpris à déraper de nouveau avec une touriste.

C'était allé trop loin. Elle ne faisait que retarder la souffrance, maintenant. Elle réserverait son vol ce soir.

14.

Jero jura sous cape tandis que Nina s'excusait abondamment à l'autre bout du fil. Ce n'était pas la faute de la jeune nounou si elle avait attrapé une gastro-entérite, mais il devait se rendre à Quito le lendemain. Il n'avait personne pour surveiller Aayla pendant son absence.

Il empila les livres éparpillés sur la table de la cuisine, cherchant une solution.

Il pouvait demander à Marsha, mais celle-ci devait être à l'étal du marché à 5 heures tous les matins. De plus, il lui en voulait un peu d'avoir mis son nez dans ses affaires l'autre jour, quand elle avait voulu savoir si Ivy et lui étaient ensemble et l'avait regardé comme s'il pourrait le regretter. Il avait failli répondre que oui, bien sûr. Ce n'était pas évident ? Mais bon, Ivy n'avait rien dit non plus, et il ne voulait pas présumer de quoi que ce soit ou faire d'eux un sujet de commérages.

Il fallait qu'il lui parle pour savoir où ils en étaient. Il n'osait pas dire ce qu'il ressentait par peur d'être rejeté. Ivy n'était pas Suranne, et ce qu'ils avaient construit en si peu de temps était spécial. Il l'avait compris à la seconde où elle avait failli être écrasée par le lion de mer.

Aayla aurait pu aller chez une amie, mais il préférait qu'elle reste à la maison – personne de sensé ne voudrait que Pluma volette et sème des plumes partout dans son intérieur, or les deux étaient inséparables..., songea-t-il, interrompu par la sonnerie de la porte.

C'était Ivy, superbe comme toujours en haut vert et short en jean.

— Je ne t'attendais pas, dit-il alors qu'elle passait devant lui en évitant le baiser qu'il s'apprêtait à déposer sur ses lèvres.

Il ne l'avait pas beaucoup vue depuis l'épisode Álvaro. Elle était occupée et lui aussi. Mais elle lui avait manqué.

Elle esquissa un sourire et brandit une bouteille de jus d'orange fraîchement pressé. Dans la cuisine, elle regarda son sac à moitié rempli et éclata de rire en prenant deux verres.

— Tu fais tes bagages dans la cuisine ?

— J'emportais du café avant d'oublier. Le café des hôtels est infect. Et puis Nina m'a appelé. Elle est malade.

Ivy contourna la table en sirotant son jus de fruit. Elle prit les derniers dessins d'Aayla représentant Álvaro, sa nouvelle obsession, pendant qu'il expliquait la situation.

— Je dois aller à Quito en tant que représentant de la communauté insulaire pour identifier un oiseau rare en voie d'extinction volé dans un sanctuaire à Floreana. Mon témoignage servira au procès contre les responsables de ce crime qui participe à la destruction de notre faune. Je risque d'être absent quelques jours, et je comptais sur Nina pour rester ici avec Aayla.

— Pauvre Nina, dit Ivy avec compassion, sans cesser de regarder les dessins par-dessus son jus de fruit.

Elle semblait plus pâle que d'habitude, remarqua-t-il. Comme si elle était restée éveillée toute la nuit. Quand il demanda ce qu'il se passait, elle répondit que tout allait bien.

Elle mentait.

C'était à eux deux qu'elle pensait ? Ce *truc* dans lequel ils étaient tombés, qui incluait maintenant que l'un apporte du jus d'orange à l'autre le matin ? Ou est-ce qu'elle était sur le point de lui dire qu'elle partait ?

Cette pensée lui fit froid dans le dos.

— Ivy, il faut qu'on parle…

— Pourquoi je ne m'installerais pas ici avec elle pendant que tu n'es pas là ?

Les yeux d'Ivy, plus brillants à présent, cherchaient les siens.

Ça alors ! Il ne s'attendait pas à cette proposition.

— Oh ! vraiment, toi ? Mais tu n'as pas à faire ça, tu sais.

Elle était très prise, notamment par les tâches bénévoles qu'elle s'attribuait encore, et par l'acquisition en Irlande.

— Je suis sérieuse, Jero. Si tu as besoin de quelqu'un pour venir s'occuper d'Aayla, je serai heureuse de le faire.

Il se frotta pensivement le menton pendant qu'elle marmonnait dans son dos. Elle reprit tout haut :

— Bien sûr, c'est une idée stupide, pourquoi voudrais-tu que je fasse ça ?

Mais en réalité, il y réfléchissait. Si elle le voulait vraiment… Il lui faisait confiance, se dit-il brusquement. Avec Aayla. Dans sa maison. Il n'arrêtait pas de penser à la rapidité avec laquelle toutes deux avaient noué un lien. Combien il avait été réticent au début, mais comment c'était arrivé quand même. Un peu comme leur propre relation.

Il se retourna. Ivy le regardait avec circonspection.

— Oublie ce que j'ai dit. Il y a forcément quelqu'un d'autre de plus approprié…

— Non, non, l'interrompit-il en s'approchant. Si tu es sûre que c'est ce que tu veux, je demanderai aux bénévoles de couvrir certaines de tes heures de travail. Ou toutes. Tu peux rester ici avec elle et Pluma.

— Comme ça t'arrange, dit-elle avec un haussement d'épaules insouciant, regardant la pièce au lieu de lui.

— Tu sais, j'ai cru durant une seconde que tu allais annoncer que tu avais réservé ton vol de retour, avoua-t-il, soulagé, en s'appuyant au comptoir.

Ivy rougit et fixa le sol.

Il l'attira à lui, inquiet de ne pas pouvoir lire en elle.

— Je sais que tu dois penser à ta propre clinique, à toutes les choses que tu dois faire à Galway…

Sa gorge était sèche et nouée, mais il lui pressa les mains, se motivant pour trouver les bons mots.

— Tu sais, Aayla veut te rendre visite en Irlande. Elle

veut photographier la Chaussée des Géants. Je pensais que, peut-être, je pourrais venir avec elle ? Et peut-être que tu pourrais revenir ici avec nous après, histoire que tu ne manques pas trop à Pluma ?

Les yeux d'Ivy s'agrandirent comme des soucoupes. Il les regarda se remplir de joie et de soulagement, puis elle lui enlaça les épaules, l'inondant de son parfum sensuel et d'un espoir qu'il n'avait pas osé ressentir jusqu'à cet instant précis.

— C'était de ça que tu voulais me parler ?

— Tu n'es même pas encore partie et tu me manques déjà. Peut-être qu'on pourrait trouver une solution viable. Je sais que ça demande beaucoup de réflexion, et on n'a pas besoin de se précipiter, mais…

Ivy semblait à nouveau troublée. Il retint son souffle, scrutant son visage.

— Ivy… j'ai dit quelque chose de mal ?

— Non, non, pas du tout. Bien sûr, je dois y réfléchir… C'est juste que, comme tu n'as pas dit à Marsha qu'on était ensemble, j'ai pensé …

— Pourquoi j'aurais confirmé quoi que ce soit à Marsha alors qu'on n'en avait pas discuté nous-mêmes ? J'attendais de te parler. Mais on était tellement occupés…

Elle hocha la tête, souriant légèrement.

— Je n'ai rien dit non plus, remarque.

— Je ne serai parti que quelques jours, dit-il, laissant enfin le soulagement l'envahir. On pourra parler davantage à mon retour. S'il te plaît, embrasse-moi.

15.

Premier jour de baby-sitting.

En entendant le ton de la voix de sa mère, Ivy songea que celle-ci semblait lui témoigner plus d'intérêt qu'elle ne l'avait fait depuis des années.

— Tu es toujours aux Galápagos ? Que se passe-t-il ?

Ivy pressa le téléphone contre son oreille et continua à remuer sa pâte à gâteau pendant qu'Aayla versait la première fournée dans les moules en silicone. Elle avait déjà réussi à en mettre plus sur le plan de travail que dans les moules, et son visage était couvert de chocolat.

— Qui te l'a dit ? demanda Ivy, crispée comme chaque fois qu'elle parlait avec sa mère.

— Je suis tombée sur Mike. Il a dit que tu prolongeais tes vacances. Tu vas bien ? Tu n'es pas malade, n'est-ce pas ?

Pluma poussa un cri et s'envola de l'étagère derrière elle pour atterrir avec fracas sur une pile de vaisselle sèche. Aayla gloussa, agitant sa spatule recouverte de chocolat, avant de se lancer dans une chanson improvisée sur les gâteaux.

— Punaise, mais qu'est-ce qui se passe ?

Sa mère avait toujours dit « punaise » et Ivy faillit rire.

— Je fais juste des cupcakes avec la fille de Jero et son fou, et non, je ne suis pas malade. J'ai seulement pris des vacances supplémentaires.

— Son quoi ?

Ivy expliqua la situation du mieux qu'elle put dans le chaos total qui régnait autour d'elle.

— Alors, laisse-moi résumer. Au lieu de travailler sur les détails d'une acquisition de plusieurs millions d'euros avec ton associé et un groupe de capital-investissement, tu adoptes des animaux sauvages et tu fais des gâteaux… Ivy, je ne sais pas quoi dire. Tu es sûre que tu n'es pas malade ?

Ivy rapprocha un tabouret du four, afin qu'Aayla puisse atteindre les boutons pour l'allumer. Pluma décida alors de se poser sur la tête de la fillette, la faisant hurler et presque tomber du tabouret. Ivy la rattrapa juste à temps et assura à sa mère que tout allait bien, qu'elle avait encore le temps de parler de capital-investissement, même si Etta Malone s'inquiétait visiblement de sa santé mentale. Ce qui était ironique. Sa mère avait montré de l'intérêt pour ce qu'elle faisait seulement lorsque Ivy était déjà adulte, et qu'elle s'était fait un nom et une carrière dans la médecine vétérinaire. Elle était peut-être injuste, songea-t-elle, vu ce que sa mère avait traversé en perdant l'amour de sa vie. Après cela, elle s'était évertuée à la nourrir, à l'élever, tout cela seule. Ivy aurait dû être reconnaissante que sa mère n'ait pas fichu le camp comme certaines.

Quant à elle, elle s'éclatait carrément en ce moment, même si le temps passait.

Tic-tac-tic-tac…

— J'étais sur le point de rentrer, maman, dit-elle en glissant dans le four la plaque de moules. Mais Jero est en train de faire un témoignage important en vue d'un procès, et il n'y avait personne pour garder Aayla.

Silence. Puis un grognement incrédule.

— Honnêtement, Ivy, écoute-toi. Ce n'est pas ton enfant, et ce Javier…

— Jero !

— Il vit sur une île. En Amérique du Sud.

— Je suis au courant, oui.

— Tu as des choses tout aussi importantes à considérer ici ! Je veux juste le meilleur pour toi, Ivy. Tu as vraiment réfléchi à ce que tu fais ou ne fais *pas*… ?

Ivy écarta le téléphone de son oreille au moment où Aayla revenait dans la cuisine avec dans les mains ce qui restait de leur château en briques de plastique.

— Pluma s'est cognée dedans. On doit reconstruire, Ivy.

— Tu as raison, approuva-t-elle solennellement. On va le reconstruire.

Elle expliqua à sa mère qu'elle devait raccrocher.

Pendant les deux heures qui suivirent, elles brûlèrent une fournée de cupcakes, en réussirent une autre, qu'Ivy se promit d'apporter à la pauvre Nina. Elle s'efforçait de ne pas laisser l'autoritarisme d'Etta Malone refroidir son humeur.

D'accord, elle n'avait pas parlé à Jero de son vol de retour au moment où il avait mentionné qu'Aayla aurait besoin d'une nounou. Et, dans sa tête, elle l'avait annulé à la seconde où il avait suggéré qu'ils pourraient faire perdurer leur relation, même si les choses à régler en Irlande, concernant la clinique, la hantaient. Que pouvait-elle faire d'autre ? Il avait dit ce qu'elle attendait d'entendre. Enfin. Elle était amoureuse. Folle amoureuse, pour la première fois de sa vie.

Bon. Elle n'était en rien la parfaite baby-sitter, comme en témoignait le mélange de chocolat, de pâte et de plumes qui maculait le plan de travail de la cuisine, mais l'expression sur le visage d'Aayla, concentrée sur la reconstruction du château pendant que Pluma se dandinait dans le salon, était inestimable. Quelques jours de plus ici ne changeraient rien à la course du monde et elle en prendrait encore quelques-uns au retour de Jero, pour régler les détails de leur visite à Galway et discuter de la possibilité qu'elle revienne auprès de lui aux Galápagos. Elle avait tout le temps de parler à Mike et aux hommes guindés de Blue Stream Veterinary Alliance – la vie n'était pas que travail, travail, travail !

« La vie n'était pas que travail, travail, travail » ?

Tiens, elle n'avait jamais permis à une telle pensée de lui traverser l'esprit jusqu'à maintenant.

Deuxième jour de baby-sitting.

Ivy devait l'admettre, elle était assez fatiguée. La journée avait été bien remplie, elle avait même eu la visite d'une mère de l'école accompagnée de trois autres gamines de six ans. Ce n'était pas très grave, mais la séance de tressage de cheveux avait empiété sur son échange téléphonique prévu avec Mike, jusqu'à ce qu'elle doive tout bonnement le reporter. Elle était presque endormie sur le canapé quand Jero avait appelé.

— Comment ça se passe là-bas ? demanda-t-elle alors que son beau visage lui apparaissait dans la fenêtre de vidéo-chat.

Elle fut surprise de sentir des papillons dans son ventre pendant qu'il lui racontait tout, et la fierté l'envahit en pensant à lui, qui témoignait au nom de la communauté. Mais elle était impatiente qu'il revienne.

— Vous me manquez, toi et Aayla, dit-il. Vous vous amusez bien ?

— Bien sûr que oui, répondit-elle, jugeant inutile d'avouer à quel point elle est épuisée.

Elle raconta qu'elles étaient parties en virée dans les magasins et avaient lu un livre sur le folklore irlandais, mais elle omit l'épisode de culpabilisation de sa mère, qu'elle s'efforçait d'oublier.

— Au fait, Hailey a envoyé un e-mail de Nouvelle-Zélande, se remémora-t-elle soudain.

La chirurgienne de Jero annonçait qu'elle ne reviendrait pas, ce qui parut le décevoir. Un instant, elle se demanda si elle devait proposer de prendre sa place de façon permanente, mais quelque chose l'en empêcha. Elle n'avait même pas encore parlé à Mike ; elle précipitait les choses.

— Papa !

Aayla les interrompit, bondissant devant elle, et Ivy se hâta de dire au revoir pour les laisser parler.

Il la voulait ici, elle le savait maintenant, il voulait que ça fonctionne entre eux, et elle aussi… Mais, encore une fois, si elle n'était pas la personne dont Aayla et lui avaient besoin ?

Une heure plus tard, elle venait de s'asseoir pour vérifier ses e-mails et rappeler enfin Mike, lorsqu'un énorme fracas retentit à l'étage.

Repoussant de côté son ordinateur portable, qui envoya la guitare de Jero valdinguer sur le sol, elle courut jusqu'à la chambre d'Aayla, le cœur battant à tout rompre.

— Qu'est-ce qu'il s'est passé ?

Puis elle vit la commode renversée et son cœur s'arrêta. L'un des tiroirs avait été retiré et gisait en mille morceaux.

— Aayla ?

— J'étais debout dessus, avoua la fillette d'un air penaud, depuis le lit où elle berçait un chaton roux qu'elle avait récupéré à la clinique. Lola était sur la tringle à rideaux. Papa n'aime pas quand les animaux grimpent sur les rideaux.

Il fallut presque une heure à Ivy pour balayer tous les morceaux du tiroir éclaté et redresser la commode. Maintenant, elle devrait rapporter ces dégâts à Jero, et imaginer sa déception la fit grimacer. Elle aurait dû mieux surveiller Aayla ! Et si la fillette avait été écrasée sous la commode ? Cette pensée était insupportable.

Ensuite, ce fut l'heure de l'histoire et du coucher. Quand elle descendit enfin regarder ses e-mails, elle constata que le manche de la guitare de Jero était abîmé et se maudit.

Au diable les e-mails, ils pouvaient attendre, elle était trop fatiguée. Elle se servit un verre de vin, défit ses tresses et se jura que, demain, elle serait un modèle d'autorité et de productivité.

Plus tard, tandis qu'elle regardait une émission de télévision sur les pingouins, elle repéra un dossier qui dépassait d'une pile de livres, sous la table basse. Elle essaya de le remettre en place – la symétrie était essentielle, après tout, quoi qu'en pense le tatoueur de Zenon –, mais elle vit les mots « plan de rénovation » sur la jaquette et ne put s'empêcher de jeter un coup d'œil.

Donc, Jero avait des projets, des plans pour remanier la clinique ! Elle les étudia, impressionnée, voire admirative. Manifestement, ses immeubles lui assuraient un capital et, malgré son humble style de vie, il avait le projet de se servir de cet argent pour le bien de l'île et de la communauté.

C'était tellement typique de Jero !

Le réaménagement prévu dépassait tout ce qu'elle aurait pu imaginer, avec même des chenils en plein air, au-dessus desquels on pouvait déployer une bâche télécommandée en cas de pluie, et une annexe séparée pour le stockage et les fournitures de la clinique mobile.

Jero n'avait jamais mentionné de projet de rénovation. Il semblait toujours si réticent aux changements ! Peut-être attendait-il le bon moment ou… la bonne personne pour l'encourager ?

Troisième jour de baby-sitting.

Enfin, elle parlait au téléphone avec Mike, qui lui demandait quand elle rentrait. Elle s'en voulait de le laisser tomber, et elle le lui dit.

Il soupira.

— Je ne pensais pas que tu resterais aussi longtemps. Les affaires mises à part, tu sais que je souhaite le meilleur pour toi, déclara-t-il, en étrange écho aux paroles que sa mère avait prononcées deux jours plus tôt. Mais tu n'es pas vraiment du genre maternel, n'est-ce pas, Ivy ? Je croyais que tu ne voulais pas d'enfants.

— Ce n'est pas mon enfant.

Ces mots la rendaient malade. Aayla se sentait déjà

indésirable aux yeux de sa propre mère. Dieu merci, la fillette était en train de danser dans la cuisine au son du folk irlandais des Dubliners, son nouveau groupe préféré, et elle n'avait pas entendu.

Ivy baissa la voix.

— Bref, pourquoi je ne pourrais pas changer d'avis ?

— Hum. Eh bien… C'est génial, tant mieux pour toi.

Il n'avait pas l'air convaincu. On aurait dit qu'il pensait qu'elle perdait la boule.

Est-ce qu'elle perdait la boule ?

Peut-être devait-elle s'accorder un moment de méditation, prendre du recul. Mais elle n'avait pas le temps. Aayla réclamait à nouveau son attention, cette fois avec un spectacle de danse. Ivy laissa son ordinateur de côté pour se concentrer sur la joie d'Aayla et fit rapidement abstraction de tout. La fillette était ravissante avec la coiffure qu'elle lui avait faite. Elle prit des dizaines de photos avec le nouvel appareil d'Aayla, tout juste arrivé de Galway pour le plus grand bonheur de celle-ci.

Dans les moments comme celui-là, elle oubliait le reste du monde, mais dans le lit de Jero, seule dans l'obscurité, elle faisait des cauchemars dans lesquels elle ratait des avions, évitait des meubles qui tombaient ou, épuisée, arrivait en retard au travail. Elle ne pouvait pas laisser tomber Jero ou Aayla, qui avaient traversé tant d'épreuves. Et elle ne pouvait pas faire ça à Mike non plus, il avait besoin d'elle. La culpabilité et le bon vieux manque d'assurance s'accumulaient, épais et gluants. Elle était nulle lorsque les exigences se multipliaient, elle n'était pas équipée pour… Elle avait essayé de prouver quelque chose à Jero parce qu'elle était amoureuse de lui, mais ce monde n'était pas le sien, et elle ne serait jamais assez bien pour lui et pour sa fille. Qu'était-elle en train de faire ?

16.

La maison était vide lorsque Jero rentra. Jetant ses clés sur la table, il appela Ivy et Aayla.

Pas de réponse.

Il se précipita à l'étage, pensant qu'il allait les surprendre en train de jouer à un jeu. Puis il vit la commode brisée et fronça les sourcils.

Que s'était-il passé ici ? Où étaient-elles ?

Il enfourcha son vélo et les retrouva quelques minutes plus tard à la clinique. Dudders et Zenon l'accueillirent à coups de claques dans le dos, et Aayla surgit en courant de la réserve pour lui sauter dans les bras, un petit chaton roux accroché à son épaule comme un accessoire, avec la coiffure la plus étrange qu'il ait jamais vue, toute crêpée comme une chanteuse des années 1980.

Ivy se plaqua dos au mur et entreprit de déboutonner sa blouse.

— Pourquoi tu ne m'as pas dit que vous étiez là ?

Il voulut l'embrasser, mais quelque chose n'allait pas. Son visage était soucieux à la lumière de la petite lampe qui éclairait un terrarium où logeait un lézard. Un enchevêtrement de câbles électriques gisait autour du réservoir, ce qui l'agaça, mais ce n'était pas vraiment le moment de s'en occuper.

— Il y a eu une urgence, une nouvelle amputation, répondit Ivy, montrant une cage dans laquelle se trouvait un chiot noir estropié. Heureuse que tu sois de retour.

Puis elle attira Aayla dans un énorme câlin qui lui réchauffa le cœur et lui fit à la fois froid dans le dos.

— Je dois y aller, dit-elle à la fillette en lui caressant les cheveux. C'était tellement amusant, ces quelques jours avec toi !

Aayla l'étreignit comme si elle savait ce qu'il se passait.

— Au revoir, Ivy !

— « Au revoir, Ivy » ? répéta-t-il. Où est-ce que tu vas ?

— À l'aéroport.

Le cœur de Jero tonna dans sa poitrine. Ivy lui jeta un regard qu'il n'aima pas du tout et se dirigea vers la porte.

— Les gars, surveillez Aayla pour moi, s'il vous plaît, dit-il, et il la suivit dehors.

Le soleil commençait à descendre derrière les arbres. Un taxi attendait en bas de la rue. Ivy se précipitait, ses cheveux roux au vent. Jero l'appela, mais elle ne répondit pas. Sans se retourner, elle ouvrit la portière en hâte et monta à l'intérieur.

Il se rua sur son vélo et pédala à toute allure derrière le taxi, boosté par la colère.

Elle partait maintenant ? Sans même un au revoir ? Il accéléra et s'engagea dans une voie étroite dont il savait qu'elle déboucherait sur le chemin du taxi. Faisant une embardée, il pila devant la voiture. Le conducteur dérapa, projetant une pluie de graviers.

Jero jeta le vélo sur le côté et ouvrit la portière arrière.

— Qu'est-ce que tu fais ?

Ivy redressa les épaules, mais ses larmes contrastaient avec l'expression farouche sur son visage.

— J'ai pensé nous épargner des adieux à tous les deux, Jero. Je ne peux plus prétendre que ceci est ma vie.

Il vit le tas de bagages près d'elle, les stupides bottines avec lesquelles elle était arrivée et avait essayé de partir auparavant.

— Sors de cette voiture.

Elle secoua la tête.

— Pas cette fois. Je suis désolée, Jero, c'est mieux comme ça. Mon avion décolle dans deux heures. J'aurais dû partir il y a bien longtemps.

Il se mordit la langue.

Quel idiot ! Il aurait dû le voir venir. Elle partait à la seconde où il la relevait de ses fonctions de baby-sitter ! Elle avait eu un avant-goût de sa vraie vie, et elle avait son compte.

Il la foudroya du regard, ivre de rage.

— Comment peux-tu faire ça ? gronda-t-il.

Il faillit lui dire à quel point il avait cru dans leur relation, et celle qu'elle avait tissée avec Aayla, mais c'était trop humiliant. Pourquoi lui avait-il ouvert son cœur, pourquoi avait-il craqué pour elle ?

— Je payerai pour les dégâts de la commode. Et la guitare.

Ah, sa guitare aussi ?

— Ce n'est pas de ça que je parle ! Je suis *amoureux de toi.*

Les yeux d'Ivy s'écarquillèrent, tandis qu'il vacillait.

Est-ce qu'il venait de dire ça à voix haute ?

Ivy restait assise, figée sur la banquette, serrant son sac, sans doute impatiente de s'en aller. Il mourait d'envie de cogner dans quelque chose.

— Ivy, parle-moi !

Ivy ferma les yeux, et il donna un coup de pied dans le pneu arrière. Le conducteur lui cria de reculer.

Tout était sa faute. Il lui avait ouvert son cœur, il était tombé amoureux d'elle, il avait même fait des projets d'avenir sans aucun bon sens. Il n'avait donc rien appris ? Elles partaient toutes, les touristes. Il le savait, et il avait quand même plongé à nouveau, en entraînant Aayla dans sa chute.

— Je suis désolée, Jero, sanglota Ivy en essayant d'attraper son bras.

Mais il s'écarta, le taxi démarra en trombe, et il resta là, dans la lumière déclinante, secoué et furieux.

C'était donc *ainsi* que ça se terminait.

Ivy entendit l'explosion alors qu'ils atteignaient la limite de la ville. Se retournant sur la banquette, elle essuya ses yeux humides et tenta de comprendre la colonne de flammes qu'elle apercevait derrière la ligne d'arbres. Le chauffeur lui demanda en espagnol si elle voulait continuer vers le ferry, mais maintenant, elle pouvait entendre des cris.

Oh ! Seigneur. Chacun d'eux lui glaçait un peu plus le sang.

Les gens sortaient en courant des maisons. La panique l'envahit tandis qu'une fumée grise recouvrait l'horizon, en provenance du quartier de la clinique.

— On doit faire demi-tour !

D'horribles hypothèses formaient un cyclone terrifiant dans son cerveau. La radio du taxi crépita, et elle faillit vomir en reconnaissant les mots « Darwin Clinic », « pompiers », « personnes à l'intérieur ».

Non ! Non !

— Dépêchez-vous ! cria-t-elle en espagnol. Je suis médecin !

Aayla était là-bas. Dudders et Zenon. Jero devait être sur le chemin du retour après qu'elle l'avait laissé là, sonné.

L'angoisse l'étranglait tandis que le chauffeur appuyait plus fort sur le champignon. Le visage de Jero… Le regard qu'il lui avait lancé en comprenant qu'elle partait sans même lui dire au revoir… Il était tombé amoureux d'elle. Il l'avait dit. Elle avait failli sortir de la voiture pour lui dire qu'elle aussi, mais elle ne l'avait pas fait. Pourquoi ?

— Dépêchez-vous, je vous en supplie, répéta-t-elle.

Pendant tout ce temps, elle s'était dit qu'il s'amusait juste avec une touriste, mais cela avait signifié autant pour lui que pour elle. Et elle l'avait touché là où ça faisait mal : dans sa peur d'être abandonné par quelqu'un en qui il avait confiance. Elle avait tout simplement peur qu'il l'aime, comprit-elle soudain, presque autant que personne ne l'aime du tout. Elle avait peur d'aimer quelqu'un à ce point, au cas où il la quitterait. C'était là, au fond d'elle. Jero lui avait déjà dit qu'elle suffisait, et elle ne s'était pas autorisée à le croire.

Une sirène retentit au loin alors qu'ils s'engageaient dans la rue de la clinique. Une épaisse fumée formait un mur inquiétant, bloquant la vue. Elle sauta du taxi, fonça vers ce qu'il restait de la clinique.

Une seconde, elle resta figée, choquée, dans le tourbillon de fumée, de chaleur et de cendres. Le feu semblait hors de contrôle. Tout brûlait. Tout ce pour quoi Jero avait travaillé. Elle fixa, bouche bée, les flammes immenses qui léchaient le toit et dévoraient les murs. Derrière elle, le chauffeur lui cria de faire demi-tour, mais… *Non, pas question.* Aayla était là-dedans !

— Jero ! hurla-t-elle. Aayla !

Dudders surgit derrière elle, il la tira en arrière, et elle vit à son grand soulagement Zenon tenant Aayla contre lui à quelques mètres, près des arbres. Elle courut à travers la fumée en criant son nom. Elle toussa et dut s'arrêter à mi-chemin, mais Aayla lui enlaça bientôt la taille tel un bébé-pieuvre, et elle rassembla ses forces pour la prendre dans ses bras.

— Tu vas bien, tu vas bien…

— Je vais bien, mais papa est à l'intérieur !

Aayla pleurait contre elle.

— Jero est là-dedans ?

— Il est allé chercher les chatons, balbutia Dudders, le visage illuminé par le brasier orange.

Des cendres se consumaient dans ses dreadlocks. Le chien noir était à ses pieds, dans la cage, et de plus en plus de gens se rassemblaient à la périphérie, regardant l'incendie, choqués, effrayés et en larmes. Certains essayaient vainement d'arroser les flammes avec l'eau de bouteilles en plastique. Malgré sa panique, Ivy tenta de se rappeler quels autres animaux se trouvaient à l'intérieur, mais Jero… Oh ! qu'est-ce qui l'avait poussé à entrer ? Et où étaient les pompiers ? Pourquoi tout était toujours aussi lent, ici ?

— Papa !

Aayla se dégagea de ses bras, et elle la suivit des yeux,

tétanisée, incrédule, tandis que la foule se mettait à bruisser et à s'exclamer. Puis, à travers la fumée, à l'endroit où s'était trouvée l'entrée, elle le vit.

Un énorme sanglot bloqué dans sa gorge la fit vaciller.

Jero titubait dans la lumière, sa silhouette se découpant sur fond de brasier. Il tenait une caisse où se tortillaient des chatons. Ses vêtements étaient noircis, sa peau gris cendré. Il n'avait jamais été aussi beau.

Dieu merci, tu es vivant !

S'élançant vers lui, elle fut arrêtée dans sa course par une équipe d'ambulanciers, enfin arrivés sur les lieux avec le camion de pompiers. Elle fut forcée d'observer de loin, comme dans un rêve, Jero qu'on enveloppait dans une couverture et qu'on emmenait dans l'ambulance avec Aayla. Il ne l'avait pas remarquée. Elle n'avait pas d'autre choix que de les regarder s'éloigner et de se tenir là, entre Zenon et Dudders, à assister à la destruction de l'empire de Jero. Les pompiers ne purent pas faire grand-chose. En moins d'une heure, la Darwin Clinic ne fut plus qu'un tas de décombres et de cendres fumantes. Tout ce qu'elle pouvait faire, c'était remercier le ciel et tous les anges qu'il n'ait pas été réduit en cendres en même temps.

Elle ne pouvait pas le perdre comme sa mère avait perdu son père. Elle le savait, maintenant. Elle l'avait su à la seconde où il lui avait dit qu'il était tombé amoureux d'elle. Il pourrait bien être l'amour de sa vie.

17.

La gorge de Jero lui donnait l'impression d'avoir avalé du kérosène. La chambre d'hôpital tournait autour de lui lorsque l'infirmière partit. Il pouvait à peine parler ou avaler, et il ne voulait rien de plus que rentrer chez lui.

Il aurait aimé que les images infernales de cette horrible soirée disparaissent. D'abord Ivy courant vers ce taxi, s'éloignant de lui. Puis la clinique en flammes. Il avait vu sa vie défiler devant ses yeux à la seconde où les vitres de la façade éclataient, pile quand il revenait.

— Je peux entrer ? demanda Ivy dans l'encadrement de la porte, l'obligeant à tourner la tête et faisant accélérer son pouls.

— Je pensais que tu serais à mi-chemin de Galway à cette heure-ci, croassa-t-il, tendu comme une corde de guitare.

— Eh bien, surprise, l'explosion m'a fait faire demi-tour.

Elle tira une chaise près de son lit et s'assit.

D'abord sur la défensive, il s'adoucit sous son regard, comme toujours. Il adorait les traits de son visage. Tellement que, parfois, le simple fait de la regarder provoquait une sensation douloureuse dans son cœur, sa poitrine et jusque dans sa gorge. Il avait pensé à elle durant tout son séjour à Quito. Même si elle ne faisait que reporter une nouvelle fois son départ, il lui était impossible de lui en vouloir.

— Je suis tellement désolée, Jero. La clinique entière… Partie en fumée. Disparue.

Elle posa les deux mains sur son bras, dont une sur son tatouage, et la chaleur de ce contact le radoucit encore plus.

Il devait être un parfait imbécile, parce qu'il était heureux en cet instant. Presque aussi heureux qu'elle soit là que d'être encore là lui aussi.

Zenon et Dudders avaient réussi à sortir le chien, mais il avait dû retourner à l'intérieur pour les chatons. Aucun animal ne devait périr s'il pouvait l'empêcher. La chaleur était suffocante. Il avait dû avancer à quatre pattes pour arriver à voir devant lui, entre les piles de dossiers en feu et les panneaux muraux en fusion. Il avait pensé à Ivy. Il s'était demandé un instant si leur échange coléreux serait la dernière chose qu'elle garderait de lui.

— Oui, elle n'existe plus, mais personne n'est mort, répliqua-t-il, conscient que cela pouvait sembler désinvolte par rapport à la gravité de la situation.

Mais qu'était-il censé faire ? Pleurer ? Il irait de l'avant comme il avait été forcé de le faire auparavant.

— Qu'est-ce qui t'a fait revenir ? demanda-t-il.

— Jero, avant même que la clinique parte en flammes, je savais que j'avais commis une erreur, répondit-elle d'une voix étranglée. Je n'aurais pas dû essayer de partir sans te parler. J'avais juste peur de ce que j'avais commencé à ressentir pour toi et Aayla. Je ne suis pas habituée à ça…

Elle fit un geste, comme s'il y avait entre eux un champ de force invisible qu'elle ne savait pas comment désactiver.

— Moi non plus, admit-il avec raideur.

— Je sais que tu m'as fait confiance.

— Je n'aurais pas dû être aussi en colère…

Elle se pencha et pressa une main sur sa joue, comme avant.

— J'ai saccagé la maison, détruit ta commode, abîmé ta guitare. Je suis une baby-sitter minable.

Il la dévisagea, ne sachant quoi dire. Elle pensait vraiment qu'il se souciait des objets matériels plus que d'elle ? Il n'avait pas encore vu la guitare, mais elle ne pouvait pas être en aussi mauvais état que la clinique, réduite à un tas de gravats.

— J'étais convaincue que je n'étais pas bien pour toi, pas

bonne avec les enfants. Ça ne veut pas dire que je ne les aime pas ou que je ne veux pas d'eux dans ma vie. Peut-être que j'en veux. Probablement, même.

Elle s'exprimait avec sincérité, et il sourit presque.

— Je veux que toi et Aayla fassiez partie de ma vie, clarifia-t-elle rapidement. Si tu veux toujours de moi, si tu pensais ce que tu m'as dit, on peut essayer de faire quelque chose. Vous pourriez venir en Irlande pendant la reconstruction de la clinique ?

Il rit doucement, ce qui le fit tousser à nouveau. Ivy lui passa un verre d'eau mais elle paraissait blessée, et il hocha la tête.

— Cette idée me plaît, assura-t-il après avoir bu.

L'idée commençait à prendre forme dans son esprit, elle repoussait certaines des horreurs de la nuit. Galway avec Ivy… Aayla serait folle de joie.

— Mais on ne peut pas reconstruire si facilement. Nous n'avions pas d'assurance, pour commencer.

Les yeux d'Ivy s'arrondirent tandis qu'il continuait.

— On n'a simplement jamais pensé qu'on en aurait besoin. La clinique a été financée par des fonds communautaires, chaque centime est réinvesti. Je peux vendre certaines de mes propriétés. J'ai des actifs, mais…

Il savait ce qu'elle pensait : dans le monde occidental, aucune clinique n'aurait fonctionné sans assurance, mais ce n'était pas le cas ici. Ce lieu avait été une simple cabane, au début, et les soins étaient gratuits. Il ne voulait pas y réfléchir maintenant. Il avait mal partout, mais d'une certaine manière, le monstre commençait à reculer.

Avec ses mains couvertes de pansements, il prit celles d'Ivy et les porta à ses lèvres.

— On reconstruira, décréta-t-elle d'un ton songeur, comme pour elle-même.

Un petit sourire illumina ses yeux espiègles et Jero n'eut pas l'occasion de lui demander de quoi elle parlait qu'elle se penchait déjà sur le lit et pressait les lèvres contre les siennes.

— Je suis amoureuse de toi aussi, Jero Morales.

Elle l'attira plus près et lui donna le baiser le plus profond qu'il ait jamais reçu dans un lit d'hôpital… jusqu'à ce qu'un autre coup frappé à la porte les sépare.

Dudders les observait, le visage empourpré.

— C'est bon, tu peux entrer, lança Jero, serrant toujours la main d'Ivy contre son cœur.

— Comment tu te sens ? demanda Dudders en déposant sur la table de chevet un maigre bouquet de fleurs jaunes enveloppées de cellophane.

— Vivant. Qu'est-ce qu'il s'est passé ? On sait ce qui a déclenché l'incendie, maintenant ?

Dudders détourna les yeux et grimaça.

— Les pompiers pensent que c'est une prise défectueuse.

Instantanément, Jero se souvint des câbles électriques qu'il avait vus enroulés autour du terrarium où un lézard se prélassait sous une lampe. Le pauvre n'avait sûrement pas survécu.

— Ivy m'avait dit de te demander de quand datait cette rallonge, mais tu étais occupé, avoua Dudders en tripotant ses dreadlocks. Ce n'est pas une excuse, mais après j'ai oublié. Je l'ai branchée et je suis retourné au travail.

— Ce truc avait au moins dix ans, soupira Jero. Ce n'est pas ta faute. En fait, on a tous fait des erreurs dans ce lieu. Ivy est la seule depuis des lustres à avoir essayé de changer les choses. On doit lui être reconnaissants. Au moins, grâce à toi, Ivy, on n'a pas perdu toutes nos données.

Ivy lui sourit de façon rassurante.

— Arrête de parler, il faut que tu te reposes.

Il réfléchit intensément tandis que Dudders et elle discutaient du relogement des animaux rescapés.

Quel soulagement qu'elle ait autant insisté sur la mise en place de la base de données ! Elle avait sauvé la clinique de la destruction totale. Malgré ses plans de rénovation et de remaniement, il avait laissé l'habituelle routine quotidienne le consumer, jusqu'à ce que ce projet passe au second plan. Ces fichus plans étaient sous la table basse depuis des mois, voire des années. Il n'avait jamais trouvé le temps de les mettre en œuvre. Il n'en avait même pas parlé à Ivy. Elle l'aurait poussé à agir, comme toujours. Ce qui n'était pas une mauvaise chose du tout. C'était ce dont il avait besoin.

— Ça ne sert à rien de s'en vouloir, Jero, dit Ivy quand Dudders fut parti, devinant qu'il ruminait ses erreurs.

Quand elle commença à l'embrasser, sa tête se vida de tout ce qui n'était pas elle, et il s'abandonna à son magnétisme. Puis elle le rejoignit dans le lit malgré la désapprobation de l'infirmière, et ils passèrent la nuit enlacés. Au matin, Ivy le ramena à la maison.

Épilogue

Huit mois plus tard.

Ivy contempla la statue en bronze de Pluma en vol sur le parvis de la nouvelle Darwin Clinic. C'était une idée d'Aayla, et Jero l'avait prise très au sérieux. Il avait sollicité un artiste de Quito et, à présent le grand fou emblématique dominait le lieu et accrochait l'œil.

En ce moment, le chantier grouillait d'activité, entre les ouvriers et l'électricien qui s'assurait qu'il y avait plus qu'assez de prises électriques pour tous les appareils qu'ils auraient besoin de brancher.

Un frisson d'excitation l'envahissait chaque fois qu'ils étaient sur le chantier. Elle aurait un nouveau bébé, maintenant – avec Jero.

— Ce sera bientôt terminé, dit Jero.

Il portait un énorme palmier en pot. Elle se leva pour l'aider, mais Zenon la devança.

— Laisse-moi faire, patron, dit-il, et il se démena comme un beau diable pour transporter la plante jusqu'à l'entrée.

Elle réprima un sourire. Zenon faisait de son mieux.

— Comment vont mes chéries ? demanda Jero en déposant un baiser sur son front puis sur celui d'Aayla.

Il avait de la terre sur le visage après son expédition à la jardinerie, et Ivy l'essuya avec son doigt. Il attrapa sa main et l'embrassa, et elle sourit devant son T-shirt orné du trèfle à quatre feuilles irlandais acheté à Galway pendant leur voyage.

C'était fou comme son cœur faisait encore des bonds dans sa poitrine quand il apparaissait.

Sans lâcher sa main, il s'assit près d'elle sur le muret de brique et regarda Zenon déposer la plante géante.

Jero et elle avaient travaillé avec un architecte et un décorateur d'intérieur pour finaliser les plans – elle n'avait pas jugé nécessaire de lui dire qu'elle les avait découverts bien auparavant. Ils étaient en train de créer une clinique parfaite, avec deux salles de consultation, une salle d'opération spacieuse, de nombreux rangements et un chenil entièrement fonctionnel.

Aayla avait choisi sept photos de ses animaux préférés, toutes prises par elle-même, bien sûr. Et pourquoi pas ? Elle était très douée. Elles étaient destinées à être encadrées et affichées dans la réception, à la vue de tous les clients. Plus de posters décollés. Plus d'ordinateur portable non plus, mais un vrai PC, et certainement plus de dossiers en carton.

Le matin de l'inauguration, Ivy enfila une robe neuve couleur vert émeraude et appela Jero pour l'aider à la fermer.

Il ne répondit pas.

Elle héla Aayla depuis l'étage.

— Où est ton père ?

— Déjà parti, répondit la fillette depuis la cuisine.

Ivy fronça les sourcils.

Ils étaient censés partir ensemble. Y avait-il eu un problème ? Jero avait peut-être été appelé pendant qu'elle était sous la douche. Inspirant à fond, elle essaya de ne pas penser que quelque chose n'allait pas. Chaque fois qu'il allait quelque part sans le lui dire, les vieilles angoisses refaisaient surface… mais elle invoquait Mike et ses sentences pleines de bon sens : ce n'était pas parce que son père était sorti un jour et n'était jamais rentré que Jero allait périr. D'ailleurs, c'était un survivant, tout comme les chatons qu'il avait sauvés dans le bâtiment en feu, songea-t-elle avec fierté.

— On doit y aller ! cria Aayla. On retrouve papa là-bas.

— Il y a intérêt, marmonna-t-elle en se regardant une dernière fois dans le miroir.

Elle avait tout à fait l'air d'une vétérinaire en chef aux Galápagos, sans la blouse blanche et les griffures de chat.

Dès qu'elle arriva sur le parvis de la Darwin Clinic avec Aayla, elle sut qu'il se passait quelque chose d'anormal.

— Que font tous ces gens ici… ?

Elle s'interrompit en voyant Mike près de la statue du Pluma.

Une décharge d'adrénaline lui inonda les veines. Que diable Mike faisait-il ici ? Puis elle vit sa mère. Etta Malone semblait un peu dépassée, dans son tailleur rayé ajusté, s'éventant dans la chaleur.

Mais qu'est-ce qu'il se passait ?

— Te voilà !

Jero s'approchait. Il l'entraîna, hébétée, vers la foule, et sa mère vint l'embrasser sur les deux joues.

— Bonjour, ma chérie.

Puis Etta s'abaissa au niveau d'Aayla.

— Bonjour à toi aussi. Tu as grandi depuis que je t'ai vue en Irlande !

— Au moins de trois centimètres, répondit fièrement la fillette, alors que Pluma décidait d'essayer de se percher sur l'épaule de la mère d'Ivy.

Etta poussa le plus grand cri qu'Ivy ait jamais entendu, et Pluma commença à agiter ses ailes géantes au-dessus de sa tête, éparpillant ses cheveux roux dans mille directions. Alors que les rires éclataient autour d'elles, Etta choisit de considérer le côté drôle de l'aventure.

Dieu merci.

— Tu ne plaisantais pas à propos de cet oiseau, dit-elle en regardant d'un œil méfiant Pluma qui se posait maintenant sur l'une des ailes déployées de sa statue.

Ivy était trop abasourdie pour formuler une phrase cohérente. Son regard passa de sa mère à Mike, qui l'enveloppa dans le plus gros câlin qu'il lui ait jamais donné.

— Ce lieu est incroyable, Ivy ! Félicitations. Et cette île… Wouah ! Maintenant, je comprends que tu aies tant voulu rester.

— Je crois que ce n'est pas seulement la clinique qui l'a attirée, ironisa sa mère avec un petit sourire en coin.

Ils tournèrent tous le regard vers Jero, occupé à hisser Aayla sur ses épaules pour qu'elle place une couronne de fleurs sur la tête de la statue géante du fou.

Quelqu'un alluma un microphone, tout le monde réclama un discours à grands cris, et Jero reposa Aayla au sol pour monter sur la petite estrade. Il portait pour une fois de vraies chaussures, une chemise de marque et un jean. Il était incroyablement beau, et aussi un brin sournois, pensa Ivy, encore ahurie. Comment avait-il réussi à faire en sorte que sa mère et Mike soient présents à l'inauguration sans qu'elle le sache ? Elle était surprise, car tous deux étaient toujours très occupés.

Peut-être que, tout comme elle, sa mère avait mis le travail de côté pour un moment.

La foule éclata à nouveau de rire et Ivy, encadrée par sa mère et Mike, se sentit poussée vers l'avant, tandis que le nom d'Álvaro passait de bouche en bouche.

Le gros lion de mer se dandinait vers l'estrade, accompagné de Marsha. Ivy le vit avec étonnement sauter les marches sur ses nageoires. Jero lui tendit le micro, et il aboya très fort, faisant sursauter Etta, qui lissa son tailleur d'un air embarrassé.

Elle était probablement gênée, si loin de sa zone de confort, et si peu habituée à la chaleur, mais elle était venue. Elle avait fait cet effort.

Ivy éprouva un élan de tendresse pour sa mère.

À ce moment-là, Jero l'appela sur scène, et elle monta les marches, les nerfs à vif.

Jero lui prit la main.

— Je voudrais remercier tout le monde d'être venu pour la réouverture de la Darwin Clinic, dit-il dans le micro. Je n'aurais pas pu accomplir cela sans Ivy Malone.

— Et moi, je n'aurais pas pu le faire sans toi, ajouta-t-elle par-dessus les acclamations et les applaudissements.

Ils étaient associés à parts égales. Elle avait investi dans la Darwin Clinic avec les fonds provenant de la vente de sa clinique. Au début, Jero avait été réticent à accepter. Il avait un capital immobilisé dans des actifs, et les campagnes communautaires permettraient de recueillir plus d'argent en un rien de temps, mais pour Ivy, il ne s'agissait pas de cela. Elle voulait contribuer à quelque chose de plus significatif pour une communauté, pour l'écosystème des Galápagos, quelque chose qui fasse vraiment la différence. Et elle voulait le faire avec lui.

Sa mère lui fit un clin d'œil, et elle retint un sourire.

— Qu'est-ce que tu en penses, Álvaro ? demanda Jero.

Álvaro se dressa et applaudit avec ses nageoires avant.

L'assemblée se déchaîna de nouveau, et Ivy resta bouche bée. La créature sauvage qu'ils avaient sauvée avait-elle reçu des leçons d'une sorte de maître de cérémonie local ?

Puis elle vit que c'était Marsha qui soufflait des instructions à l'animal. Incroyable. Ils avaient désormais une nouvelle attraction touristique pour le marché !

Marsha plaça ensuite quelque chose entre les nageoires d'Álvaro. Une petite boîte rouge.

Son cœur s'emballa, devint fou. Dans la foule, les yeux de sa mère brillaient. Mike souriait comme le chat du Cheshire. Est-ce qu'ils savaient que ceci allait se produire ?

Le temps parut ralentir quand Jero mit un genou à terre.

— Ivy…

Il s'interrompit, le visage fendu d'un immense sourire, alors que l'assemblée se mettait à vibrer d'excitation.

Elle avait chaud, sa robe lui collait au corps, elle n'était pas préparée à ça… Il était sérieux ? Maintenant ? Devant tous ces gens ?

Oh ! Seigneur.

Jero fouilla son regard, comme pour lui demander si elle allait bien. Cela suffit à la calmer instantanément. Oui, elle allait bien. Elle allait plus que bien.

Jero semblait à présent plus grave que jamais.

— Ivy, je ne peux pas imaginer tenter cette aventure avec quelqu'un d'autre. Tu as changé ma vie. Me feras-tu l'incroyable honneur de commencer ce nouveau chapitre en tant que ma femme ? Veux-tu m'épouser ?

— Oui.

Elle le murmura d'abord. Elle tremblait. Puis un rire nerveux monta en elle.

— *Oui !* répéta-t-elle plus fort dans le micro. Oui, Jero, je veux t'épouser !

Quelque part dans la foule, Dudders hurla comme un chien sauvage. Aayla sauta en l'air, tapant dans ses mains en chœur avec Álvaro. Pluma battit des ailes autour de leurs têtes comme si elle les félicitait aussi.

Au milieu du chaos, Ivy capta le regard de Jero et lui dit sans avoir à remuer les lèvres à quel point elle l'aimait.

C'était probablement le meilleur jour – non, la meilleure *année* ; non, le début de la meilleure partie de sa vie.

SUE MACKAY

Passion sous la pluie

Traduction française de
ADELINE MAGNE

BLANCHE

HARLEQUIN

Titre original :
STRANDED WITH THE PARAMEDIC

1.

— Je ne sais pas quand je pourrai venir, Brooke. Pas aujourd'hui, en tout cas. Les ferries sont tous annulés et il n'y a plus aucun vol pour Blenheim. D'ailleurs, l'aéroport de Wellington est en alerte.

— Ça ne m'étonne pas.

Le combiné à l'oreille, Brooke fut saisie d'un frisson. Comme si l'orage avait deviné qu'on parlait de lui, une rafale particulièrement violente venait de cingler la maison.

— Le temps est devenu complètement fou, répondit-elle à sa sœur. Pour tout dire, je n'en reviens pas qu'on puisse avoir cette conversation. Je n'ai eu ni électricité ni couverture réseau pendant toute la nuit ou presque. C'est revenu une dizaine de minutes avant que tu appelles.

— Et d'après les bulletins, le mauvais temps devrait encore s'aggraver. Tu restes à l'abri, tu m'entends ?

Brooke ne put s'empêcher de sourire. Comme d'habitude, Saskia assumait son rôle de grande sœur qui disait : « Je suis toujours là pour toi, Brooke. » Mais la réciproque était vraie.

— Ne t'inquiète pas. De toute façon, je ne peux pas faire grand-chose. Il pleut à torrents et les murs tremblent à chaque bourrasque. Je n'ai jamais rien vu de tel, et Dieu sait que j'en ai connu, des orages. Parfois, j'ai l'impression que la maison va carrément s'envoler !

— Ça m'embête de te savoir toute seule là-bas. J'aurais aimé être avec toi.

— Pour que tu te caches sous les couvertures en glapissant au moindre coup de tonnerre ? Non merci.

— Oui, bon… J'avoue, j'ai peur de l'orage.

Brooke parvint à rire malgré l'ambiance sinistre. Dans le salon, la grande fenêtre en encorbellement semblait parfois sur le point de céder sous les assauts du vent et révélait en contrebas une mer en furie. De toute évidence, Saskia devrait faire une croix sur son séjour. Brooke soupira. Elle n'avait pas peur de la solitude, mais elle s'était fait une joie de revoir sa sœur et de passer avec elle une semaine de farniente, à papoter de tout et de rien. Dire qu'elle avait pensé pouvoir s'accorder quelques jours de tranquillité, loin de Nelson et de son boulot de secouriste. La voix de Saskia la ramena au présent.

— Il n'y a personne avec qui tu pourrais passer la nuit ?

— Vraiment, Sash, puisque je te dis que je vais bien.

Qui essayait-elle de convaincre ? Elle-même ou Saskia ? C'était un peu lugubre de rester assise là à écouter le mugissement de la tempête et les gémissements de la charpente, mais il fallait bien s'y faire. Elle devrait s'en sortir sans quémander un peu de compagnie chez les voisins. De toute façon, elle avait du retard de lecture et un bon feu crépitait dans la cheminée. Que demander de plus ?

— Coucou, Brooke, tu es là ?

— Oui, oui. Pour en revenir à ta question, je crois bien que je suis toute seule. Toutes les maisons étaient éteintes avant la coupure d'électricité. Enfin, non : c'était allumé chez Mike et Paula. Lloyd est peut-être chez lui, mais il pleuvait déjà ferai un tour chez lui dès qu'il fera jour. À mon avis, il doit être calfeutré à l'abri.

Le vieux Duggan vivait déjà dans le coin bien avant que ses parents achètent cette petite maison, une trentaine d'années plus tôt. Chaque fois qu'ils venaient passer quelques jours ici, ils se débrouillaient pour lui rendre visite.

— De toute façon, il se couche toujours avec les poules, remarqua Saskia. Bon, on reste en contact, hein ? Avec un tel orage, je serais très étonnée que la route ne soit pas bloquée.

En effet, leur petit hameau n'était accessible que par une route à flanc de colline qui surplombait la mer. Par mauvais temps, il n'était pas rare qu'ils se retrouvent coupés du monde.

— D'accord, mais ne panique pas si je ne te donne pas de nouvelles. Il y aura sûrement d'autres coupures.

Au même instant, les lumières tremblotèrent. Brooke retint son souffle… Les lampes grésillèrent, puis l'éclairage se stabilisa.

— Qu'est-ce que je disais ?

— Quoi ? Que s'est-il passé ?

— L'électricité a failli être coupée à nouveau. En plus, le gaz montre des signes de faiblesse. Il va falloir que je prenne une bouteille neuve dans la remise, quelle corvée ! Je n'ai vraiment pas envie de sortir par ce temps de chien. Bon, je t'appelle plus tard, si je le peux.

Après avoir posé son portable à côté de la lanterne qu'elle avait pris soin de sortir la veille, avec des allumettes, Brooke enfila des bottes en caoutchouc et un ciré. Elle glissa dans sa poche la clé de la remise et s'apprêta à braver les éléments. À peine sortie, une rafale l'attaqua sur le flanc. *J'aurais dû m'en occuper hier*, maugréa-t-elle mentalement. À sa décharge, la veille, le vent semblait fléchir, donc elle ne s'était pas souciée de la bonbonne de gaz. Il lui avait paru plus urgent de rapporter du bois du garage et d'allumer un feu avant de prendre son repas et d'aller se coucher. En quelques heures, cependant, la situation s'était considérablement aggravée. Partout, les arbres gémissaient et craquaient comme si leurs branches allaient céder d'un instant à l'autre. Des brindilles et des débris jonchaient les pelouses, s'accrochaient aux cordes à linge ou aux clôtures. Des rigoles dévalaient les pentes et un petit torrent traversait le jardin. Lorsque Brooke mit le pied sur la pelouse, l'eau lui arrivait aux chevilles alors que, normalement, elle aurait traversé le terrain à pied sec. Saisie d'un frisson, elle s'enveloppa de ses bras et, tête baissée, elle fendit la pluie.

Tout à coup, elle eut l'impression que le sol bougeait. Mais non, ce devait être son imagination qui lui jouait des tours. Comment pouvait-il bouger ? Ce maelström furieux de vent et de pluie lui rendait étranger un endroit qu'elle connaissait depuis toujours. Dans cet océan de boue, difficile de reconnaître la retraite idyllique où elle passait ses étés à se dorer au soleil en bikini.

Son pied glissa soudain et elle tomba sur le derrière dans un grand *splash*. Étouffant un juron, elle se remit debout tant bien que mal et hasarda quelques pas vers la remise, au fond du jardin. De nouveau, ses jambes se dérobèrent sous elle, mais cette fois-ci, elle atterrit sur le côté. Le choc, particulièrement douloureux, porta sur la cuisse. Elle n'aurait jamais cru qu'une chute pouvait faire aussi mal, surtout sur des matières meubles comme de la boue… À quatre pattes, Brooke se redressa péniblement. Après tout, avait-elle un besoin si urgent de cette bonbonne de gaz ? Malheureusement oui, si l'orage s'éternisait. Pourquoi diable ne s'en était-elle pas occupée la veille ? Ç'aurait été tellement plus simple ! Et plus sûr. Au moins, elle n'aurait pas risqué de se rompre le cou dans l'aventure.

Lentement, un pas après l'autre, elle atteignit enfin la remise. Ouf ! À la faveur d'une brève accalmie, elle entendit qu'on la hélait.

— Eh là ! Ça va ?

Elle ne connaissait pas cette voix. Elle repensa alors à la voiture inconnue garée chez Mike.

— Ça va, oui. J'essaie de sortir une bouteille de gaz. Il vous faut quelque chose ?

— Non, j'effectue juste une ronde pour m'assurer que personne n'a besoin d'aide.

C'est trop aimable, songea-t-elle en avançant précautionneusement vers la porte de la remise. Elle dérapa à nouveau, mais parvint à se rattraper juste à temps. Nom de nom…

À ce rythme, elle serait bientôt couverte de bleus de la tête aux pieds.

— Attendez, j'arrive.

— C'est bon, ça va, marmonna-t-elle.

Dans un ultime effort, elle parvint à la porte. Un juron sonore lui échappa. Bon sang, ce n'était pas possible ! La clé n'était plus dans sa poche. Elle avait dû la perdre en tombant, mais où ? Brooke scruta le sol boueux, mais le porte-clés jaune n'était visible nulle part. En désespoir de cause, elle poussa la porte dans le vague espoir qu'elle serait ouverte. C'était beau de rêver… Règle numéro un : au moment de partir, toujours veiller à bien fermer toutes les issues. Son père n'avait jamais perdu une occasion pour leur inculquer la leçon, à elle et à Saskia. Elle n'avait plus qu'à rebrousser chemin en croisant les doigts pour retrouver le trousseau dans cette gadoue. La cinquantaine de mètres qui la séparaient de la maison promettait d'être encore plus longue qu'à l'aller.

Elle se figea en entendant un grondement sourd et elle jeta un regard autour d'elle. Quoi, encore ? De nouveau, on aurait dit que le sol bougeait. Un tremblement de terre, par-dessus le marché ? Pas possible, elle rêvait ! Mais non, un torrent de boue se précipitait bel et bien sur elle. Elle en avait déjà jusqu'aux chevilles. Son cœur se mit à taper comme un fou dans sa poitrine. Un orage, passe encore, elle savait y faire face, mais un séisme… C'était sa hantise. Chaque fois qu'elle avait senti la terre trembler, saisie de panique, elle s'était comportée comme une idiote finie.

Mais là, il ne s'agissait de rien de tel. C'était l'orage qui se déchaînait de plus belle. Dans un craquement sinistre, un kowhai planté près de la remise se balançait dangereusement vers elle. Une branche énorme se brisa telle une brindille et s'effondra en projetant de la boue en tous sens. Le reste de l'arbre suivit tout de suite après. Brooke s'efforça désespérément de s'écarter de sa trajectoire, mais des rameaux la cinglèrent et la firent tomber. Impuissante, réduite à l'état de pantin inerte, elle se sentit dégringoler sur la pelouse en pente douce. Un flot de boue l'emportait en bas du terrain, où s'écoulait un ruisseau d'ordinaire tranquille. Sauf qu'en un temps record, le paisible cours d'eau s'était transformé en un torrent impétueux, qui lui-même dévalait jusqu'à la mer, un peu plus loin. Brooke sentit son corps se raidir. Nom de nom… Il fallait qu'elle se tire d'ici, et vite. Plus facile à dire qu'à faire… Ses pieds, ses jambes ne lui obéissaient plus !

— Tenez bon, j'arrive, dit l'homme.

Puis il jura, lui aussi. Ce devait être contagieux.

Au moins, elle n'était pas seule. Avec un inconnu, certes, mais pas seule : c'était bien l'essentiel. Quelque chose s'enroula autour de son bras et la tira à contre-courant. Quelque chose de fort et déterminé à la secourir. Quelque chose de doux, mais ferme.

— Je vous tiens. Essayez d'enfoncer les pieds dans le sol pour trouver une prise.

Facile à dire ! Rien n'accrochait dans cette gadoue.

— Allez, faites un petit effort, ajouta la voix près de son oreille. Vous allez y arriver.

Brooke enfonça un pied dans le sol qui se dérobait et, miracle, elle rencontra une résistance. Elle plongea l'autre pied plus profondément encore et parvint enfin à se stabiliser. Avec un élan de soulagement, elle s'accrocha à l'homme et se redressa. Une fois à la verticale, elle leva la jambe pour reculer, mais sa botte demeura coincée dans la boue et elle se retrouva avec un pied à l'air.

— Ah, génial ! Il ne manquait plus que ça !

Elle empoigna la chaussure et tira pour la récupérer dans un effort qui la fit trébucher en arrière.

— Surtout, ne retombez pas, dit l'homme tandis qu'elle se rechaussait. Bon, allons-y prudemment. On va le faire ensemble, OK ? Enroulez un bras autour de ma taille et accrochez-vous. Je vous tiens.

L'inconnu parlait d'une voix tendue, mais il semblait

savoir ce qu'il faisait. Brooke se détendit. Au moins, elle n'était pas toute seule dans ce bourbier, même si le danger semblait à présent écarté. Elle regarda alors autour d'elle et un frisson la parcourut. Non, ils n'étaient pas tirés d'affaire. La situation pouvait mal tourner en un clin d'œil, à en juger par les torrents qui dévalaient la colline. Elle avait déjà vu les conséquences de pluies torrentielles dans la région et n'avait pas la naïveté de penser qu'ils étaient à l'abri d'un gigantesque glissement de terrain. Accrochée à la taille de l'inconnu, elle entreprit de traverser le terrain laborieusement, un pas après l'autre. Lorsqu'ils arrivèrent devant chez elle, Brooke constata qu'un torrent séparait à présent sa maison de celle du vieux Duggan.

— Il faudrait aller par là-bas, dit-elle en pointant le doigt vers la bicoque du vieil homme. Je voudrais passer chez mon voisin, histoire de m'assurer qu'il va bien.

— Pour cela, il serait plus sage d'attendre que l'eau baisse un peu.

Il avait raison, d'autant plus qu'elle n'était même pas sûre que Lloyd était chez lui.

— Pas faux.

— N'est-ce pas ?

Il avait dit cela d'un ton presque léger… Presque. Ses paroles étaient chargées d'une tension palpable et sa main ne desserrait pas son étau autour de son bras. Mais alors, il glissa et faillit l'entraîner avec lui. Elle planta les talons dans le sol pour ne pas se laisser renverser.

— Je vous tiens, dit-elle en reprenant les mots qu'il avait utilisés un peu plus tôt.

L'homme aboya un rire bref tandis qu'il se redressait péniblement.

— Sauf que je dois peser un peu plus lourd que vous, vous ne pensez pas ?

Il fit deux pas dans un équilibre précaire.

— Allez, on y est presque, dit-elle.

La partie épargnée du terrain n'était plus loin, à moins qu'elle ait perdu tous ses repères dans ce chaos. Son compagnon d'infortune l'entraîna en avant, pressé de se tirer de ce bourbier. Soudain, Brooke ne sentit plus ses pieds s'enfoncer dans le sol boueux : ils avaient retrouvé la terre ferme.

— Merci de m'avoir tirée de là, dit-elle. Dire qu'en arrivant hier, je pensais tondre la pelouse aujourd'hui, lorsqu'il s'arrêterait de pleuvoir.

— Ça m'étonnerait. Il va falloir une pelleteuse pour dégager tous ces débris.

— Pour autant que je sache, personne n'en a dans le voisinage. Un type qui réside un peu plus loin possède un engin de ce type, mais il va d'abord s'en servir pour lui, bien sûr. Bon, allons vite nous mettre au sec.

À l'abri du porche, elle ôta son manteau et l'accrocha à une patère, puis elle se tourna vers l'homme qui l'avait secourue et elle se figea. Waouh, quel beau gosse ! Même couvert d'éclaboussures, les cheveux dégoulinants, il était canon. Brooke leva le bras pour ôter une salissure sur la joue de l'inconnu, mais par bonheur, elle se ravisa à temps. *N'importe quoi, ma pauvre fille*… Ce devait être le contrecoup des minutes éprouvantes qu'elle venait de vivre. Elle recula d'un pas et s'efforça de retrouver un semblant de contenance. Difficile, avec un cœur qui s'emballait comme sous l'emprise d'un batteur fou.

— Au fait, je suis Brooke Williams. Nous sommes voisins ?

L'homme hocha la tête.

— Je m'appelle Danny. Je suis arrivé il y a deux jours avec Paula et Mike, mais ils sont repartis à Blenheim hier matin. Moi, je suis resté pour passer deux jours de plus au calme. Enfin, c'était le but, ajouta-t-il en promenant un regard mélancolique sur le jardin, ou ce qu'il en restait.

Brooke remarqua qu'il s'exprimait avec cet accent nasal typique des Australiens.

— Moi aussi, j'espérais trouver ici un peu de détente. Ma sœur devait me rejoindre, mais ce sera pour une autre fois.

Qu'est-ce qu'il lui prenait de déballer sa vie à un inconnu ? Oui, mais cet inconnu lui avait prêté secours, et il n'avait pas l'air d'un ogre.

— Je ne me vois pas traverser le détroit de Cook par un temps pareil, même en avion, dit-il.

— De toute façon, toutes les liaisons sont annulées, qu'elles soient aériennes ou maritimes. Tout à l'heure, vous disiez que vous faisiez le tour du voisinage. Vous avez remarqué s'il y a du monde dans les maisons alentour ?

— Non, personne, apparemment, à part cet homme qui habite à côté. J'allais lui rendre visite quand je vous ai vue. Je me suis dit que vous deviez avoir un sacré problème pour sortir par un temps pareil.

— C'est gentil. J'avais l'intention de rapporter une bouteille de gaz, mais j'ai laissé tomber la clé de la remise en chemin.

Brooke avait déchaussé un pied sans problème, mais la deuxième botte en caoutchouc lui donnait du fil à retordre. Bon sang, impossible de l'enlever ! Elle appuya le talon contre le rebord d'une marche et tira de toutes ses forces. La chaussure céda enfin avec un petit bruit de succion.

— Vous avez une autre clé ? Je peux vous apporter cette bouteille, si vous voulez.

— Merci, mais vous auriez les mêmes problèmes que moi. Je vais me débrouiller en attendant.

À présent qu'elle pouvait le regarder à son aise, elle ne s'en privait pas. Il devait mesurer dans les deux mètres : elle lui arrivait tout juste à l'épaule. Et même avec sa grosse veste, on devinait qu'il n'avait pas trop d'embonpoint. Il devait même être diablement musclé, à en juger par la poigne d'acier avec laquelle il l'avait soutenue.

— Par contre, j'aimerais m'assurer que Lloyd va bien.

— Voyons ce qui se passe pendant l'heure qui vient. Si le

temps s'améliore, nous pourrons lui rendre visite et peut-être même récupérer votre bouteille au passage.

Il avait un sourire sexy, qui allumait un éclat malicieux dans ses yeux.

— Donc, vous êtes seule ?

Un réflexe de méfiance se déclencha aussitôt en elle.

— Bon, je vous laisse. Encore merci.

Elle avança la main vers la poignée de la porte. Sans être timorée et vulnérable, elle n'était pas bête au point de s'exposer à des risques inutiles. Que savait-elle de ce Danny ? Rien, si ce n'était qu'il avait un sourire charmeur. Normalement, en cas de problème, elle pouvait toujours faire appel à des voisins éloignés, mais par ce temps, elle aurait du mal à les joindre, surtout si les téléphones ne fonctionnaient pas. Autrement dit, elle était vraiment seule.

— Désolé, je ne voulais pas vous alarmer. Simplement, je me disais que vous préféreriez vous joindre à moi plutôt que d'attendre seule la fin de l'orage. Je ne pensais qu'à votre sécurité, ajouta-t-il en descendant les marches du porche.

Il semblait sincère... Gagnée par la mauvaise conscience, Brooke rangea sa deuxième botte d'un coup de pied. Elle et sa paranoïa... Était-il si difficile de se dire que certaines personnes pouvaient agir sans arrière-pensée aucune ?

— Attendez ! C'est moi qui vous dois des excuses. En fait, j'ai l'habitude de séjourner ici toute seule. La maison appartient à mes parents et j'aime y venir avec ma sœur dès que nos emplois du temps nous le permettent. Je passe mes vacances ici depuis que je suis toute petite.

Encore une fois, tu parles trop, Brooke. Il n'a pas besoin de connaître toute ta vie non plus.

— Enfin, tout cela pour dire que la solitude ne me pèse pas.

2.

Danny inspira profondément, puis expira lentement. Pendant un court instant, quand Brooke s'était crispée, il s'était dit qu'elle l'avait reconnu. Or, non. Elle avait juste mal réagi à sa proposition et, en retour, il était monté sur ses grands chevaux, comme toujours. Mais cette propension à se tenir sur la défensive lui avait permis de se tirer de bien des situations délicates, face à des harceleurs ou de simples casse-pieds. Brooke n'était toutefois ni l'un ni l'autre. À vrai dire, elle n'avait pas l'air franchement disposée à faire copain-copain avec lui.

— Bon, je retourne au cottage, dans ce cas.

Là-bas, il pourrait respirer à son aise, sans être perturbé par une femme intrigante. Ce qu'il appréciait le plus, en elle, c'était qu'elle ne désirait rien de lui, mis à part son aide, à l'occasion, et encore…

C'était pour cela qu'il était venu travailler en Nouvelle-Zélande : ici, personne ou presque ne savait qui il était. Quel plaisir de pouvoir se balader où bon lui semblait sans être importuné par des fans. Ici, il était libre de ses mouvements et pouvait se permettre d'être lui-même, profiter de la vie sans toujours prêter aux autres des arrière-pensées intéressées. Ici, il n'était plus Daniel Collins, ex-champion du monde de golf, mais tout simplement le Dr Danny, interne en médecine. Ici, il pouvait se concentrer sur son avenir sans être continuellement renvoyé à son passé.

La voix de Brooke pénétra ses pensées. Apparemment,

elle semblait désireuse de revenir à de meilleures dispositions envers lui.

— Avec un peu de chance, les routes seront accessibles quand l'orage sera calmé. En général, les services de voirie ne tardent pas à dégager les accès. Les gens ont besoin d'aller travailler, faire leurs courses, que sais-je…

— C'est bon à savoir. Je dois partir lundi.

Au fait, elle voulait rester ici jusqu'à quand ? Quelques jours, au moins, si sa sœur devait la rejoindre. Sauf que la météo allait sûrement déranger leurs plans. Bizarrement, Danny aurait bien voulu passer quelques moments avec elle, histoire de faire connaissance. C'était tellement inattendu qu'il en éprouvait un pincement au ventre. D'ordinaire, il évitait de fréquenter des personnes extérieures à son cercle d'amis ou de parents.

Mine de rien, elle l'avait chamboulé, avec son regard acéré, alors qu'il lui avait juste demandé si elle était seule. Apparemment, il avait touché un point sensible. D'ailleurs, il lisait dans ses yeux un soupçon de méfiance, comme si elle était sur le qui-vive. Il devinait pourtant qu'elle saurait se défendre en cas de besoin.

— Bon, je vous laisse. Mais si vous rendez visite à ce voisin, je tiens à vous accompagner.

Elle eut un bref sourire.

— Ça ira, ne vous inquiétez pas.

Sur ces mots, elle tourna les talons et referma derrière elle sans le gratifier d'un regard de plus. Danny secoua la tête avec un sourire idiot. Il avait si peu l'habitude que les gens ne prennent pas de gants avec lui. Manifestement, Brooke n'avait aucune idée de qui il était. Ou alors, mieux encore, si elle le savait, elle s'en fichait royalement. Cela faisait un sacré bout de temps qu'il n'avait pas été éconduit de la sorte, mais il adorait cela. Bien sûr, tôt ou tard, on finirait bien par l'identifier, même dans ce coin perdu. Mais en attendant, il aurait aimé s'offrir un peu de bon temps, surtout à présent que le hasard lui avait fait connaître une voisine aussi jolie. Quel mal y avait-il à s'amuser un peu, pour une fois ? Ne serait-ce pas génial de passer un moment sympa avec une belle femme ?

Et elle, était-elle sur la même longueur d'onde ? À deux ou trois reprises, elle lui avait jeté des regards qui semblaient le jauger. De toute façon, que risquaient-ils ? Dans deux jours, il serait parti, et Brooke aussi, selon toute probabilité. À condition qu'elle soit célibataire et bien dans sa tête, une petite aventure ne tirerait sûrement pas à conséquence. À supposer, toutefois, que Brooke lui manifeste quelque intérêt, ce qui ne semblait pas être le cas. Pour l'instant, du moins.

Danny rejoignit le cottage de Mike et Paula, l'une de ces jolies petites résidences de vacances que les Néo-Zélandais appelaient *bach*. Il ôta ses bottes et son regard se porta sur la maison d'à côté. À présent qu'il avait rencontré sa voisine, la perspective de demeurer coincé quelques jours ici par ce temps lui semblait bien plus attrayante. Qu'avait-il de mieux à faire que de passer le temps à bavarder de tout et de rien avec elle ? Bien sûr, il veillerait à ne pas s'imposer.

Un craquement sinistre le fit sursauter et il sentit le sol trembler sous ses pieds.

— Nom de nom…

Un torrent dévalait la colline, emportant tout sur son passage. Il se dirigeait droit vers la maison du voisin de Brooke.

— Il va y avoir droit…, murmura Danny avec effroi.

À peine eut-il parlé qu'un énorme bloc de pierre heurta la maisonnette de plein fouet. Danny renfila ses bottes en un clin d'œil et il se précipita vers le cottage. Au même instant, Brooke accourut en passant les bras dans les manches de sa veste.

— Faites attention ! lui cria-t-il. Tout va très vite.

— Il faut que je sorte Lloyd de là. Enfin, j'espère qu'il n'est pas chez lui.

Elle lui avait répondu sans le regarder ni ralentir pour lui permettre de la rattraper. Manifestement, lorsqu'elle avait une idée en tête, il était difficile de l'arrêter. Mais c'était pareil pour lui. Et en cet instant, son idée à lui, c'était de veiller à la sécurité de Brooke.

— Pas si vite ! Soyez prudente.

Il l'atteignit enfin et lui saisit le bras.

— Faites attention, bon sang. Vous n'allez pas aider votre voisin si vous vous faites mal.

Alors qu'il finissait sa phrase, d'autres rochers roulèrent devant eux et terminèrent leur course contre la maison. Brooke s'arrêta brusquement et regarda autour d'elle avant de poser sur lui des yeux inquiets.

— Vous avez raison. Je ne sais pas ce qui m'a pris.

Elle dégagea son bras d'un coup sec.

— Désolée, ce n'était pas malin de ma part.

— Votre voisin vous donne du souci.

Il y avait de quoi. La porte de la maisonnette, sortie de ses gonds, était ouverte à tous les vents et une rigole d'eau boueuse ruisselait vers l'intérieur. Un autre rocher s'écrasa contre un mur et le vieux cottage grinça. Brooke se remit à patauger dans la boue, mais Danny lui ressaisit le bras.

— Vous êtes folle ? Il faut faire attention à ce qui tombe du haut de cette colline. Le plus petit de ces cailloux pourrait tuer n'importe qui sur son passage. On y va ensemble.

Elle libéra à nouveau son bras et le dévisagea fixement.

— Vous me prenez pour une imbécile ?

Comment dire… S'il n'était pas intervenu, elle allait foncer tête baissée dans la trajectoire d'un glissement de terrain. Sans doute s'était-elle rendu compte de l'énormité de ce qu'elle avait failli faire, car elle se mit à rire.

— Oui, bon, d'accord : je suis une imbécile. Allez, venez. J'aimerais arriver chez Lloyd avant une catastrophe. Par contre, je vous dois un café quand nous aurons un moment de tranquillité.

— Va pour un café.

Au milieu du vacarme, un grondement sourd leur fit tourner la tête. *Nom de Dieu !* Il avait eu tort de lui demander de ralentir l'allure. Une coulée fonçait droit sur eux.

— Courez !

Il s'apprêta à en faire autant, mais ses pieds s'étaient embourbés.

— Courez, je vous dis !

Sans prêter attention à son injonction, Brooke lui saisit une cheville.

— Allez-y, tirez fort.

Le pied sortit avec un petit bruit de succion.

— Ne restez pas là, Brooke.

Sans l'écouter, elle se pencha vers l'autre cheville.

— Tirez.

Facile à dire… Les mains autour de sa jambe, il tira, tira… Puis tomba lourdement à la renverse. Mais il était libre, et c'était bien l'essentiel.

— Accrochez-vous à moi, dit-elle tandis qu'il se relevait.

Elle jeta un coup d'œil vers le haut du terrain et ses yeux s'agrandirent de peur.

— Le plus gros de la coulée est passé à côté, mais ce n'est pas une raison pour lambiner.

— Laissez-moi. Ça ira, je vous dis.

— Vite, courez !

Sans perdre une seconde à chercher d'où venait le danger, Danny fit ce qu'elle disait et courut aussi vite que ses jambes le permettaient. Entre deux glissades et dérapages, il attrapa la main de Brooke pour éviter qu'elle perde l'équilibre. Mais elle tomba et il se retrouva sur les genoux à côté d'elle. Comble de malchance, sa chute avait porté sur son épaule fragile. La douleur le fit grimacer, mais il n'eut guère le loisir de se plaindre. Un petit arbre leur passa dessus et lui cogna la cheville. Danny étouffa un juron. Son visage, ses mains étaient couverts d'égratignures. Empêtrée dans un mélange de boue et de branchages, Brooke tenta de se relever.

— Danny ? Danny, vous allez bien ?

— Oui, oui.

Comment avait-elle fait pour se relever aussi facilement, alors qu'elle avait les jambes prises dans une liane de passiflore ?

— Filez vite avant qu'une autre coulée déboule. Allez !

— Je ne vais nulle part sans vous.

Elle lui tendit le bras et grimaça.

— Vous êtes blessée ?

— Non, je n'ai rien : quelques bleus, c'est tout. Et vous ? Rien de cassé ?

Elle l'examina d'un air averti. Elle semblait s'y connaître… Était-elle du métier ?

— Non, ça va.

Malgré le vent, il entendait des craquements sinistres en provenance de la maison du voisin. Les débris accumulés à l'arrière du bâtiment exerçaient une pression sur les murs et les lames du bardage extérieur se disjoignaient avec des bruits secs.

— C'est fou, dit Brooke en s'approchant. Je n'ai jamais rien vu d'aussi épouvantable.

— Moi non plus.

— Lloyd a quatre-vingt-un ans, et même s'il est en bonne forme pour son âge, je le vois mal s'échapper par la fenêtre.

— Je viens avec vous. Je suis médecin.

— Et moi, secouriste.

Dans ce cas, si Lloyd était blessé, il serait entre de bonnes mains. En tant que secouriste, Brooke avait l'habitude de prendre en charge des traumatismes majeurs sur place et avec les moyens du bord, sans tout l'attirail disponible dans un service d'urgences.

— OK, allons-y.

À peine avait-elle parlé qu'un grondement sonore roula derrière eux.

— Qu'est-ce que…

Danny se figea. Une autre coulée dévalait la pente à l'endroit où ils s'étaient trouvés un instant plus tôt, charriant des pierres, des arbres et même de gros blocs de rocher. Brooke non plus ne bougeait pas, comme si elle redoutait encore davantage ce qu'elle risquait de découvrir à l'intérieur de cette maison. D'une chiquenaude, Danny la ramena au présent.

— J'y vais en premier.

— Non. Ça va, je peux le faire.

— Dans ce cas, je reste juste derrière vous.

— Merci.

Un long frisson la parcourut, puis elle se ressaisit.

— Je passe par la fenêtre de la cuisine : elle est déjà cassée.

— Très bien, je vais vous faire la courte échelle. Attendez, il faut finir de briser la vitre pour ne pas risquer de se couper.

— Pas la peine.

Elle avait déjà passé un bras à l'intérieur.

— C'est bon, je tiens la poignée.

D'un coup sec, la fenêtre s'ouvrit.

— Par chance, elle n'est pas dégondée. Elle aurait très bien pu rester coincée.

— Il n'y aurait pas une autre ouverture par laquelle on pourrait entrer plus facilement ?

Brooke le considéra fixement.

— Mais bien sûr ! Quelle idiote je fais. La porte est juste à l'angle, à l'avant. Mais elle doit être esquintée, elle aussi.

— Je vais vérifier.

Danny mit aussitôt ses paroles à exécution, Brooke sur ses pas.

— Elle n'a pas l'air en trop mauvais état…

Il tenta d'ouvrir, sans succès.

— Attendez, je vous aide.

Alors qu'elle passait devant lui, une délicate fragrance fruitée lui chatouilla les narines. Le parfum de Brooke ? Mais Danny n'avait pas le loisir de se laisser distraire. Ensemble, ils flanquèrent de grands coups d'épaule contre la porte, en vain.

— On perd notre temps, finit-elle par dire. Allez, retour à la case départ.

Toutefois, au lieu de rebrousser chemin, elle s'aventura vers l'avant de la maison.

— Eh, revenez ! Ce n'est pas très prudent.

— Pas de souci. Je voulais juste attraper ceci, dit-elle en s'emparant d'un cageot. Je vais m'en servir de marchepied.

— Laissez-moi passer d'abord, s'il vous plaît. Ensuite, je vous aiderai à entrer.

— Pourquoi ? En plus, Lloyd me connaît, contrairement à vous.

— Comme vous voudrez, dit-il avec un soupir. Appelez-le et voyez s'il vous répond.

Inutile de perdre du temps à discuter, mais qu'elle le veuille ou non, il allait s'introduire en premier dans cette maison. Dieu savait ce qui les attendait à l'intérieur, et Danny ne voulait pas qu'elle se fasse mal. Mais Brooke le devança et, avant qu'il ait pu faire quoi que ce soit, elle avait déjà escaladé son marchepied improvisé.

— Lloyd ! C'est moi, Brooke. Vous m'entendez ?

— Je suis dans la cuisine.

La voix était claire, quoique légèrement chevrotante. Lloyd était-il sous le choc ? Une blessure le faisait-elle souffrir ? Les deux, sans doute.

— Vous allez bien ? Vous pouvez vous déplacer jusqu'au salon ? J'ai réussi à ouvrir une fenêtre.

— Je ne peux pas, je suis coincé. Il y a de la boue partout et je crois que je me suis cassé une jambe. En plus, je me suis cogné la tête quand le micro-ondes est tombé de l'étagère.

— On arrive. Le copain de Mike et Paula est avec moi. Il est médecin.

Danny lui toucha le bras.

— Vous êtes beaucoup plus qualifiée que moi. Je ne suis encore qu'interne.

Brooke ouvrit des yeux ronds.

— Vous avez commencé vos études sur le tard ?

— À vingt-quatre ans.

Brooke cligna les paupières, puis elle sourit et passa une jambe par la fenêtre.

— Parfois, les étudiants plus âgés sont mieux préparés à l'imprévu. Du moins, c'est mon expérience.

— Oui, je vois ce que vous voulez dire, balbutia-t-il.

Mais Brooke ne l'écoutait pas. Elle venait de sauter à l'intérieur, sur un tapis détrempé qui glissa sous ses pieds.

— Ouille…

Elle se releva avec une grimace et elle promena un regard autour d'elle, les yeux agrandis par la crainte. On aurait dit que la maison était secouée de frissons. Brooke redressa ses épaules crispées et serra les bras autour d'elle.

— Je n'aime pas ça du tout.

Elle ne croyait pas si bien dire. Cette maison remplie de craquements et de sifflements lugubres ne lui disait rien qui vaille. Qui savait combien de temps elle pourrait tenir debout ? En proie à une appréhension désagréable, Danny se hâta de la rejoindre.

— Lloyd ? Où êtes-vous ?

— Il est là. Regardez.

Danny pointait le doigt vers un pied qui dépassait d'un placard éventré.

— Je suis dans le cellier, dit une petite voix. Enfin, ce qu'il en reste. Faites attention, le plan de travail peut basculer. Il se balance comme si rien ne le retenait au sol.

Brooke contourna prudemment le meuble et se pencha vers Lloyd.

— Je n'ai jamais été aussi contente de vous voir.

Le pauvre faisait pourtant peine à regarder. Il était étendu par terre, au milieu des gravats, et l'un de ses bras était coincé sous un amas de vaisselle qui s'était déversée des étagères. Danny, cependant, évaluait la situation et les risques auxquels ils étaient exposés. La cuisine n'était plus qu'un champ de ruines : les placards s'étaient décrochés ou pendaient de guingois quand ils ne gisaient pas sur le sol couvert de boue. Il faisait sombre, tout paraissait cassé ou en équilibre instable. Par contre, de là où il se tenait, la salle à manger n'avait pas l'air d'avoir trop souffert, mis à part les coulures et les traces de boue par terre. Danny passa le seuil, mais ne s'aventura pas plus loin dans le couloir en avisant les murs bombés. En revanche, la première pièce qu'il aperçut, une chambre, semblait à peu près intacte.

— Les dégâts semblent aléatoires, dit-il à Brooke. À mon avis, ils ont été causés essentiellement par ce rocher à l'arrière de la maison. Quoi qu'il en soit, il faut vite sortir votre ami d'ici.

— Je sais, mais ça ne va pas être facile. Lloyd, j'ai l'impression que votre cheville gauche est cassée, dit-elle avant de se tourner vers Danny. Il a reçu un choc à la tête et il saigne. Il doit y avoir d'autres blessures.

— Pourtant, il s'exprime de manière cohérente.

— Ça peut changer lorsque le choc s'installera.

— Il tremble de tous ses membres. Ses vêtements sont trempés.

Danny s'accroupit pour examiner le vieil homme.

— Ça ne va pas être une partie de plaisir, désolé, mais on ne peut pas vous laisser là.

— Je veux rester ici avec Jane, protesta Lloyd d'une voix tremblante. Allez-vous-en, vous.

— Qui est Jane ? Faut-il secourir quelqu'un d'autre ?

— Non. C'était sa femme. Elle est morte, ajouta-t-elle avec un soupir.

— OK. Il n'est pas si cohérent que cela, donc.

— Non. Ce choc à la tête est sans doute plus grave que je ne pensais.

Danny palpa précautionneusement la cheville endommagée.

— Elle est cassée. Il faudrait la lui bander avant de l'emmener.

— Oui, mais on ne pourra pas ressortir par la fenêtre.

— Je vais voir ce qui bloque la porte, déclara Danny en se levant. Pendant ce temps, occupez-vous de Lloyd.

Elle lui jeta un bref regard tandis qu'il s'éloignait.

— Soyez prudent, dit-elle calmement. Faites attention à ne pas trébucher.

Un craquement sonore les fit sursauter. On aurait dit qu'une poutre se tordait…

— Dépêchez-vous, dit Danny depuis le couloir. Bon sang… Pas étonnant qu'on n'ait pas réussi à ouvrir cette porte. Elle est coincée par cinquante centimètres de gravats. Je déblaye tout ça le plus vite possible.

— Attendez, il doit y avoir une pelle à côté du poêle.

Brooke traversa le cellier dévasté et récupéra l'objet.

— Tenez. Nous avons de la chance dans notre malheur.

— Merci. Retournez auprès de Lloyd.

Danny se hâta de dégager la porte. Ils devaient partir au plus vite parce que l'endroit n'était pas sûr, mais aussi parce que Lloyd risquait une hypothermie.

— Sans civière, comment allons-nous le transporter ? demanda-t-elle soudain.

— Je vais le porter sur mon dos.

— Bonne idée. Lloyd ne doit pas peser tant que ça. Il a toujours été mince et, avec l'âge, il est devenu carrément maigre.

Danny espérait qu'elle avait raison. Sa clavicule droite supportait mal les charges trop lourdes depuis une double fracture qu'il s'était faite bien des années plus tôt. Une fois l'essentiel des gravats retiré, Danny tira sur la poignée. La porte crissa avec un grincement qui écorchait les tympans, mais elle s'ouvrit.

— Bien joué, dit Brooke. Il ne reste plus qu'à le sortir d'ici.

Elle promena un regard autour d'elle, puis elle se ressaisit et se dirigea vers la cuisine.

— Lloyd, on va vous tirer de là. Danny va vous porter sur son dos.

— C'est vrai ? Je n'avais plus joué à ce jeu depuis mon enfance.

Le vieil homme eut un faible sourire, mais la douleur reprit aussitôt le dessus.

— Allons, dépêchons.

À deux, ils parvinrent à redresser Lloyd sur sa jambe valide et à l'installer sur le dos de Danny.

— Je reste à côté de vous, au cas où vous glisseriez.

— Pour nous rattraper si je tombe, c'est ça ? demanda-t-il en souriant.

— Vous n'allez pas tomber.

Non, il n'allait pas tomber. Au contraire, il allait redoubler d'attention, dans leur intérêt à tous les trois. Un pas après l'autre, Danny atteignit la porte et mit le pied sur la terrasse en bois. Encore deux pas et il arriva à la pelouse, ou plutôt au champ de boue. Par bonheur, les éléments s'étaient apaisés. Malgré tout, il glissa et sentit aussitôt la main ferme de Brooke sur son bras tandis qu'il reprenait son équilibre.

— Le vent a faibli, remarqua-t-elle. Encore un peu, et il pourrait même s'estomper suffisamment pour permettre à un hélicoptère de se poser.

Danny n'avait pas réfléchi aussi loin.

— C'est sans doute la seule option envisageable. La mer est encore trop agitée. Vous êtes sûre que la route est bloquée ?

— Non, mais je serais très étonnée du contraire. Il y a sûrement eu d'autres coulées entre ici et Linkwater, et la voie Queen Charlotte ne sera pas en meilleur état.

Autrement dit, ils n'avaient aucun accès routier vers Blenheim et son hôpital.

— J'espère surtout que le téléphone n'est pas coupé.

— Maintenant que le vent tombe, il n'y a pas de raison qu'on n'ait pas de réseau, d'autant plus qu'il fonctionnait déjà tout à l'heure. Sinon, il faudra avoir recours au poste de radio marine sur le bateau de Mike.

Décidément, elle avait une solution pour tout. Elle lui plaisait de plus en plus, cette fille.

3.

— C'est bon, on a de l'électricité, annonça Brooke alors que Danny passait la porte du fond avec Lloyd sur les épaules.

Il avait insisté pour ôter ses chaussures avant d'entrer, ce qui n'avait pas été une mince affaire. Comme il n'y parvenait pas tout seul, Brooke lui avait retiré ses bottes tandis qu'il se tenait tant bien que mal sur un pied, puis sur l'autre.

— La chambre est par là.

— On pourrait avoir une serviette-éponge ?

— Oui, bien sûr. Je vous apporte aussi quelques affaires de papa. Lloyd ne peut pas rester dans ces vêtements trempés.

Elle retira la couverture et aida Danny à allonger Lloyd dans le lit. Le vieil homme tremblait de froid alors que Danny le débarrassait de sa chemise.

— Je reviens tout de suite, dit Brooke.

— Où est Jane ? marmonna Lloyd entre ses lèvres bleuies. Elle est en sécurité ?

— Oui, Lloyd. Ne vous en faites pas pour elle.

Brooke renifla, les yeux humides. Non, elle n'allait pas pleurer. Pas maintenant, et surtout pas devant Lloyd ou Danny. Lloyd avait perdu sa femme quatre ans plus tôt, mais il ne s'en était jamais remis, le pauvre.

— Brooke ? dit Danny en la poussant légèrement.

— Pardon…

Elle détacha son regard de Lloyd et se remobilisa.

— Je vais chercher des ciseaux. Autrement, je ne vois pas comment lui ôter son pantalon sans lui faire mal.

Danny se tourna vers le vieil homme.

— Ce qu'elle vient de dire, c'est que je ne vais pas pouvoir passer votre pantalon par-dessus cette cheville qui vous donne du souci.

Puis il se tourna vers Brooke.

— Ça ira ?

Il lui lança un clin d'œil qui fit naître une chaleur au creux du ventre de Brooke. Il avait l'air impertinent et sûr de lui, et pourtant, il avait aussi quelque chose de mystérieux qu'elle n'arrivait pas à ignorer. De temps à autre, il se crispait légèrement et une expression circonspecte passait sur son visage. Pourquoi, elle n'en avait pas la moindre idée et, pour l'heure, elle avait d'autres chats à fouetter. Par exemple, apporter des serviettes de toilette et des vêtements secs, réchauffer Lloyd et appeler les secours.

— Et voilà, dit-elle en déposant son chargement sur la table de chevet. Je vais essayer de contacter les urgences. Tant que j'y suis, je vais rapporter ma trousse médicale. Cela devrait vous laisser le temps de préparer Lloyd à l'auscultation.

Une ride plissa le front de Danny.

— Elle contient quoi, votre trousse ?

— Le nécessaire, mais pas d'analgésiques puissants.

Danny sortit de sa poche ses clés de voiture.

— Jetez un coup d'œil au siège avant. Il y a un sac avec des médicaments plus forts.

En bon médecin, il emportait les fournitures de base afin de parer à toute éventualité. C'était pareil pour elle, à la différence qu'elle n'était pas habilitée à transporter des substances aussi fortes.

— Je reviens tout de suite.

— Brooke… Soyez prudente. C'est encore dangereux dehors.

— Je ferai attention, bien sûr. Je vais aussi en profiter pour vérifier si on a du réseau.

Elle eut beaucoup moins de mal à se rendre chez Mike que chez Lloyd un peu plus tôt. Cette fois-ci, elle ne rencontra aucun obstacle, glissement de terrain, torrent ou autre. La trousse de Danny se trouvait bien à l'endroit indiqué. Lorsqu'elle revint au chevet de Lloyd, Danny examinait le pied du vieil homme.

— Vous avez de quoi lui confectionner une attelle ? La cheville est fracturée et quelques métatarses aussi, j'ai l'impression.

— Tenez, prenez ça.

Brooke lui tendit un film plastique épais qui pouvait être enveloppé autour de la cheville.

— Lloyd, je vais regarder cette blessure que vous avez à la tête. Je vais m'efforcer d'y aller en douceur, mais si vous avez mal, dites-le-moi.

— Où est Jane ?

Danny se tourna vers Brooke.

— Vous savez s'il a des problèmes de santé particuliers ? Il prend des médicaments ?

— Aucune idée. Il n'en a jamais parlé avec moi.

Elle regrettait à présent de ne pas lui avoir posé la question : elle aurait été moins démunie en cet instant. Brooke remonta sa manche pour consulter sa montre tandis qu'elle palpait le poignet de Lloyd. Le pouls était un peu rapide, mais le stress y était sans doute aussi pour quelque chose. Elle sortit son téléphone et soupira avec soulagement.

— Trois barres. Ce n'est pas mal, même par beau temps.

En effet, la couverture Internet était aléatoire dans la région à cause des collines environnantes qui gênaient la réception.

— On va vous tirer d'affaire le plus vite possible, Lloyd, dit-elle encore.

— Je ne pars pas sans Jane.

Sa voix se brisa et des larmes coulèrent sur son visage ridé. Brooke les essuya avec douceur.

— Allons, allons… Votre femme n'aurait pas voulu que vous restiez sans aide.

— Service d'urgences, j'écoute, dit une voix à l'autre

bout du fil. Avez-vous besoin d'une ambulance, d'une aide policière, des pompiers ?

Si seulement les choses avaient été aussi simples…

— Bonjour. J'ai avec moi un homme de quatre-vingt-un ans qui a besoin d'une hospitalisation. Il présente une blessure à la tête, une fracture à la cheville et, possiblement, des lésions internes. Nous nous trouvons dans les Marlborough Sounds, dans une zone sans accès routier à cause d'un orage violent. Je ne pense pas qu'on puisse nous rejoindre par la mer non plus, et j'ai peur qu'un sauvetage par hélicoptère soit très compliqué à cause du vent.

— Vous avez une formation médicale ?

— Oui, je suis secouriste, mais pas en service actuellement. J'ai aussi un médecin avec moi.

— Parfait. Je tenais juste à m'assurer que vous parlez en connaissance de cause. Un hélicoptère pourrait-il atterrir à proximité ?

— Non, et c'est bien le problème. Il y aurait la place devant la maison, mais le terrain est à moitié inondé. Il faudrait faire descendre un secouriste et une civière.

— Veuillez patienter pendant que je parle au service de sauvetage aérien, dit l'opératrice. Ne quittez pas.

Tout en attendant, Brooke fouilla dans un tiroir et elle en sortit le carnet d'adresses de son père, puis elle nota quelques renseignements utiles à la prise en charge de Lloyd, notamment le numéro de téléphone de Brad, son petit-fils. Et, accessoirement, l'ex de Brooke : manière neutre de désigner l'abruti qui lui avait brisé le cœur.

— Il y a un problème ? demanda Danny.

— Non, l'opératrice m'a mise en attente pendant qu'elle parle aux secouristes. Ils sont au courant de ce qui se passe dans la région et ils sauront si la météo permet de faire atterrir un hélico ici.

— Ils viennent de Nelson, je suppose ?

— Normalement, oui, sauf s'ils ont trop à faire là-bas,

auquel cas ils feront venir des renforts de Wellington. Mais pour cela, encore faut-il que le vent soit moins fort dans le détroit de Cook.

— C'est un gros « si », dit-il en souriant.

Décidément, il adorait sourire… Était-ce une tactique pour se mettre les gens dans la poche ? À moins qu'il ne soit un type sympa, tout simplement. Elle se détendit aussitôt un peu. Comment pouvait-il lui faire un tel effet avec un simple sourire ? Mais ses sourires n'avaient rien de simple, justement. Ils exprimaient de la compassion, de la compréhension, comme s'il avait deviné qu'elle appréciait de pouvoir compter sur lui. Et pourquoi pas ? Après tout, elle n'avait jamais essayé de se débarrasser de lui. Jusqu'à présent, il ne lui avait pas fait du rentre-dedans, mais prudence ! Les premières impressions étaient parfois trompeuses. Brad avait été charmant, les premiers temps.

Brad ! Bon sang, elle allait devoir l'appeler. Elle n'avait pas le choix : il fallait bien avertir la famille de Lloyd. Bon, elle s'acquitterait de cette corvée, mais seulement lorsque le vieil homme aurait été évacué.

Indifférent à ses réflexions, Danny parlait à Lloyd pour le tranquilliser.

— Je n'ai jamais connu un vent pareil. Je viens de Melbourne.

À peine ces paroles prononcées, sa bouche se crispa comme s'il redoutait d'en avoir trop dit. Brooke se demandait bien pourquoi. Des milliers d'Australiens habitaient par ici. Craignait-il qu'elle le reconnaisse ? Pour cela, encore aurait-il fallu qu'ils se soient croisés dans le passé, et Brooke en doutait fort.

— Vous êtes toujours là ? demanda l'opératrice.

— Oui.

— C'est votre jour de chance, on dirait. Un hélico part de Blenheim pour rejoindre Nelson et ils vont faire un crochet par chez vous. Pouvez-vous me communiquer votre emplacement ?

— J'ai mieux que cela : les coordonnées GPS.

Son père prenait toujours la peine de garder ce genre d'informations dans son bureau pour parer à des éventualités comme celles-ci. Oui, il avait tendance à être pessimiste, mais parfois, ce n'était pas plus mal.

— Excellent. Je vous écoute.

Brooke énuméra les chiffres, puis elle émit un soupir de soulagement. Des secours arrivaient, et plus vite que prévu. Elle leva un pouce à l'adresse de Danny.

— Ils devraient être là dans une quinzaine de minutes.

Ce qui leur laissait juste le temps de préparer Lloyd pour l'évacuation.

Ainsi qu'ils l'avaient redouté, l'hélicoptère n'avait pu se poser sur le terrain. L'engin faisait donc du surplace en attendant que Lloyd et le secouriste soient remontés à l'intérieur. Pour ce faire, le vieil homme avait été harnaché à une civière que Danny et le médecin transportaient aussi vite que possible, tout en veillant à ne pas glisser. Lloyd ne réagissait plus. Quelques minutes après qu'on leur avait confirmé l'arrivée des secours, il avait sombré par intermittence dans l'inconscience.

À l'autre extrémité de la civière, Brooke conservait son sang-froid. D'un bref coup d'œil, Danny détailla ses épaules crispées, sa silhouette fine. Elle n'était pas belle au sens où on l'entendait traditionnellement, mais elle rayonnait d'un éclat intérieur tout à fait particulier. Quelles étaient ses méthodes pour décompresser après le travail ? Allait-elle courir ? Préférait-elle bavarder avec ses amies, son copain ? En admettant qu'elle en ait un…

Au fil de leur progression, le médecin s'entretenait par radio avec ses collègues dans l'hélicoptère. Ses propos étaient noyés dans le vacarme, mais il avait dû demander à son coéquipier de baisser le treuil, car Danny vit un câble qui descendait par une ouverture latérale de l'appareil. Ils s'arrêtèrent et attendirent, aspergés d'eau par les courants d'air soulevés par les pales. Personne ne disait rien, mais de toute façon, il aurait été impossible de s'entendre avec ce raffut. Par ailleurs, la situation était sous contrôle. Les secouristes savaient ce qu'ils faisaient et, en quelques minutes, Lloyd fut hissé à bord.

— À plus, Tristan ! cria Brooke au médecin qui remontait au bout d'un treuil.

Suspendu dans le vide, l'homme lui rendit son signe de la main. Alors que Danny se tournait pour partir, il lui saisit le poignet et se pencha vers elle.

— Ne traînons pas ici ! cria-t-il par-dessus le tumulte.

Sans ciller, elle pivota sur ses talons et le suivit presque au pas de course. Danny sentait sa main trembler dans la sienne, preuve qu'elle n'était pas aussi calme qu'elle en avait l'air.

— Tu parles d'une matinée, hein ? dit-il tandis qu'ils grimpaient les marches du porche.

Sans répondre, elle se débarrassa de ses bottes d'un coup de pied et laissa tomber sa veste sur une chaise en rotin, puis elle poussa la porte.

— Entrez.

Il avait reçu des invitations plus engageantes, mais celle-ci avait le mérite de la franchise. Cela faisait même un bon bout de temps qu'il n'avait pas reçu d'offre aussi sincère. Décidément, l'anonymat avait du bon. Oui, mais ne pas lui dire qui il était, cela pouvait être assimilé à de la malhonnêteté, non ?

— Alors ? Vous venez, oui ou non ?

Brooke se tenait sur le seuil, une main sur la hanche, dans une attitude d'attente.

— J'arrive.

Ses bottes tombèrent lourdement sur les dalles de bois et sa veste rejoignit celle de Brooke.

— Enfin, si cela ne vous gêne pas d'avoir un peu plus de boue chez vous.

— Je m'en contrefiche, lança-t-elle par-dessus une jolie épaule ronde.

Il la suivit dans la cuisine, où elle se posta devant le poêle. Il ôta son pull mouillé et, comme elle, offrit ses mains à la chaleur.

— Vous avez froid ? demanda-t-il alors qu'elle se frottait les bras.

— Un peu.

Une autre chose qu'il appréciait chez elle, c'était qu'elle ne perdait pas son temps en bavardages inutiles. Paradoxalement, cela décupla son envie de faire plus ample connaissance avec elle.

— C'est pour cela que vos mains tremblent ?

Elle contempla ses doigts écartés devant elle, puis elle les tourna et les replia.

— Oui, mais c'est aussi le contrecoup de tout ce qui s'est passé. À présent que Lloyd est tiré d'affaire et que nous sommes hors de danger, la tension retombe d'un seul coup.

— J'ai eu une de ces frousses dans cette maison…

Elle leva les yeux vers lui.

— Moi aussi. J'aurais encore mieux aimé être au travail, à me coltiner une situation difficile, plutôt que de me retrouver dans cette bicoque qui menaçait de s'écrouler à tout moment.

Danny lui prit les mains et en caressa le dos avec le pouce.

— Personne n'aurait deviné votre inquiétude. Vous avez été formidable.

Elle serra ses mains entre les siennes.

— Vous aussi.

Le bout de sa langue apparut entre ses lèvres.

— Merci de nous avoir aidés, le vieux Duggan et moi.

— Il n'y a pas de quoi.

Elle se mordilla la lèvre inférieure, le regard dans le vague. Puis elle se redressa, revenant au présent.

— Je vous sers un thé, un café ? Quelque chose de plus fort ?

— Quelque chose de plus fort, si cela ne vous embête pas. J'ai besoin de me réchauffer.

Elle le contemplait avec de grands yeux soulagés. Ses mains tremblaient moins fort et son regard n'exprimait plus cette méfiance avec laquelle elle l'avait congédié, juste avant qu'ils aillent à la rescousse de Lloyd. Elle s'approcha légèrement. Il aurait été si facile de nouer les bras autour d'elle et de la serrer tout contre lui, d'enfouir le menton dans ses cheveux blond foncé pour s'imprégner d'un peu de sa force, de sa chaleur. Facile, mais risqué : nul doute qu'elle lui flanquerait un genou dans une partie sensible de son anatomie s'il s'avisait d'essayer. De toute façon, il n'avait pas envie de tenter le coup. Il désirait la connaître, oui, mais pas comme cela. Danny recula et dégagea sa main. Aussitôt, elle le regarda avec déception. Puis elle secoua la tête.

— Donc, que désirez-vous boire ?

— Vous avez du whisky ?

— Oui. C'est la boisson préférée de papa. Et la mienne aussi, d'ailleurs.

Un large sourire éclaira son visage, et Danny eut l'impression que son monde était soudain parfait en tout point. Cela faisait une éternité qu'il n'avait rien ressenti de tel.

— C'est un autre point commun entre nous, dit-il.

— Comment cela ?

— Eh bien, concernant Lloyd, on a fait équipe comme si nous l'avions fait depuis toujours… On s'est aidés mutuellement lorsqu'il a fallu traverser ce terrain inondé… On est entrés et sortis de cette maison sans avoir à se concerter…

— Oui, c'est vrai.

— Ce n'était pas votre premier sauvetage par hélicoptère, non ? Déjà, vous connaissiez ce médecin.

— En effet. Je fais partie du service ambulancier de l'hôpital de Nelson.

— Encore un point commun entre nous. Je rejoins les urgences de ce même hôpital la semaine prochaine.

En riant, Brooke sortit deux verres qu'elle remplit généreusement. Elle lui en tendit un et trinqua avec lui.

— Et nous voilà, à nous réchauffer devant un feu avec un whisky, et à nous dire qu'on l'a échappé belle. Je suis contente d'avoir fait votre connaissance aujourd'hui, Danny.

Il la regarda droit dans les yeux et se sentit transpercé par une chaleur intense. C'était comme s'il avait trouvé quelque chose qu'il recherchait sans le savoir.

— Moi de même, Brooke.

Elle sirota son verre avec l'air de tourner une idée dans sa tête. Puis elle se redressa et planta sur ses lèvres un baiser léger qui fleurait le whisky. La chaleur jaillit de plus belle en lui et se répandit dans tout son corps telle une traînée de poudre. Ce qui restait de tension se concentra dans son bas-ventre. Sa main tremblait si fort qu'il faillit renverser son verre. Il le posa et passa un bras autour d'elle.

— Brooke, je peux vous embrasser ? Je veux dire, vraiment ?

Le verre de Brooke rejoignit le sien et elle se pressa contre lui, les bras noués autour de son cou.

— Je t'en prie.

Danny ne se fit pas prier. Elle était absolument incroyable… Un concentré détonnant d'exubérance, de tendresse, de vitalité, de générosité. En proie à une faim insatiable, il la dévorait plutôt qu'il ne l'embrassait. Et lui donnait tout autant qu'il prenait. Danny aurait dû s'arrêter, mais ses freins intérieurs ne répondaient plus. Il se plaqua contre elle pour mieux sentir ses seins adorables, son ventre, ses hanches, ses cuisses. Il en voulait plus, toujours plus. Avec elle, il se sentait bien, en sécurité… Loin du danger de l'orage, loin de ces femmes qui s'efforçaient de diriger sa vie tout en se servant au passage. Bref, l'espace d'un court instant, il était loin du monde.

Inutile de demander comment les choses s'enchaînèrent. Sans savoir comment, ils se retrouvèrent sur le tapis devant le poêle, nus comme au jour de leur naissance, et pour la première fois depuis des heures, ils avaient chaud. Très chaud, même : une chaleur insensée, alimentée par un désir débridé, tel un puissant combustible qui le poussait à se repaître d'elle, de sa douceur, sa moiteur. Loin d'être en reste, Brooke semblait vouloir le toucher partout à la fois. Elle se frottait à lui, le titillait, l'échauffait jusqu'à l'incandescence. Elle le rendait fou, à tel point qu'il lui saisit les poignets pour la ralentir.

Elle fut la première à parvenir à la jouissance. Ou alors, non, ils y arrivèrent ensemble, unis dans une même urgence. Quoi qu'il en soit, la conflagration s'effaçait avant qu'ils aient eu le temps d'assimiler ce qui venait de se passer. Ne restait que le sentiment d'avoir vécu quelque chose d'unique et d'inédit. Non, jamais il n'avait rien connu de tel avec aucune femme.

À contrecœur, il se retira, mais il la reprit aussitôt dans ses bras. Étendu contre elle, il aspira de longues goulées d'air tiède tandis que son rythme cardiaque revenait lentement à la normale. Sous sa main, les battements du cœur de Brooke s'apaisaient eux aussi. Il était si bien, contre elle, dans la chaleur du poêle, lové dans un bien-être douillet et étonnamment intime. Qui aurait cru qu'ils ne se connaissaient que depuis quelques heures ? Mais quelles heures ! Ensemble, ils avaient frôlé le danger à plusieurs reprises, ils avaient sauvé un homme et, pour couronner le tout, il avait vécu avec elle une partie de jambes en l'air mémorable, sans doute la meilleure de sa vie. Ils apprenaient à se connaître en accéléré. Après tout, peut-être était-ce la meilleure manière de procéder avec les femmes : sauter dans l'inconnu, et advienne que pourra.

Seulement, cet état de grâce ne pouvait pas durer. Danny savait d'avance ce qui allait se passer. Sans doute pas aujourd'hui, bien sûr, mais tôt ou tard, elle apprendrait qui il était. Du moins, à supposer qu'ils se fréquentent à Nelson et, franchement, quelles probabilités avaient-ils de continuer à se voir ? Bizarrement, pourtant, il avait vraiment envie de passer du temps avec Brooke, de vivre avec elle davantage qu'un bref moment de passion au coin du feu.

— C'est pile ce dont j'avais besoin, dit-elle en lui caressant la joue.

— Je te comprends très bien.

Sauf qu'il préférait ne pas en rester là. Quel que soit cet élan irrésistible qui les avait poussés dans les bras l'un de l'autre, Danny se sentait bien, détendu comme il ne l'avait pas été depuis très longtemps. Ce simple fait aurait dû l'alerter. Auprès de cette femme merveilleuse, il retrouvait les sensations de ses années de sportif de haut niveau. Il n'était qu'un jeune homme, à l'époque, et il avait l'impression que le monde lui était offert sur un plateau. Il avait vite déchanté. Sa petite amie d'alors s'était servie de lui comme d'un tremplin vers la notoriété, la fortune. La suivante ne s'était pas mieux comportée, pas plus que celle d'après. Depuis lors, il était resté si prudent dans ses relations avec le sexe opposé qu'il aurait presque pu entrer au monastère... Presque. Il n'avait pas fait vœu de chasteté et ne s'interdisait pas de sortir avec une femme, du moment qu'elle ne s'intéressait pas à son passé et à sa fortune.

Mais Brooke n'était pas n'importe quelle femme, justement. Tout à l'heure, elle l'avait fasciné par sa détermination à faire ce qu'elle avait à faire. Bien sûr, elle avait eu quelques frayeurs, lorsqu'elle avait été emportée par une coulée de boue ou lorsqu'ils s'étaient retrouvés dans cette maison brinquebalante. Et pourtant, elle était allée de l'avant, vaille que vaille. Après quoi, elle lui était tombée dans les bras comme s'il avait été le seul homme sur la planète. Pourvu que ça dure, songea-t-il avec un grand sourire. Puis il soupira. Il avait tort d'être aussi naïf. Les grandes espérances finissaient toujours par basculer aux oubliettes. Il avait payé pour le savoir.

4.

Brooke émergeait peu à peu d'une torpeur délicieuse. Lentement, langoureusement, elle étira ses jambes le plus loin possible et hissa les bras au-dessus de sa tête. Incroyable… Dire qu'elle s'était méfiée de cet homme lorsqu'il avait débarqué. Mais certes, elle n'accordait jamais sa confiance aveuglément à un inconnu. Sauf que Danny n'était pas un inconnu, justement. Du moins, plus maintenant. Pour passer à l'acte aussi vite avec lui, il fallait qu'elle l'ait vraiment dans la peau. Oh ! bien sûr, d'ici quelques heures, un ou deux jours à la rigueur, elle reprendrait ses esprits et leur histoire en resterait là. Ils ne savaient rien l'un de l'autre, après tout. Enfin, presque rien. Ils travaillaient tous les deux dans le médical, et ils se débrouillaient bien dans leur métier, à en juger par le sauvetage du vieux Lloyd. Ils s'étaient aidés mutuellement pendant l'orage. Ils étaient tous les deux amateurs de whisky, même si, songea-t-elle en souriant, ils avaient à peine touché à leur verre. Et leurs corps s'étaient reconnus l'un l'autre en un éclair de désir, un peu comme s'ils s'étaient attendus.

Elle regarda cet homme qui l'avait éveillée à elle-même. Danny lui avait fait vivre un véritable feu d'artifice des sens, sans commune mesure avec sa dernière aventure en date, une histoire sans relief qu'elle s'était dépêchée de reléguer aux oubliettes. Non, elle n'était pas près d'oublier Danny et ses talents d'amant, songea-t-elle avec un sourire épanoui. Sur ce, elle ferait mieux de se débarbouiller et d'enfiler quelque chose. Elle commençait à avoir froid, en costume d'Ève.

Mais tout d'abord, elle allait recharger le feu. Alors qu'elle se redressait sur son séant, elle croisa le regard de Danny.

— Je vais prendre une douche, après quoi je réchaufferai un peu de soupe. Ça te dit ?

Tout à coup mal à l'aise, elle aurait voulu couvrir sa nudité, mais n'avait sous la main que ses fringues sales et détrempées. Ce n'était pas qu'elle se sentait laide ou pas à la hauteur avec un homme pareil, non… Tout à coup, elle était submergée par l'ampleur de ce qu'ils venaient de vivre. Par sa rapidité, par son intensité, cette connexion dépassait tout ce qu'elle avait connu et ils s'étaient compris sans le moindre effort, instinctivement. S'ils s'entendaient aussi bien physiquement, qu'en serait-il sur les autres plans ? Elle n'avait pas abandonné tout espoir de trouver l'homme de sa vie, un homme capable de l'accepter telle qu'elle était. Elle avait pourtant cherché, mais autant essayer de dénicher une aiguille dans une botte de foin. À force, les échecs l'avaient rendue prudente. Trop, sans doute. Pour s'épargner une énième déception, elle avait jeté l'éponge et s'était concentrée sur ce qu'elle aimait le plus : le travail, le travail, et encore le travail.

L'index de Danny glissa le long de son bras.

— Tu as la chair de poule.

— Toi aussi.

Pour toute réponse, il sourit, et Brooke eut l'impression que le monde basculait sur son axe.

— Va donc faire un brin de toilette et te réchauffer. Moi, je retourne chez Mike pour faire de même. J'ai cru entendre parler de soupe… Tu m'invites ? Je peux apporter des petits pains, si tu veux.

— Ça me va, dit-elle en se mettant debout. À tout à l'heure.

Tandis qu'elle se redressait, elle avait conscience du regard de Danny sur son corps. Elle se sentait désirée, vibrante de vie et de sensualité : merveilleuse sensation ! Il voudrait sûrement coucher avec elle encore une fois. En ce qui la concernait, c'était oui, sans la moindre hésitation. De toute façon, il n'y aurait sans doute pas grand-chose d'autre à faire de la journée, mis à part vérifier l'état des routes.

— Tu as des bleus aux endroits où tu es tombée, remarqua-t-il en lui touchant les cuisses et les fesses.

— Tu m'étonnes.

Alors qu'elle sortait de la pièce, son derrière se balançait avec indolence et ses lèvres encore gonflées de leurs baisers hasardèrent un sourire sexy. Sexy, ou juste idiot ? Bah, quelle importance ? Elle n'avait jamais eu la prétention de passer pour une reine de beauté. Elle avait juste sauté sur l'occasion à pieds joints et fait l'amour sans se soucier des conséquences, au mépris de sa prudence habituelle. C'était bien la preuve qu'elle lui faisait confiance pour lui faire du bien, physiquement du moins. Il serait toujours temps, plus tard, de chercher à en savoir plus sur lui. Pour l'instant, elle n'allait pas se casser la tête.

Lorsque Brooke referma le robinet de la douche, elle s'était frottée et savonnée avec une vigueur telle qu'elle en avait la peau rougie et fripée. Mais bon sang, comme elle se sentait bien ! Une fois ses cheveux décrassés, elle appliqua un soin capillaire, puis elle les sécha et les coiffa en chignon de ballerine. Elle s'enduisit alors de crème hydratante le visage, les bras et les jambes, et elle se passa même un léger fond de teint avant de s'habiller. Quelle idée de se maquiller, vraiment, songea-t-elle avec un petit rire. Sur qui voulait-elle faire impression ? Les mouettes ? Il n'y avait personne à des kilomètres à la ronde, mis à part Danny, et il était un peu tard pour espérer se montrer à son avantage devant lui. Pas après avoir pris un bain de boue dans le terrain, ou grimpé par une fenêtre chez Lloyd.

Bon sang, Lloyd ! Comment allait-il ? Avait-on opéré sa cheville ? Sans parler des autres blessures… Seigneur,

Brad… Elle ne l'avait toujours pas appelé. Elle s'empressa de composer son numéro.

— Allô ?

— Brad, c'est moi, Brooke.

— Alléluia ! Madame daigne enfin m'appeler. Ce doit être mon jour de chance.

Brooke leva les yeux au ciel. Le sarcasme avait toujours été l'un de ses talents…

— Ton grand-père est à l'hôpital.

— Je sais. C'est justement pour cela que j'attends mon vol à l'aéroport de Christchurch.

Ah bon ? Donc, l'hôpital avait dû l'informer.

— Ah, tant mieux. Il sera content de te voir.

— Tu n'aurais pas pu me téléphoner plus tôt ? Me consacrer cinq minutes de ton précieux temps ? Tu te trouves à la Baie, c'est ça ?

— Oui, mais tu ne te rends pas compte de ce qui s'est passé. Toute la zone est sinistrée. J'ai eu toutes les peines du monde à me rendre chez Lloyd. Le terrain était transformé en champ de boue et on devait faire attention aux glissements de terrain.

Elle s'interrompit pour prendre une autre inspiration.

— Je suis désolée de te l'annoncer, mais la maison de ton grand-père a subi de gros dégâts, sans doute irréparables. Il faudra certainement la raser.

— Bon débarras. Il aurait fallu le faire depuis longtemps. Je ne comprends pas pourquoi il s'entêtait à conserver cette vieille bicoque. Elle était beaucoup trop petite pour recevoir de la visite. Comme quoi, à chaque chose malheur est bon.

Espèce de crétin. Lloyd ne voulait rien changer parce qu'il avait des souvenirs de Jane dans chaque pièce, sur chaque étagère… Et toi, tu t'en fiches.

— Brad, dis-lui que je passerai le voir quand je pourrai m'en aller. Je n'ai pas encore vérifié l'état des routes, mais je pars dès que possible.

— Il a été évacué grâce à toi ?

— Oui, avec l'aide d'un médecin qui séjourne chez Mike.

— Comment allait-il ? L'hôpital m'a parlé d'une cheville cassée et d'une blessure à la tête. Ils vont lui faire passer d'autres radios pour s'assurer qu'il ne souffre pas de lésions internes.

Enfin, il exprimait du souci pour son grand-père. Ce n'était pas trop tôt…

— Il ne voulait pas partir. Il s'inquiétait pour Jane.

— Mais elle est morte depuis quatre ans. Sérieusement, c'est quoi, son problème ?

Un amour perdu, peut-être ? Seigneur, dire qu'elle avait pensé partager sa vie avec un homme pareil…

— Il a reçu un choc à la tête lorsque le micro-ondes est tombé de l'étagère.

— Tu m'étonnes qu'il ait été sonné. Bon, je dois filer. Mon vol est annoncé.

— Brad, il est commotionné. Sa blessure explique en partie sa confusion, mais j'ai bien vu qu'il s'alarmait à l'idée de perdre ses souvenirs de Jane.

— Il se fera une raison quand il ira mieux. Allez, à la prochaine.

La ligne sonna dans le vide.

— J'espère bien que non, imbécile.

D'un geste rageur, Brooke laissa tomber son téléphone sur le plan de travail. Comment avait-elle pu être amoureuse de ce pauvre type ?

— Un problème ?

Danny se tenait dans l'encadrement de la porte, incroyablement sexy dans un pull gris et un jean noir qui soulignait ses hanches étroites.

— Oui, le petit-fils de Lloyd.

— Je me trompe ou vous n'êtes pas les meilleurs amis du monde ?

— C'est mon ex.

— Ah, je comprends mieux. Tu veux encore de ma compagnie ? Tu peux me balancer ce qui te passe sous la main, si ça peut te défouler. J'ai un talent certain pour éviter les projectiles.

Il n'en fallut pas plus pour qu'elle éclate de rire. Brad et son égoïsme étaient oubliés.

— Il ne mérite ni mon temps ni mon énergie. Allez, viens, tu fais entrer le froid.

— Le vent a encore faibli. J'ai du mal à croire qu'il ait soufflé si fort il y a seulement quelques heures.

Tout en parlant, il abandonna ses chaussures sous le porche et accrocha sa veste à une patère, comme s'il était chez lui. Décidément, cette histoire prenait une tournure intéressante... Dans quoi mettaient-ils les pieds ? Et jusqu'où iraient-ils, tous les deux ?

— Oui, la pluie s'est enfin arrêtée. Dans l'après-midi, je vais sortir en quad pour constater l'étendue des dégâts.

— Ça t'embête si je t'accompagne ? Histoire de voir à quoi je dois m'attendre.

Il déposa les petits pains sur le plan de travail et souleva le couvercle de la marmite pour en humer le contenu.

— Une soupe aux petits pois et au jambon, excellent ! C'est toi qui l'as faite ?

— Non, elle était au congélateur. Maman a dû la préparer il y a quelques semaines, en prévision de mon séjour avec à Saskia. C'est ma sœur.

Danny hocha la tête et reprit les verres de whisky, à peine entamés.

— Dire que j'avais hésité à venir dans les Sounds. Je serais passé à côté d'un week-end d'aventures.

Brooke jeta un coup d'œil à l'horloge du micro-ondes : 14 heures. Déjà ! Comme le temps passait vite lorsqu'on l'employait à sauver un voisin et à faire l'amour avec un inconnu. Danny lui tendit l'un des verres.

— À nous deux, et à une sacrée matinée, dit-il avec ce sourire délicieux dont il avait le secret.

Elle trinqua avec lui et prit place dans un fauteuil inclinable, près du feu, pour siroter son verre. Danny l'imita.

— S'il s'avère que tu peux partir aujourd'hui ou demain, tu as toujours l'intention de passer la semaine ici ?

— Je n'ai pas encore eu le temps d'y réfléchir. Il faut déblayer le terrain et je ne peux décemment pas laisser cette corvée à mes parents la prochaine fois qu'ils viendront. Il faudra aussi sans doute que je récupère quelques vêtements chez Lloyd pour les lui apporter à l'hôpital.

— On fera ça tous les deux, même s'il vaudrait mieux ne pas s'aventurer dans cette baraque. Elle tient à peine debout.

— Merci. Je suis consciente du risque, mais j'aimerais récupérer un souvenir de Jane… Une photo de mariage, par exemple.

Danny hocha la tête d'un air songeur.

— Tu as toujours été secouriste ?

— Non. J'ai d'abord travaillé comme laborantine pendant six ans. Au cours de cette période, j'ai effectué des missions de secourisme à titre bénévole, et cette expérience m'a tellement plu que j'en ai fait mon activité principale. Ce que j'apprécie le plus, c'est aider les gens concrètement. En plus, j'adore l'adrénaline. C'est dans ces moments-là que je donne le meilleur de moi-même. Et toi ? Si mes souvenirs sont bons, tu as choisi la médecine sur le tard. Que faisais-tu auparavant ?

Danny eut une grimace évasive.

— Oh ! j'ai essayé plusieurs trucs… Pendant un temps, j'ai fait du sport, et puis je me suis dit qu'il était temps de me consacrer à ce que je voulais vraiment faire.

Son regard se porta vers le tapis sur lequel ils avaient fait l'amour.

— Mon père m'a toujours encouragé dans mes choix. Il n'était pas favorable à l'idée d'enchaîner les études, puis un emploi. Pour lui, je devais aussi acquérir certaines qualités humaines, des aptitudes issues d'expériences de vie.

— Et toi ?

— Moi ? J'étais d'accord avec lui. Et je continue d'élargir mes compétences.

Il remua sur son siège, le regard fuyant. On aurait dit qu'il désirait changer de sujet, mais pourquoi ? Ils commençaient tout juste à faire connaissance et il évitait déjà de parler de lui, comme s'il avait quelque chose à cacher. Devait-elle se méfier ? Ou devait-elle ne pas y accorder d'importance et dévier la conversation ? À vrai dire, elle n'en savait rien, et elle était surprise de sa propre indécision. D'ordinaire, elle avait horreur des cachotteries.

— Tu vas habiter à Nelson ?

Un soulagement intense se peignit sur les traits de Danny. Ses yeux s'éclairèrent, sa bouche s'adoucit et il n'évita plus son regard.

— Oui. J'ai trouvé un meublé dans le quartier des quais. Le bail prend fin dans six mois. Depuis janvier, j'étais en poste à Blenheim.

— Il y a beaucoup plus à faire à Nelson, mais ça reste calme par comparaison avec Melbourne.

— Ça dépend. Les soirs de week-end sont partout pareils, avec leurs lots d'ivrognes et d'accidents de la route, entre autres problèmes.

— Et ne parlons pas des drogués qui réclament un médecin tout de suite, alors qu'ils peuvent attendre. Ces patients-là sont ma hantise. Mais en règle générale, je déteste travailler de nuit les fins de semaine.

— Il faudrait être fou pour dire le contraire, dit-il en se rencognant dans son fauteuil.

Brooke prit exemple sur lui et se détendit.

— Ma grand-mère a du mal à croire tout ce que je lui dis au sujet de certains patients qui débarquent soûls comme des barriques. Et pourtant, elle était infirmière. Parfois, je suis obligée d'appeler la sécurité.

Danny eut un rire profond, qui lui réchauffa le cœur.

— Après t'avoir vue avec Lloyd aujourd'hui, j'ai du mal à t'imaginer en blouse blanche derrière un microscope. D'ailleurs, j'ai d'autres images de toi encore plus incomparables, ajouta-t-il avec un large sourire.

Brooke se sentit devenir écarlate.

— Tu es un vrai charmeur, hein ? lâcha-t-elle sèchement.

— Et alors ? Ça ne te plaît pas ?

— Pas vraiment, non. Enfin, pas toujours. Tu sais ce qu'on dit : « Chat échaudé craint l'eau froide. »

— Tu penses au petit-fils de Lloyd, par exemple ?

Elle aurait mieux fait de se taire. Brad faisait partie de son passé et elle n'avait pas à rougir du rôle qu'elle avait tenu dans leur relation.

— Entre autres, oui.

Brooke souleva à nouveau le couvercle de la marmite et touilla la soupe.

— Il lui manque encore quelques minutes.

Elle enfourna les petits pains, puis elle sortit le nécessaire pour mettre la table.

— Et toi, tu habites dans quel quartier de Nelson ? demanda-t-il.

— Dans le centre. J'ai acheté une maisonnette au bord de la rivière Maitai. Comme elle date des années 1920, on y gèle en hiver et on y crève de chaud en été, mais je l'adore quand même. J'ai commencé des travaux de rénovation, ajouta-t-elle en disposant les assiettes et les couverts.

— Je peux t'aider ?

— Ça ira, merci.

De nouveau, Brooke était mal à l'aise. Qui était cet homme ? Que savait-elle de lui, au juste ? Était-il bien médecin ? Comment pouvait-elle être sûre qu'il ne lui racontait pas des bobards et qu'il n'usait pas de son charme pour obtenir ce qu'il voulait ? Oui, mais il connaissait Mike, un chirurgien de l'hôpital de Blenheim. Et Mike n'aurait jamais confié ses clés à une personne qu'il n'estimait pas digne de confiance. Soudain, la louche lui tomba de la main et elle se tourna vers Danny.

— Brooke ?

Il se posta devant elle en veillant à ne pas envahir son espace personnel.

— Tu viens de prendre la mesure de ce qu'on a fait, c'est ça ?

Se pouvait-il que ce soit cela, en effet ? Elle n'avait jamais couché avec un inconnu. Or, elle avait agi en connaissance de cause, et sans regret. Elle avait même envie de recommencer. Après leur lutte contre l'orage, elle avait eu besoin de décompresser, de se prouver à elle-même qu'elle allait bien. Et maintenant ? Cherchait-elle des prétextes pour douter de Danny ? Ou d'elle-même ?

— Pas de problème, ajouta-t-il. Je retourne à la maison et je te laisse seule pour que tu puisses réfléchir tranquillement.

Les mains à plat sur le plan de travail, Brooke le regarda sortir. Elle n'aurait jamais dû coucher avec lui. Ils avaient agi tous les deux sous l'emprise de l'adrénaline. Elle n'avait pas été dans son état normal, et lui non plus. Mais ç'avait été si bon ! Sur le coup, elle avait seulement songé qu'elle voulait de lui et qu'il allait lui appartenir, d'autant plus qu'il avait semblé sur la même longueur d'onde. Danny était tellement sexy… Sexy et généreux en amour, toujours soucieux de la satisfaire. Était-ce égoïste de sa part de le laisser partir parce qu'elle ne savait pas quoi penser de la situation ? Elle tira une chaise et se laissa tomber dessus puis, les coudes sur la table, elle posa le menton sur ses paumes. Elle était vraiment compliquée, comme fille… Elle venait de faire l'amour avec un mec adorable, charmant, sexy, et voilà qu'elle doutait d'elle-même.

Arrête un peu tes bêtises, Brooke. Tu ne voulais pas tomber sur un homme qui te respecte et qui t'accepte telle que tu es ? Ça n'arrivera pas si tu restes enfermée dans le passé.

Les choses étaient-elles vraiment aussi simples que cela ? En tout cas, Danny lui avait porté secours alors qu'il aurait pu rester à l'abri sans se soucier de ce qui se passait autour de lui. Ne venait-il pas de lui montrer à quel point il la comprenait en la laissant tranquille pour réfléchir ? Alors, oui, il était charmant : et alors ? Au contraire, ce pouvait être un bonus. Un compliment de temps en temps, cela ne faisait pas de mal, non ? En tout cas, cela ne voulait pas dire qu'elle était forcément en dette envers lui, d'une manière ou d'une autre. Décidément, elle était devenue un peu tordue dans ses rapports avec les hommes, mais il était toujours temps d'y remédier. Forte de cette bonne résolution, Brooke s'empara d'un grand sac qu'elle remplit avec tout le nécessaire pour un repas.

Danny contemplait d'un air dubitatif le contenu du frigo. Puisque la soupe n'était plus au programme, il était bien contraint de se rabattre sur une autre solution. Le problème, c'était que rien ne l'enchantait là-dedans. Il était venu avec quelques provisions de base, mais ce qui lui avait semblé appétissant au supermarché lui faisait beaucoup moins envie à présent. Il referma le réfrigérateur avec un mouvement de tête dépité, puis il brancha la bouilloire pour se préparer un café. Juché sur un tabouret, il consulta son portable. Il n'avait reçu aucun message, à part un de Mike qui lui demandait comment s'était passée sa nuit et si la propriété avait subi des dégâts.

Le jardin avait besoin d'un bon nettoyage, mais, à part cela, la maison était intacte, répondit-il par SMS.

Danny aurait aimé pouvoir en dire autant pour lui. Car il n'était plus tout à fait le même depuis ce matin, lorsqu'il s'était réveillé après une nuit perturbée par le vent et la pluie. Non, cet homme avait reçu un électrochoc sous la forme d'une jolie blonde dont la silhouette menue renfermait une énergie et une détermination peu communes. De la détermination, mais aussi des doutes. Sans connaître vraiment Brooke, il devinait en elle un concentré de force et de peurs. Ils ne s'étaient pas rencontrés dans des circonstances normales, mais elle n'avait pas l'air de s'en émouvoir outre mesure. De même, chaque fois qu'il avait éludé des questions un peu trop personnelles, elle n'avait pas insisté. Ce simple fait lui valait à lui seul plus de points que tout ce qu'une femme pourrait jamais faire pour lui. Sans oublier le bonus génial qu'avait été cette partie de sexe.

Ils démarraient sur une bonne dynamique, tous les deux. Dommage que Brooke se soit dégonflée. Elle aurait pourtant eu tort de voir dans ce qu'ils avaient fait autre chose qu'une décompensation. Ils avaient couché ensemble sous l'effet du stress et de l'adrénaline. Après ce qu'ils venaient de vivre, ils s'étaient tout naturellement rapprochés l'un de l'autre, dans tous les sens du terme. Il s'était même risqué jusqu'à évoquer son passé de sportif, chose qu'il ne faisait d'ordinaire jamais avec des inconnus. Brooke était l'exception, manifestement. D'habitude, il évitait ce genre d'anecdotes parce qu'elles suscitaient immanquablement des questions ou, pire, des réactions stupéfaites, du genre : « Vous êtes Daniel Collins, le célèbre golfeur ! »

Oui, lui-même. Même s'il ne se reconnaissait pas dans cet imbécile égocentrique qu'il avait été. Un imbécile qui avait plongé dans les excès lorsque sa carrière était arrivée prématurément à son terme. Il n'était qu'un gamin, à l'époque, trop jeune pour se faire à l'idée qu'il n'arriverait plus jamais à frapper la balle avec la précision qui lui avait permis d'accumuler les victoires. Débordé par la frustration, il avait multiplié les conquêtes féminines pour se refaire un amour-propre. Dieu merci, son père l'avait remis sur les rails à temps. Lors d'une discussion mémorable, il lui avait reproché de décevoir tout le monde, à commencer par lui-même. Il lui avait rappelé qu'il rêvait de devenir médecin et que cette option demeurait envisageable, pour peu qu'il s'en donne les moyens. Cette conversation lui avait fait opérer un virage à cent quatre-vingts degrés, sans doute aussi parce qu'il aspirait à retrouver un semblant de normalité.

Dieu merci, Brooke n'était au courant de rien de tout cela. Bien sûr, s'ils passaient plus de temps ensemble, il devrait fatalement lui donner des détails sur son passé, mais chaque chose en son temps. Ils se connaissaient depuis le matin et, une fois repartis à Nelson, ils ne se reverraient sans doute plus, sauf au travail.

Le problème, c'était qu'il n'avait pas envie d'en rester là avec elle. À supposer qu'ils continuent à se voir, était-il naïf d'espérer que Brooke se désintéresserait de son argent et de sa notoriété ? Elle donnait l'impression d'être une femme autonome qui n'avait besoin de se reposer sur personne. Elle ne reculait pas devant les problèmes et ne tournait pas autour en minaudant. Cela dit, il avait tort de se fier aux apparences. OK, OK, songea-t-il avec un soupir : il était blasé.

Peut-être avait-il tort, mais il avait le sentiment qu'il gagnerait à connaître Brooke, et même qu'il aimerait partager avec elle les bonnes et les mauvaises choses de la vie. Pour le peu qu'il avait vu d'elle, Brooke avait fait preuve d'une profondeur qu'il n'avait pas rencontrée depuis un bon bout de temps. De toute évidence, elle avait pris des coups dans la vie. Son ex, par exemple, n'avait pas l'air d'être dans ses petits papiers. Se doutait-il des risques qu'elle avait pris pour venir en aide à son grand-père ? À plusieurs reprises, elle l'avait bluffé par son courage, par son abnégation. Danny aurait aimé avoir une femme comme elle à ses côtés.

Mais inutile de s'emballer. Elle n'avait pas cherché à le retenir lorsqu'il l'avait laissée seule et, depuis, elle ne lui avait pas passé de coup de fil non plus. Manifestement, il lui avait flanqué la frousse. En tout cas, il n'était plus le bienvenu auprès d'elle. Et c'était un autre point à son actif : elle n'était pas du genre à s'aplatir devant lui, ce qui n'était pas pour lui déplaire.

Un coup résonna soudain à la porte, et une étincelle d'espoir jaillit en lui. *Brooke…* Ce ne pouvait être qu'elle, il n'y avait personne d'autre à la ronde. Il n'y avait qu'une façon d'en avoir le cœur net.

— Brooke !

Le cœur de Danny bondit à sa vue. Elle tenait un Tupperware d'une main et, de l'autre, un gros sac rebondi.

— Attends, laisse-moi porter ça, dit-il en tendant les bras. Comment as-tu fait pour frapper à la porte ?

Elle éclata d'un petit rire qui lui plissa le nez.

— Je l'ai cognée avec le talon.

— Entre donc.

Il referma derrière elle et la suivit jusqu'à la cuisine d'un pas léger.

— Il y avait trop de soupe pour moi toute seule.

— Tant mieux. Ce que j'ai dans le frigo n'est pas folichon.

Elle lui jeta un regard surpris.

— Tu n'as pas pensé à faire le plein de provisions ? Il n'y a pas de supermarchés dans le coin.

— Si, le frigo est rempli, mais de choses qui ne me font plus envie maintenant que tu m'as parlé d'une bonne soupe.

— Ah, je préfère ça. Pendant un moment, j'ai cru que tu n'avais pas préparé ton séjour.

— Je suis un grand garçon et je sais me débrouiller, merci. J'ai appris à être autonome par la force des choses.

Elle déballa son sac et lui tendit un verre de whisky entamé.

— Tiens. Ne va pas dire que je te néglige.

Tout en riant, il ôta le morceau de plastique qui recouvrait le récipient.

— Je n'ai jamais mis autant de temps à finir un verre. Tu as apporté le tien, j'espère ?

— Oui, dit-elle en sortant un second verre entamé. Je

n'ai pas l'habitude de faire des excès, mais ce n'est pas un jour comme les autres. Santé !

— Santé.

Elle trempa ses jolies lèvres dans le breuvage ambré et il l'imita.

— Je mets le Tupperware à réchauffer, dit-il en reposant son verre.

Il n'était pourtant pas pressé de passer à table. Brooke risquait de partir sitôt le repas terminé et il avait envie de profiter de sa présence le plus longtemps possible. Tandis qu'il enfournait le Tupperware dans le micro-ondes, Brooke s'assit à table, croisa les jambes et le dévisagea avec attention. Pas comme si elle cherchait à deviner ce qu'elle pouvait obtenir de lui, non… Elle le regardait d'une manière franche et honnête, comme pour savoir ce qui le branchait dans la vie.

— Quand tu dis que tu es devenu autonome par la force des choses, à quoi fais-tu référence ?

Décidément, rien ne lui échappait. Il serait bien avisé de s'en souvenir.

— Oh ! à des accidents de parcours. Parfois, la vie te joue des tours. Enfin, ça arrive à tout le monde, n'est-ce pas ?

— Tu m'étonnes.

Danny sentit ses épaules se détendre. Il avait réussi à esquiver la question.

— C'est ce qui s'est passé pour Lloyd aujourd'hui.

— Le pauvre, j'espère vraiment qu'il s'en remettra. Je ne parle même pas de ses blessures. Le plus dur, ce sera la perte de sa maison et de tous les souvenirs de Jane.

Elle sirota son verre d'un air songeur.

— Moi, le pire tour que m'a joué la vie, c'est Brad, le petit-fils de Lloyd. Mais c'est du passé.

— Tu le revois de temps en temps ?

— Non, le moins souvent possible. Je l'évite pour m'épargner d'entendre toutes les raisons qui font de moi une garce.

Et toi, tu es célibataire ? J'imagine que oui, autrement nous n'aurions pas couché ensemble. Enfin, je suis peut-être naïve...

— Oui, je suis célibataire, et non, je ne t'aurais pas touchée dans le cas contraire.

— Merci, dit-elle en souriant par-dessus son verre. Tu n'es pas venu en Nouvelle-Zélande pour échapper à quelqu'un, si ?

Dire qu'il avait pensé éluder les questions difficiles... Que lui répondre ? Il ne fuyait personne en particulier, mais une quantité de gens en général. Des gens qui ne lui permettaient pas de vaquer à sa vie quotidienne sans l'importuner, dans la rue, au supermarché ou ailleurs.

— Non, se contenta-t-il de dire platement.

— Désolée, je suis indiscrète, bafouilla-t-elle en rougissant. Simplement, je ne suis pas du genre à coucher aussi vite avec quelqu'un et j'essaie de comprendre pourquoi je l'ai fait avec toi.

Dans sa nervosité, elle cogna son coude sur la table.

— Ouille ! Ça m'apprendra à jacasser.

Danny ne put s'empêcher de sourire. Était-elle aussi affectée que lui par leur aventure ? Elle en donnait l'air, en tout cas.

— La soupe doit être prête.

Un joli sourire retroussa les lèvres de Brooke.

— Tu penses pouvoir me faire taire avec de la soupe aux petits pois ?

— On peut toujours espérer.

Il continua de siroter son whisky.

— Ça t'est souvent arrivé de te retrouver coincée ici par un orage ?

— Une fois seulement, et il n'était pas aussi fort que celui-ci. Les services de voirie avaient mis vingt-quatre heures pour remettre les routes en état. Dans le cas présent, j'ai peur que ce soit plus long encore. Il te faudra sans doute faire appel à un bateau taxi. Il te conduira jusqu'à Havelock, mais comment rejoindre Nelson ensuite, je n'en ai aucune idée. Il y a peut-être un bus qui passe par-là en provenance de Blenheim.

— Il sera toujours temps de m'en soucier le moment venu. En tout cas, c'est une expérience inédite pour moi.

— Tu travailles en Nouvelle-Zélande depuis combien de temps ?

— Six mois. J'ai un contrat d'un an, mais j'envisage de le faire prolonger. J'adore la région. C'est un endroit magnifique, avec les Sounds, les vignobles. J'aime beaucoup les petites villes aussi.

— Prends garde, tu risques de prendre racine sans même t'en rendre compte.

C'était peu probable, même si l'idée n'était pas pour déplaire à Danny. S'il s'établissait ici, tôt ou tard, on finirait par le reconnaître et il perdrait à nouveau le confort de l'anonymat.

— Non, je ne suis pas prêt à poser mes valises.

Et pourtant, il bavardait avec elle et il tirait des plans sur la comète alors qu'il ne connaissait Brooke que depuis quelques heures. Pour la première fois depuis longtemps, il n'esquivait pas le contact, il allait même au-devant.

— Tu as grandi à Melbourne ?

— Non, à Victoria.

— C'est aussi une région de vignobles.

Elle braquait à nouveau sur lui son regard d'aigle. À coup sûr, elle avait deviné qu'il évitait d'entrer dans les détails. Mais parler de Ballarat, c'était lui donner un indice qui risquait de la mettre sur le chemin.

— On trouve aussi de très bons vins rouges dans les Sounds, se contenta-t-il de répondre.

— Tu comptes retourner en Australie pour y finir tes études ?

— Sans doute. Une fois mon diplôme en poche, j'aimerais devenir radiologue.

Brooke écarquilla les yeux.

— Toi, en radiologie ? Je croyais que c'était pour des

médecins qui souhaitent éviter d'avoir affaire directement aux patients.

— Oui, et alors ?

Une radiographie, cela ne posait pas de questions. Une fois le problème identifié grâce à l'imagerie médicale, il n'aurait qu'à transmettre le dossier au confrère chargé du patient.

Un froncement de sourcils apparut sur le visage de Brooke.

— Non, rien. Je me disais juste que tu avais un bon contact humain. Mais il m'est déjà arrivé de me tromper sur les gens.

— Comme tout le monde, dit-il avec un rire forcé.

Brooke avait pourtant vu juste à son sujet. Il était quelqu'un de bavard parce qu'il s'intéressait aux autres et parce qu'il avait un certain don pour susciter la conversation. Du moins, tant qu'on n'essayait pas de fouiller dans son passé. Il vida son verre et se leva pour sortir la soupe du micro-ondes. Il avait esquivé suffisamment de questions pour le moment.

5.

— Ta mère est une fameuse cuisinière, déclara Danny en terminant de nettoyer son assiette avec un morceau de pain.

— Je ne te le fais pas dire.

Renversée sur son siège, les mains sur le ventre, Brooke n'avait pas été aussi détendue depuis le moment où elle s'était couchée au son du vent qui mugissait dans les arbres et qui cinglait la maison.

— Je te sers un café, un thé ? Ou alors un whisky, un verre de vin ?

— Un thé, s'il te plaît, répondit-il. Je préfère prendre quelque chose de plus fort lorsqu'on aura vérifié l'état de la route. Quelle est la probabilité qu'il n'y ait pas eu d'autres glissements de terrain ?

— Aucune. Ils sont fréquents en cas de tempête, et celle-ci était exceptionnellement forte.

— C'est l'inconvénient de vivre dans une région aussi belle, je suppose.

— Oui, c'est un vrai coin de paradis… Enfin, la plupart du temps.

C'était également un refuge parfait où elle et sa sœur venaient se ressourcer chaque fois qu'elles avaient besoin de faire baisser la pression exercée par le travail ou leurs problèmes. C'était ici, en se promenant sur la plage pendant des heures, que Brooke avait décidé de quitter Brad et de reprendre le contrôle de sa vie. Pour elle, tourner la page, cela voulait tout simplement dire s'investir dans son métier, rénover sa petite maison comme elle le souhaitait et non dans l'optique d'une revente : pouvoir, par exemple, planter des jonquilles pour les voir fleurir au printemps suivant, ou encore choisir des rideaux sans se soucier de l'effet qu'ils produiraient sur un acheteur potentiel.

— Vous passiez vos étés ici en famille quand tu étais petite ?

La question de Danny la ramena au présent.

— Oui. Papa retournait au travail au bout de quinze jours, mais il revenait toujours pour les week-ends. D'ailleurs, c'est le cas dans la plupart des *bachs* du coin. J'ai gardé pas mal d'amis de cette époque. Bien sûr, ils sont partis vivre aux quatre coins du pays, voire du monde, mais lorsqu'on arrive à se retrouver, c'est l'occasion de fêtes mémorables.

Curieux… Pourquoi s'intéressait-il à son passé, alors qu'il en racontait aussi peu sur lui-même ? Lorsqu'elle lui avait demandé d'où il venait, il s'était borné à répondre « Victoria » : un État d'Australie grand comme la Nouvelle-Zélande. On aurait vraiment dit qu'il rechignait à parler de lui, mais pourquoi ? Quel mal y avait-il à ce qu'il donne un minimum de détails sur sa vie ?

Brooke détestait ce genre de cachotteries. Elles lui rappelaient des souvenirs pénibles, tel ce jour où, en la récupérant à l'école, sa mère lui avait annoncé : « Tu aimes bien les romans sur des ados en internat, je crois ? » Avec le recul, Brooke aurait mieux fait de répondre non. De retour à la maison, elle avait trouvé deux billets d'avion pour Auckland sur sa table de chevet : un pour elle et un pour sa mère. Son sac de voyage l'attendait, déjà prêt. Au moins, sa mère avait agi dans son intérêt, pour l'éloigner de ces gosses qui la brimaient à l'école. Mais qu'est-ce qui lui disait que Danny ne dissimulait pas quelque chose de grave ? Avait-elle des raisons de se méfier ? Un bruit de vaisselle qui s'entrechoquait dans l'évier la fit sursauter.

— Désolée, j'étais dans la lune.

— Ça m'apprendra à te poser des questions sur tes souvenirs de vacances.

Il arborait un sourire doux et un regard contrit, comme s'il regrettait de l'avoir plongée dans des ruminations dont il ne pouvait pas connaître la cause.

— Je sors le quad ? Tu es prêt pour partir en reconnaissance ?

Une lueur s'alluma dans les yeux de Danny.

— Et comment ! Au fait, tu sais conduire ces engins ? Nous n'allons pas nous rompre le cou ?

— C'est un risque. Je n'ai pas l'habitude de ces machines.

— L'aventure, c'est l'aventure, dit-il en riant.

— À ta place, j'enfilerais des bottes en caoutchouc. On risque de devoir patauger dans la boue.

— Bonne idée, je te rejoins tout de suite. À moins que tu aies besoin d'aide pour sortir le quad ?

— Non, ça ira. La voie est à peu près dégagée.

Elle devrait également s'occuper de cette bouteille de gaz d'ici la fin de la journée, mais une corvée après l'autre. Et puis, Danny pourrait sans doute lui filer un coup de main. Ce serait l'occasion de se couvrir de boue à nouveau, et de prendre une bonne douche chaude. Une douche à deux ? Du calme… Après tout, Danny n'avait peut-être pas envie de renouveler l'expérience. Elle aurait d'ailleurs été bien avisée d'en rester là. Malgré tout, Brooke continuait d'éprouver de délicieux picotements chaque fois qu'elle songeait aux caresses de Danny.

L'air frais du dehors eut un effet salutaire sur elle. Un sourire aux lèvres, elle enfila sa veste et des bottes puis, les clés à la main, elle se dirigea vers la remise en chantonnant. Mettre le quad en route ne fut qu'une formalité. Un instant plus tard, Danny installé derrière elle, ils s'élançaient en esquivant les branches et débris qui jonchaient le chemin.

— Accroche-toi bien, cria-t-elle par-dessus son épaule. Le chemin est truffé de nids-de-poule.

Elle poussa le moteur et négocia une profonde ornière, puis un petit talus, avant d'atteindre enfin la chaussée. Au bout d'un kilomètre, elle dut freiner sec à la sortie d'un virage serré. Le flanc de la colline s'était éboulé jusqu'à la mer, cinquante mètres plus bas. Des arbres énormes étaient retenus dans une coulée de boue et de rochers qui descendait jusque dans les eaux tempétueuses. Danny lança une jambe par-dessus le siège et il mit pied à terre.

— Nous n'irons pas plus loin. Allez, demi-tour.

Brooke coupa le moteur et observa le panorama qui s'étendait devant elle. Il avait raison. Rien ni personne n'allait dépasser cet obstacle de sitôt, hormis les pelleteuses.

— Il va falloir des équipements lourds pour déblayer tout cela. Je vais tenter de voir ce qu'il y a de l'autre côté.

Déjà, elle entreprenait d'escalader le tronc d'un grand pin renversé.

— Non, Brooke, ce n'est pas une bonne idée. Imagine qu'un rocher s'effondre.

Elle leva les yeux vers ce qui restait de la colline.

— Ça m'étonnerait. Tout a été emporté. Regarde, la roche est à nu.

— OK, mais je ne tiens pas à récupérer ton corps disloqué si, par malheur, il s'avère que tu t'es trompée. Ne fais pas ça.

Oh là là ! Monsieur savait se montrer autoritaire quand l'envie lui en prenait. Mais force était de reconnaître qu'il n'avait pas tout à fait tort.

— Je jette juste un coup d'œil de l'autre côté. Je reviens tout de suite.

Danny lui prit la main avec douceur, mais fermeté.

— D'accord. Et moi, je t'attends en priant pour que tu ne glisses pas. Imagine ce qui se passerait si jamais tu chutais dans la mer…

Devant sa gravité, elle se sentit obligée de hocher la tête.

— Bon, d'accord. De toute façon, en admettant qu'on franchisse cette coulée, on risquerait de se retrouver bloqués plus loin. Je n'entends pas les pelleteuses : elles doivent être à des kilomètres.

— Tu ne peux pas te renseigner auprès de quelqu'un ?

Il gardait sa main dans la sienne, et Brooke s'immobilisa. Sa paume était ferme et tiède, d'une tiédeur qui lui procurait des picotements agréables.

— Il y a un peu plus bas une entreprise qu'on sollicite pour des travaux comme ceux-ci, mais je ne les connais pas personnellement, donc je préfère ne pas les déranger. Ils doivent avoir bien assez à faire.

— Je comprends.

La perspective de devoir rester coincé dans ce trou perdu pendant plusieurs jours n'avait pas l'air de l'offusquer.

— Rappelle-moi quand tu es censé commencer à l'hôpital de Nelson ?

— Lundi après-midi.

Une lueur inquiète traversa le regard de Danny.

— Je vais les appeler demain pour les prévenir. Il faut aussi que je me renseigne sur les taxis maritimes en circulation dans le coin. La mer est encore trop agitée pour qu'un bateau puisse accoster dans la baie, mais demain ou lundi matin, les choses devraient s'arranger, je pense.

— Et Mike ? Il ne pourrait pas t'aider à regagner Nelson ?

— Si, peut-être. Je vais l'ajouter à la liste des personnes à contacter.

Elle le considéra, la tête penchée de côté.

— Tu prends les choses avec philosophie, dis donc.

— Et pourquoi pas ? répondit-il avec un large sourire. Je suis content d'être tiré de…

Il s'interrompit et prit une inspiration.

— Content de pouvoir passer un peu de temps loin des patients et des urgences.

Une fois de plus, il s'était repris. Intéressant… Mais le moment était mal choisi pour tenter d'élucider ses hésitations.

— Surtout maintenant que Lloyd est à l'hôpital, remarqua-t-elle en souriant.

Sans lui lâcher la main, Danny fit quelques pas vers le bord de la route, à l'endroit où l'éboulement avait creusé une échancrure dans la falaise.

— Tous ces arbres qui flottent dans notre direction…

— Ils ont sûrement été charriés par le fleuve Pelorus. C'est le cas de la plupart des souches déposées sur notre plage à marée basse ou après une tempête. Les gens du coin les utilisent en bois de chauffage.

— Le sel doit pourtant corroder les poêles, non ?

— En effet, et c'est pourquoi mon père évite de s'en servir. Il a déjà fallu remplacer le poêle deux fois.

Côte à côte, main dans la main, ils contemplèrent la mer en furie.

— Ici, la nature est aussi belle qu'indomptable, dit-elle. Le vent, la marée et la pluie ne cessent de façonner le paysage. Avec un peu de chance, la nuit sera dégagée et tu pourras observer les étoiles comme jamais. Enfin, sauf si tu vis à l'écart de tout, en Australie.

Elle s'interrompit prudemment, mais n'obtint aucune réponse. Pourquoi était-il aussi discret sur sa vie privée ? C'était agaçant, à la fin… Et inquiétant, aussi. Ou alors, elle se montait la tête. Était-elle trop inquiète, trop impatiente ? Ils ne se connaissaient que depuis un jour, après tout. Avec un soupir énervé, elle décida de ne pas s'arrêter à ce détail.

— Les nuits sont magnifiques, par ici. Je pourrais passer des heures allongée sur la plage à regarder au-dessus de ma tête.

— Je n'ai jamais eu ce plaisir. Mais la possibilité d'avoir un ciel dégagé ce soir semble bien mince, non ?

— Tu seras surpris de la vitesse à laquelle le temps évolue par ici. À moins, bien sûr, que d'autres orages soient annoncés, mais ça m'étonnerait : j'ai vérifié tout à l'heure.

C'était tant mieux. Ils avaient reçu assez d'eau ces

dernières heures. Saisie d'une idée soudaine, Brooke ouvrit de grands yeux.

— J'avais oublié... Il faut absolument que je vérifie l'état du réservoir et des canalisations.

— Vous n'êtes pas raccordés à un réseau communal ?

Brooke réprima un sourire. Il fallait vraiment qu'il vienne de la ville pour poser une question pareille.

— Il n'y a pas de réseau, justement. Tout le monde collecte l'eau à partir de sources sur les collines ou dans le sous-sol. La nôtre est souterraine, mais la canalisation est en surface et elle risque d'avoir été endommagée.

Elle aurait déjà dû s'en occuper, d'ailleurs. Pour son père, c'était toujours une priorité absolue après un orage ou un tremblement de terre. Elle avait été sacrément distraite pour négliger cette corvée. Comment aurait-elle pu imaginer qu'au milieu du chaos de ces dernières vingt-quatre heures, elle se laisserait distraire par un beau gosse ? Qui plus était, un beau gosse adorable et compréhensif. Cela en disait beaucoup sur lui. Et sur sa vie à elle, aussi. Brooke regagna le quad d'un pas léger.

— Allez, demi-tour.

Danny s'assit derrière elle et glissa un bras autour de sa taille.

— Ça ne va pas se réparer en un clin d'œil, dit-elle.

Le soupir de Danny lui caressa le cou.

— Je n'avais pas conscience de l'étendue des dégâts. Mon retour à la vie normale risque d'être retardé d'un jour ou deux.

— Si la mer se calme, je peux t'emmener à Havelock avec le bateau de papa.

— Tu n'aurais pas de mal à le sortir de l'eau, à ton retour ?

— Non, la remorque de papa est équipée d'un treuil.

Si la mer était agitée, elle peinerait toutefois à positionner le bateau dans l'axe des guides de la remorque.

— Je me débrouillerai avec un taxi si nécessaire, dit-il d'une voix sans appel.

— Oui, chef !

Un large sourire aux lèvres, elle mit le contact et fit demi-tour.

— Ça t'embête, un peu de plomberie ? Si l'un des raccordements est cassé, je ne serai pas assez forte pour le réparer toute seule, surtout dans le cas où les tuyaux seraient remplis d'eau.

— Bien sûr que je t'accompagne, répondit-il comme si c'était l'évidence même.

Elle lui sourit avec reconnaissance. Il était vraiment adorable, ce garçon. En plus d'être facile à vivre, il semblait trouver tout naturel de l'aider. Alors, oui, il esquivait toutes les questions un tant soit peu personnelles, mais au fond, quelle importance ?

Méfie-toi, Brooke. Tu le connais à peine. Brad aussi était charmant dans les premiers temps.

Oui, et alors ? Qui disait que ce week-end avec Danny allait aboutir à quoi que ce soit ? Ils se payaient du bon temps, mais cela n'augurait pas forcément d'une relation profonde et pleine de sens. Le plus vraisemblable, c'était que dans un jour ou deux, ils se diraient au revoir sans plus se soucier l'un de l'autre.

— Merci. Je vais d'abord m'assurer qu'il y a du débit dans les conduits.

À leur arrivée, ses vérifications confirmèrent ses craintes. Un filet d'eau s'écoulait à peine du robinet extérieur et la canalisation sonnait creux.

— Papa garde un sac d'outils, au cas où. Je vais le chercher.

— Je garde mes bottes ?

— Non, ce n'est pas l'idéal pour grimper sur des rochers. Elles risquent de glisser.

Une fois correctement chaussé, Danny se chargea du sac d'outils et il la suivit jusqu'en haut de la colline. Tous les cinquante mètres, Brooke tapait sur la canalisation pour vérifier si elle était vide ou pas. À mesure qu'ils avançaient, la pente devenait plus raide, ce qui compliquait leur progression.

— Là, regarde, dit-il soudain. Ce n'est pas ce que tu recherches ?

— Où ça ?

Elle scruta le paysage dans la direction qu'il pointait du doigt. En effet, l'extrémité d'un tuyau noir flottait au bord d'une mare.

— Oui, c'est bien ça. Il ne nous reste plus qu'à mettre la main sur l'autre extrémité.

— Là-bas, elle est coincée dans un arbre, dit-il d'une voix forte derrière elle.

Brooke compta cinq connecteurs dans le sac : il fallait remercier le bon Dieu, pour son père et sa prévoyance ! Elle fit quelques pas dans l'eau en veillant à ne pas glisser, puis elle souleva le tuyau pour l'examiner et poussa un soupir de soulagement.

— Il a l'air intact. Le débit est même assez fort. Par contre, ça va nous compliquer le montage du raccord.

Par bonheur, elle n'était pas toute seule. Danny libéra le tuyau et le lui apporta.

— Il n'y a que la moitié d'un connecteur à cette extrémité.

— Pas grave : j'en ai d'autres dans le sac.

Elle en sortit un qu'elle lui tendit.

— Tiens, dit-elle. Tu as déjà réparé ces trucs-là ?

— Je te mentirais si je te disais oui.

Il s'empara de la pièce de rechange et arracha sans ménagement le connecteur défectueux. Preuve, encore, qu'il ne venait pas de la campagne, autrement il aurait pris davantage de précautions.

— Fais attention ! Il ne faut pas égarer les joints.

— Désolé. Dis-moi comment procéder.

Au bout de quelques minutes, le tuyau fut enfin réparé.

— Je reste encore un moment, le temps de m'assurer

que le débit ne faiblit pas à cause d'une fuite en amont, dit-elle encore.

Pourvu que non. Elle avait hâte de se remettre au chaud. Le soir tombait vite et il commençait à faire froid sous les arbres dont les branches chargées d'eau glacée les aspergeaient au moindre coup de vent.

— Tu t'y connais, dis donc, remarqua-t-il d'un air admiratif.

— Normal, j'ai grandi ici. Papa s'est assuré qu'on soit capables de tout réparer dans la maison, Saskia et moi. On ne sait jamais quand un problème peut surgir. Le fait d'être à l'écart de tout comporte aussi ses désavantages.

Elle vérifia une dernière fois la canalisation et hocha la tête d'un air satisfait.

— C'est bon. Allez, rentrons vite nous mettre au sec.

La descente fut plus périlleuse que la montée, mais ils atteignirent la route sans déplorer la moindre chute.

— Je n'imaginais pas que je passerais mon week-end aux Sounds à ce genre d'activités, remarqua Danny en riant.

Il traversa la chaussée et s'engagea dans un chemin boueux, mais après quelques pas, sa chaussure s'enfonça dans la gadoue jusqu'à la cheville… puis jusqu'au mollet… et plus haut encore.

— Ah, génial, maugréa-t-il.

Il releva la jambe en un geste sec qui s'accompagna d'un craquement sonore. Le visage plissé par la douleur, Danny laissa échapper un grognement sourd.

— Que s'est-il passé ? demanda Brooke avec alarme.

Il ne répondit pas. Les lèvres crispées, il se tenait les cuisses à deux mains.

— Danny ?

— Je me suis tordu le genou. J'avoue que ça fait un peu mal, répondit-il d'une voix entrecoupée.

— Ne bouge pas. Je vais essayer de libérer ta jambe.

— Va plutôt chercher une pelle ou une truelle.

— Non, ça nous retarderait. Il faut agir le plus vite possible.

— Tu ne vas pas creuser sans outils ! Tu vas t'abîmer les mains.

— Tant pis.

Des projections de boue volèrent çà et là tandis qu'elle grattait la terre autour de la jambe prisonnière.

— J'y suis presque.

Elle se cassa un ongle mais n'y prêta aucune attention.

— Tu n'as mal qu'au genou ?

— Oui.

— Sur une échelle de un à dix, tu évalues ta douleur à combien ?

— Cinq, dit-il entre des dents serrées.

Un score élevé, mais supportable. À supposer, toutefois, qu'il soit sincère. Trop souvent, les hommes mentaient sur le ressenti de leur douleur.

— C'est bon, j'arrive à ta chaussure. Je vais essayer de la dégager sans faire pression sur ta jambe.

— Attends, je vais la soulever.

— Surtout pas ! Ça ne servirait qu'à aggraver la douleur. On va procéder à ma façon, si cela ne t'embête pas.

Elle avait d'ores et déjà dégagé l'essentiel de la chaussure et commença à gratter sous la semelle. Ce faisant, elle se déchira un autre ongle. À son retour à Nelson, une bonne séance de manucure allait s'imposer.

— Bon, allons-y. Non, attends. Je vais dégager davantage l'avant de ta chaussure, ça t'épargnera de solliciter ton genou.

— Bonne idée, sauf que je n'arrive pas à le plier. À tous les coups, je me suis encore luxé la rotule.

— Comment cela, « encore » ?

À l'aide d'une pierre plate, elle se mit à creuser une tranchée étroite qui allait du pied à la surface du sol.

— Malheureusement, oui, c'est déjà arrivé il y a quelques années. Mais en général, ça guérit vite. Bientôt, je devrais pouvoir remarcher normalement.

— La douleur risque de persister.

— Pour cela, j'ai des antalgiques.

— Je sais, tu me l'as dit.

— Oui, bien sûr… Pour Lloyd.

— Tu les gardes pourquoi, sinon ?

— Pour des situations comme celle-ci.

Brooke devina qu'elle devrait se contenter de cette réponse laconique. Il en avait pourtant trop dit et pas assez à la fois. Ces pilules étaient-elles pour lui ou pour ses patients ? Mais si elle insistait, il était fichu de retourner chez Mike sans elle. Du moins, lorsqu'il aurait récupéré l'usage de sa jambe.

— Lorsqu'on aura libéré ton pied, je conduirai le quad jusqu'ici pour te ramener à la maison.

Il secoua la tête.

— Avant cela, il faut que je jette un coup d'œil à mon genou. Si j'arrive à le remboîter, je pourrais faire le chemin en boitant.

Elle eut une petite moue dubitative.

— Peut-être… Mais je suis d'accord : plus vite la rotule sera remise en place, mieux ce sera. Bon, allons-y.

Elle s'accroupit et croisa les mains derrière le mollet de Danny.

— Je vais soulever ta jambe. Toi, reste bien détendu.

En guise de réponse, il pressa légèrement l'épaule de Brooke.

— Tu es prêt ? Un, deux, et trois…

D'une poussée ferme et régulière, elle releva sa jambe le long de la petite tranchée improvisée. Et voilà ! Mission accomplie.

— Une bonne chose de faite, grommela-t-il. Je peux m'appuyer sur toi le temps de redresser ma jambe ?

— Il ne vaudrait pas mieux vérifier qu'il s'agit bien d'une luxation ?

— Pour cela, il faudrait que je baisse mon pantalon, et j'aurai un peu de mal à le faire, en équilibre sur une seule jambe.

— Bon, comme tu voudras.

Il semblait savoir ce qu'il faisait… Brooke passa un bras autour de sa taille tandis qu'il lui serrait l'épaule d'une main crispée.

— Allez, on y va.

Sans la moindre hésitation, il redressa la jambe. Un craquement se fit entendre et Danny émit un gémissement.

— Il faudrait surélever ta jambe et refroidir le genou avec de la glace.

— Je sais, dit-il avec effort.

— Allons chez moi, c'est plus près. Il y a de la glace au congélateur, et du ragoût de poulet aussi. Je te préparerai une boisson chaude.

— Parfait. En chemin, tu pourrais récupérer ma trousse de toilette ? Elle contient mes antalgiques.

— Pas de problème.

Danny fit encore un pas avant de se figer, comme saisi d'une hésitation.

— En fait, non, je vais la chercher moi-même.

— Dans ton état ? Alors que je peux t'épargner cet effort ? Tu as peur que je fouille dans tes affaires ?

— Bien sûr que non !

Il avait répondu trop vite, beaucoup trop vite. Brooke sentit son ventre se serrer douloureusement.

— Tu préfères qu'on aille chez Mike ? demanda-t-elle d'un ton sec.

Il arbora un air contrit, comme s'il comprenait enfin qu'il l'avait blessée.

— Mais non… Je me comporte comme un imbécile. Excuse-moi.

Brooke réprima un soupir.

— C'est bon… Peu importe qu'on aille chez moi ou chez Mike. Par contre, je ne te laisse pas tout seul dans cet état.

Danny grimaça. Il n'avait que ce qu'il méritait. Tout cela parce qu'il avait paniqué à l'idée qu'elle lise *Daniel Collins* sur la trousse et qu'elle découvre ainsi qui il était… Même si son nom ne lui disait rien, elle pouvait effectuer une recherche sur Internet.

Ou pas. Il était tout aussi possible qu'elle n'en fasse rien ou, soyons fous, qu'elle se fiche de savoir qui il était vraiment. Auquel cas, ce serait une première… Pourquoi avait-il autant de mal à penser qu'elle pouvait l'apprécier tel qu'il était ? Parce qu'il n'avait pas l'habitude, voilà pourquoi. Il avait déjà rencontré des femmes comme Brooke, adorables au premier abord. Toujours, elles avaient changé d'attitude en apprenant qui il était. Et c'était bien ce qu'il désirait éviter à tout prix avec Brooke. Cet état de grâce ne durerait sans doute que le temps de leur séjour aux Sounds, mais tant qu'ils étaient là, il avait envie de s'aventurer avec elle hors des sentiers battus. Peut-être, alors, saurait-elle qu'il ne se résumait pas à son image publique.

— Danny ? Tu m'écoutes ?

Alors, faire confiance ou ne pas faire confiance ? C'était la question à un million de dollars… Il respira profondément, puis il la regarda. Dans ses yeux, il lut une inquiétude qui lui alla droit au cœur. Il soupira.

— Oui, je veux bien dormir chez toi. Et si tu pouvais m'apporter ma trousse, ce serait génial.

— Tu vois… ce n'était pas si difficile, dit-elle avec un sourire.

Si tu savais… , songea-t-il. Mais pour une fois, il était content de baisser la garde. De la sorte, Brooke pourrait lui prouver qu'elle était à la hauteur de la confiance qu'il lui accordait.

— Tu veux clopiner avec moi jusqu'à la maison ?

Un rire dans les yeux, elle resserra son bras autour de sa taille pour le stabiliser.

— C'est la meilleure proposition qu'on m'ait faite aujourd'hui.

— Ça en dit long sur ta journée, alors…

Elle eut un rire indulgent.

— Tant que j'y suis, je te rapporte autre chose ? Ne le prends pas mal, mais tes vêtements font peine à voir.

Il voulait bien la croire… Son jean mouillé lui collait à la peau et le faisait frissonner. L'avantage, c'était qu'il empêchait son genou d'enfler. Danny boitilla jusqu'à une porte à l'arrière de la maison de Brooke. À son grand embarras, elle insista pour qu'il s'asseye le temps qu'elle lui retire ses chaussures. Il retint son souffle et s'efforça de se convaincre qu'il s'agissait d'une situation médicale de routine. C'était le cas, d'ailleurs, mais pour une raison inexplicable, il n'aimait pas être l'objet des soins de Brooke. Elle lui faisait vraiment un effet étrange, cette fille. Et pourtant, il la connaissait depuis quelques heures à peine.

— Tu trouveras des serviettes de toilette dans la salle de bains, dit-elle en se levant. Il y a aussi de l'eau chaude, si tu veux prendre une douche pendant que je vais chercher tes affaires. Enfin, si tu peux te débrouiller tout seul.

— Ça devrait aller, merci.

Ce n'était tout de même pas de la déception qu'il lisait dans ses yeux ? Aurait-elle voulu prendre une douche avec lui ? Ou, tout simplement, veiller à ce qu'il ne se fasse pas mal ? Il l'imagina lui lavant le dos et sentit aussitôt réagir une certaine partie de son anatomie.

On se calme, Danny, mon garçon. Inutile de t'emballer.

Lui, s'emballer ? Comparé à ce qu'ils avaient fait plus tôt, on ne pouvait pas dire qu'il se pressait. Mais cette fois-là avait été un véritable feu d'artifice, aussi bref que mémorable.

— Je reviens dans une minute, dit-elle par-dessus son épaule. Fais comme chez toi.

— Brooke…

Elle fit volte-face pour le regarder.

— Oui ?

— Merci pour ton aide. Tu es géniale.

Elle haussa les épaules d'un air dégagé.

— Bof… J'en aurais fait autant avec n'importe qui dans la même situation.

— Oui, c'est ton boulot, je sais bien… Mais quand même…

Il se tut, à court de mots, et elle sourit.

— Va donc te changer. Tes vêtements sont trempés.

Danny se leva péniblement, mais ses pieds refusaient de bouger.

— Tu as besoin d'aide ?

— Non, ça ira.

Il avança vers la porte d'un pas précautionneux et accrocha sa veste à une patère. Lorsqu'il fut à l'intérieur, la chaleur lui rendit ses vêtements mouillés encore plus inconfortables. Il avait la chair de poule et des picotements sur la peau. Il finit par trouver la salle de bains, au bout du couloir, et se débarrassa de sa chemise. Il tenta ensuite d'ôter son jean, mais le tissu lui collait à la peau. Avec en plus son genou hors service, il allait s'amuser…

— Attends, laisse-moi t'aider.

Il leva les yeux et vit Brooke sur le seuil de la pièce.

— Tu ne devais pas récupérer mes affaires ?

Son regard tomba alors sur le sac à la main de Brooke.

— Bon sang, j'ai mis si longtemps à faire trois fois rien ?

Il était devenu aussi véloce qu'un centenaire ! Il avait juste traversé la maison et commencé à se déshabiller. Elle devait le prendre pour un incapable. Mais le rire de Brooke dissipa ses idées moroses.

— Assieds-toi sur le rebord de la baignoire, je vais tâcher de faire glisser ton jean sans te faire mal.

— On ne t'a jamais dit que tu es autoritaire ?

— Si, ma sœur s'en plaint tout le temps. En tant qu'aînée, elle pense que le rôle de chef devrait lui échoir. Malheureusement pour elle, j'ai toujours eu à cœur de lui prouver le contraire.

Il y eut un léger glissement, puis le pantalon tomba à terre. Sa jambe était libre et il n'avait même pas eu mal, ou à peine.

— Bon, je te laisse prendre ta douche.

Brooke se leva, puis elle se tourna vers lui avec un sourire hésitant.

— Sauf si tu as besoin de moi, bien sûr.

Son regard glissa sur lui et elle ouvrit de grands yeux. Sa bouche forma un O de surprise avant de s'épanouir en un large sourire.

— Tu crois vraiment que c'est sage, avec ton genou ?

— On fera attention.

— Tu en es sûr ?

— J'ai l'air de douter, à ton avis ?

Les doigts de Brooke s'affairaient déjà sur les boutons de sa chemise, puis elle s'arrêta. Elle hésitait, encore ? Mais alors, elle se pencha pour ouvrir le robinet et sortit des serviettes d'un placard. Enfin, elle se déshabilla et elle le rejoignit. Au comble de l'excitation, Danny en oubliait son genou. Il offrit son visage au jet d'eau et ferma les yeux le temps que s'apaisent les battements frénétiques de son cœur. Derrière lui, Brooke passait le gant de toilette sur son dos avec de lents mouvements circulaires. D'une main ferme, mais douce, elle le poussait au bord d'un abîme vertigineux. Il se retourna précautionneusement et se pencha sur elle pour l'embrasser. Sans égard pour les élancements dans son genou, il se renversa en arrière, suffisamment pour approcher les lèvres de ses seins tendus. Sa bouche aspira un mamelon qu'il titilla du bout de la langue. Au-dessus de lui, Brooke gémissait et se frottait contre lui. Elle lui saisit les fesses pour le presser contre elle, portant son désir à son paroxysme. Il fallait qu'il la prenne… Maintenant… Et si elle n'était pas encore prête, il allait y pourvoir. Lorsque son doigt trouva la source de son plaisir, elle laissa échapper un cri. Comme en guise de rétorsion, elle prit dans sa main son sexe érigé et se mit à le caresser vigoureusement.

— Brooke… Pas si vite. Je ne vais pas pouvoir tenir longtemps à ce rythme.

Le dos coincé contre le mur, elle noua les jambes autour de ses hanches.

— Maintenant, Danny, murmura-t-elle contre son oreille. S'il te plaît…

Il obtempéra avec bonheur et plongea en elle, de plus en plus vite, de plus en plus fort, jusqu'à ce qu'elle lâche un cri et qu'elle se crispe autour de lui. Il sentait son cœur battre à tout rompre dans sa poitrine et son esprit n'était plus qu'une toile vide, d'un blanc incandescent. Brooke tremblait contre lui, secouée de spasmes. Alors, il s'autorisa à lâcher prise et à la rejoindre dans l'extase.

6.

Alors que Brooke se séchait les cheveux, le miroir de la salle de bains lui renvoyait l'image de son sourire rayonnant. Son corps tout entier était détendu, contenté… Heureux. Bon sang… Jamais elle n'avait vécu rien de tel. Quel amant ! En un temps record, il l'avait emmenée vers des sommets merveilleux dont elle n'avait jamais soupçonné l'existence.

Ce matin, ils avaient couché ensemble. Cette fois-ci, ils avaient fait l'amour. Sans aller jusqu'à dire qu'ils étaient tombés amoureux, ils avaient partagé bien plus qu'un simple moment de satisfaction sensuelle. Dans l'intensité et la chaleur de l'instant, il y avait eu de la tendresse et elle s'était sentie désirée, libre. Danny ne lui avait pas seulement donné du plaisir, il lui avait fait vivre quelque chose de profond et d'exaltant.

À moins qu'elle ne se fasse des idées. Après tout, un jour plus tôt seulement, elle ne connaissait pas Danny. D'ailleurs, le connaissait-elle aujourd'hui ? Que savait-elle de lui, en dehors du fait qu'il était un amant du tonnerre ? Il était médecin, disait s'appeler Danny… Mais Danny comment, au fait ? Bah, quelle importance ? À moins, bien sûr, qu'il ait une grave raison pour garder le silence. Elle aurait pu lui poser quelques questions, mais pour une fois, elle n'avait pas envie de gâcher ce qui se passait entre eux. Elle voulait profiter au maximum de ce week-end sans réfléchir davantage. Elle verrait bien où cela les mènerait. Par sa simplicité, ce programme lui semblait parfait, alors que rêver de mieux ?

Deux coups légers à la porte lui firent tourner la tête.

Danny se tenait sur le seuil, appuyé contre le chambranle pour soulager son genou.

— Tu n'avais pas parlé d'un pain de glace dans le congélateur ?

— Si, je vais te le chercher. Tant que j'y suis, je vais aussi réchauffer un ragoût de mouton.

— Ta mère t'a préparé combien de repas ?

— Oh ! des quantités. Elle adore cuisiner. Il y a aussi des desserts, si ça te dit.

— Tentant… mais non, merci.

— Tu souhaites garder la ligne ?

Il hocha la tête.

— Je pratique beaucoup la course à pied, même si je vais devoir m'en passer pendant quelque temps. Je fréquente aussi les salles de sport. C'est une sorte de déformation professionnelle. À force de voir des personnes en mauvaise santé, je tiens à rester en forme.

— Comme je te comprends. Sans être accro aux clubs de fitness, j'aime bien courir et faire du vélo.

— Cela se voit. Tu as une jolie silhouette.

Brooke se sentit rougir. Décidément, cela devenait une habitude !

— Merci.

— On dirait que tu n'as pas l'habitude de recevoir des compliments.

— Non, en effet. Ça fait quelque temps que je n'y ai pas eu droit. Bref, ajouta-t-elle en haussant les épaules. Assieds-toi quelque part et mets-toi à l'aise. Je t'apporte une poche de glace.

Elle se dirigea vers le congélateur d'un pas léger. Cette journée était tellement étrange qu'elle en devenait drôle. Et intéressante… Et grisante. Mais alors, elle se tourna vers la fenêtre et son sourire mourut sur ses lèvres. La maison du vieux Duggan était tellement abîmée que, selon toute probabilité, elle resterait inhabitable. Il faudrait au moins un an pour nettoyer le site et pour obtenir l'autorisation de reconstruire. En attendant, Lloyd allait sûrement finir en maison de retraite, ce à quoi il s'était toujours fermement opposé. Pauvre homme… Elle adorait Lloyd : pour elle, il avait toujours été un deuxième grand-père. C'était un crève-cœur de le voir partir ainsi.

Brooke secoua la tête pour s'arracher à ces tristes pensées, puis elle récupéra un pack de glace qu'elle porta à Danny. Celui-ci s'était installé sur le canapé, les jambes allongées devant lui. Son genou était rouge et enflé, mais il semblait pouvoir le remuer sans trop de peine.

— Tiens. Comment te sens-tu ?

— Pas trop mal.

Tandis qu'elle attachait la poche à son genou, elle s'efforça de ne pas trop songer à ses muscles si fermes, ni au plaisir qu'elle avait éprouvé, les jambes nouées autour de sa taille. Depuis qu'elle avait rencontré Danny, sa vie lui paraissait tout à coup pleine de possibilités nouvelles et excitantes. Mine de rien, la présence d'un homme avait manqué dans sa vie. Elle sursauta lorsque Danny lui tapota l'épaule.

— Tu m'écoutes ? Encore partie sur la lune ?

Brooke s'installa dans un fauteuil en face de lui.

— Désolée. J'ai du mal à rester concentrée, ce soir.

— Pas de problème, dit-il en riant. Enfin, si : je vais finir par croire que tu me trouves terriblement ennuyeux.

— Pourquoi ? Tes conquêtes sont toujours suspendues à la moindre de tes paroles, c'est ça ?

Le rire de Danny s'éteignit aussitôt et il ne dit rien pendant un instant.

— J'aime les femmes sincères et franches, et c'est l'image que tu me donnes. À vrai dire, j'ai du mal à croire qu'on vient de se rencontrer, toi et moi. J'ai l'impression de te connaître depuis longtemps.

— Il faut dire que nos chemins se sont croisés dans des circonstances exceptionnelles.

Le visage de Danny redevint rieur, et Brooke se détendit. Elle n'aimait pas le voir sérieux.

— Oui, c'est sans doute ça. Ça change des premiers rendez-vous chocolat-muffin dans un café.

— Moi, ce serait plutôt dans un bar, avec un verre de vin.

— J'en prends bonne note.

Ah bon ? Devait-elle comprendre qu'il avait l'intention de l'inviter ? En tout cas, elle était partante, les yeux fermés.

Danny alimenta le poêle et grimaça lorsqu'une douleur vive lui transperça le genou. Il était temps de reprendre un antalgique. Assoupie dans un fauteuil, Brooke ronflotait. La fatigue de la journée avait fini par avoir raison d'elle. Elle était si jolie, dans l'abandon du sommeil. Il aurait voulu la serrer tout contre lui, plonger la main dans ses cheveux soyeux, savourer la tiédeur de sa peau si douce. Elle était adorable. Tellement qu'il était tenté de baisser la garde, pour une fois. Mais pouvait-il vraiment prendre un tel risque ? En un jour, comment pouvait-il acquérir la certitude qu'elle continuerait à l'accepter tel qu'il était s'il venait à lui raconter la vérité ?

Mais en quoi lui avait-il menti, au juste ? Il travaillait vraiment comme interne à l'hôpital du coin, et oui, il adorait son boulot. De même, il était un sportif assidu. Mais c'était la médecine qui lui donnait le plus de gratifications. Il avait savouré ce talent qui lui avait permis d'éclipser tous les autres joueurs de golf, mais rien n'était comparable à la satisfaction de remettre les gens sur pied après que le sort leur avait décoché l'une de ses mauvaises flèches.

D'une certaine manière, il avait eu de la chance : un nouveau départ dans la vie, ce n'était pas donné à tout le monde. Heureusement, il avait pu compter sur le soutien de sa famille. La fin de sa carrière sportive avait été un coup dur, psychologiquement, surtout. Mais il s'en était tiré, sans doute parce qu'il n'avait jamais douté de ses capacités. Même dans les pires moments, il avait toujours su qu'il pouvait réussir dans n'importe quel domaine pour peu qu'il s'en donne les moyens. Avec le recul, ce revers de fortune avait été une bénédiction. À force, l'attention des médias et des femmes lui avait donné la grosse tête. Il pouvait dire merci à ses proches. Sans eux, il aurait vraiment déraillé.

À présent qu'il était en passe de réussir sa reconversion professionnelle, il ne lui manquait plus que de rencontrer la perle rare : une femme capable de l'accepter et de le soutenir sans s'intéresser au profit qu'elle pourrait tirer de son illustre passé et de son compte en banque. Comme tout un chacun, il aspirait à fonder une famille, mais pas à n'importe quel prix.

Son regard demeurait fixé sur Brooke, dont la poitrine se soulevait et retombait doucement, au rythme de sa respiration régulière. Ses cheveux tombaient sur un côté de son visage et soulignaient la structure délicate de son ossature. Oui, elle était adorable, et réconfortante. En tout cas, il l'aimait déjà beaucoup, suffisamment pour désirer passer plus de temps avec elle. Elle n'avait pas eu l'air offusquée lorsqu'il l'avait invitée à mots couverts... Mais elle n'avait pas non plus sauté sur l'occasion, preuve qu'elle n'était pas pressée de lui mettre le grappin dessus. Alors, pouvait-il lui faire confiance ?

D'un autre côté, pourquoi s'emballer ? Ce week-end ne déboucherait sans doute sur rien. En attendant, il passait d'excellents moments avec Brooke et il redoutait de tout gâcher en évoquant son passé. Oui, mais si jamais ils continuaient de se fréquenter, il serait contraint de lui raconter deux ou trois choses à propos de lui, sous peine de saboter ses chances avec elle.

— Qu'est-ce que tu regardes comme ça ? murmura-t-elle soudain.

Brooke s'était réveillée et elle dépliait ses jambes de sous ce joli derrière ferme et rebondi qu'il avait tenu entre ses mains quelques instants plus tôt.

— J'ai dormi longtemps ?

— Une demi-heure environ.

Elle jeta un coup d'œil vers l'horloge murale.

— Je ferais mieux d'aller me coucher. Qu'est-ce que tu préfères ? Dormir dans un lit ou sur le canapé ?

— Dans un lit, donc je vais retourner chez Mike.

— Pourquoi ? Les lits sont faits, tu n'as qu'à en choisir un. Le mien, par exemple, ajouta-t-elle avec un air malicieux. On se tiendrait chaud.

Danny sourit comme un gosse dans un magasin de bonbons.

— Avec plaisir.

Elle écarquilla les yeux, le regard fixé sur lui avec étonnement.

— Tu en es sûr ?

— Eh bien, oui. Mais si tu changes d'avis, je comprendrai.

— Pas du tout ! Je suis juste un peu surprise, voilà tout. Je n'ai pas l'habitude d'être aussi vite intime avec un homme.

Il n'avait pas de mal à la croire. Il la connaissait à peine, mais Danny devinait qu'elle était incapable de se donner au premier venu inconsidérément. Sauf avec lui, bien sûr, mais il était l'exception qui confirmait la règle. Ou alors, il n'était plus vraiment un étranger pour elle… À cette pensée, il se sentit baisser la garde davantage. C'était plus fort que lui : il avait envie de la protéger, de la chérir.

— Écoute, tu n'es obligée à rien si tu n'en as pas vraiment envie.

Elle secoua la tête avec une véhémence qui fit danser ses cheveux autour de son visage.

— Non, non. J'en ai très envie, au contraire. Allez, bouge. À moins que ce ne soit trop tôt pour toi. Il est à peine 21 heures.

— J'ai l'impression qu'il est minuit. Rude journée…

Il se leva lentement pour ne pas malmener son genou et se mit au lit pendant que Brooke se changeait dans la salle de bains. Dans la fraîcheur des draps, il observa la chambre autour de lui. Son regard s'arrêta sur une photo de Brooke, beaucoup plus jeune. Le visage fendu d'un large sourire, elle brandissait des deux mains un énorme poisson, tel un trophée. Surtout, elle affichait un air d'insouciance qui lui faisait envie. À force de se méfier des autres et de leur prêter des arrière-pensées, Danny avait fini par oublier ce que cela faisait d'être aussi détendu. Étrangement, Brooke ne lui inspirait pas une telle défiance. Avec elle, il devait presque faire un effort pour se souvenir de faire attention.

Brooke entra dans la chambre vêtue d'un pyjama douillet à défaut d'être glamour. Elle tapota la photo de l'index.

— C'est un vivaneau. Un gros spécimen : il pesait dix-huit kilos.

— C'est toi qui l'avais remonté ?

— Oui, tout du long. Papa m'avait bien proposé de m'aider, mais j'ai refusé catégoriquement. J'avais peur de le lâcher. C'est le meilleur poisson que j'ai mangé de ma vie.

— Je n'ai jamais beaucoup pratiqué la pêche. Si je reviens ici, ce sera l'occasion d'essayer.

Brooke se glissa sous les couvertures et s'allongea à côté de lui. Elle le regarda avec un intérêt mêlé d'étonnement, comme si elle débordait de questions sans savoir laquelle poser en premier. Il attendit en retenant son souffle.

— Tu comptes rester combien de temps en Nouvelle-Zélande ?

— Jusqu'à la fin de l'année, après quoi je retournerai à l'hôpital où j'ai commencé mon internat, à Melbourne.

— C'est là que tu veux te spécialiser ?

— Disons que c'est une suite logique. En fait, je n'ai pas vraiment réfléchi à tout ça. Je m'installerai où je trouverai du boulot, je pense.

— Tu reviendras peut-être en Nouvelle-Zélande, alors.

— Oui, peut-être.

En cet instant, il n'avait pas envie d'être où que ce soit ailleurs qu'ici : dans ce lit, avec Brooke, il était au paradis.

— La pêche n'est pas un sport répandu, là d'où tu viens ?

Petite maligne… C'était une manière détournée de lui demander où il avait grandi.

— Pas vraiment, non. J'ai passé mon enfance à Ballarat, au nord de Melbourne.

Il serra les poings sous les draps. Méfiance ! Il était beaucoup trop franc avec elle. Oui, il avait envie de la connaître, mais de là à lui raconter sa vie dans les moindres détails… Inutile de s'emballer.

— Pas de problème, je ne le raconterai à personne, dit-elle d'un ton mi-taquin, mi-inquiet. Je serai muette comme une tombe.

Il la serra contre lui et l'enveloppa dans l'étreinte de tout son corps, un bras autour de sa taille, ses cuisses contre les siennes, son torse contre sa poitrine. Ce qu'il venait de lui dire n'était pas un secret à proprement parler, bien sûr. S'il était aussi discret sur lui-même, c'était surtout pour profiter d'un peu de liberté. Il avait l'intention de lui parler de son passé, mais en temps voulu. Pas maintenant, en tout cas, ni demain.

— Toi aussi, tu es dans la lune ?

Le visage enfoui contre son cou, elle y déposa un léger baiser.

— Non, je suis ici, avec toi.

Il tendit le bras pour éteindre la lampe et il se blottit contre elle en ignorant les élancements de son genou. Sa bouche chercha la sienne et il l'embrassa lentement, tendrement, comme jamais il n'avait embrassé aucune femme. Ils se connaissaient à peine, mais déjà, elle l'avait changé. Pouvait-on parler de coup de foudre ? Non, puisqu'il n'était pas amoureux… Pas encore, du moins. Il approfondit son baiser, et Brooke le lui rendit avec une fougue qui n'avait d'égale que la sienne.

Tout à l'heure, elle lui avait raconté que les nuits étaient magnifiques dans la région. Mais des étoiles, il en avait déjà plein la tête. Et plein le cœur.

Brooke déposa une assiette de pain grillé sur la table du petit déjeuner et elle s'assit avec un soupir.

— Pauvre Lloyd... Dans ma tête, je n'arrête pas de l'entendre appeler sa femme. J'ai bien envie de récupérer quelques photos chez lui.

— Tu tiens vraiment à entrer dans cette maison ? Malgré les risques ?

— On verra. Avec un peu de chance, elle sera restée dans le même état qu'hier. Bien évidemment, si elle s'est dégradée entre-temps, j'abandonne l'idée. De toute façon, je ne compte pas m'attarder.

— Je t'accompagne.

— OK, mais promets-moi de faire attention à ton genou.

— Mon genou va très bien.

— Ah bon ? Donc, ce bruit que tu as fait en te levant, ce n'était pas un gémissement de douleur ?

— Pff... Tu préférerais que je sois une mauviette ? demanda-t-il avec un léger sourire.

— Ne dis pas de bêtises, veux-tu ?

Tout en soufflant sur son café, elle le regardait beurrer une tartine. Tout au long de la nuit, ces mêmes mains lui avaient prodigué des caresses endiablées... Brooke souffla de plus belle sur sa tasse.

— Tu vas commencer à nettoyer ton terrain aujourd'hui ?

— Peut-être, répondit-elle.

Il redressa la tête et leurs regards s'accrochèrent.

— Comment cela ?

Elle sentit ses joues s'empourprer.

— On verra... selon notre emploi du temps.

Un lent sourire s'épanouit sur le visage de Danny. Il avait parfaitement saisi l'allusion.

Un peu plus tard, lorsqu'elle sortit, Brooke entendit au loin le bruit d'une pelleteuse.

— La route devrait être dégagée dans le courant de la journée, annonça-t-elle à Danny.

— Dommage. Je serais bien resté coincé ici un jour de plus.

— Mais tu es attendu aux urgences demain après-midi…

— Je sais, mais je me sens si bien ici que je n'ai pas envie de m'en aller.

Comme elle le comprenait… L'ambiance ne serait plus tout à fait la même une fois Danny parti.

— Tu pourras conduire avec ton genou amoché ?

— On verra. Il va déjà beaucoup mieux, et demain est un autre jour.

— Dans le pire des cas, je peux t'emmener à Nelson.

— Merci, mais ça devrait vraiment aller mieux d'ici là. Et puis, j'aurais du mal à me passer de ma voiture là-bas, d'autant plus qu'elle contient l'essentiel de ce que je possède en ce bas monde : mon ordinateur portable, des vêtements et des livres.

Et alors ? Qu'est-ce qui les empêchait de tout transvaser dans sa voiture à elle ? Mais puisqu'il semblait décidé à rentrer par ses propres moyens…

— Tu as une assurance ?

Il détourna le regard.

— J'ai les moyens.

Là n'était pas la question. Elle aurait voulu savoir s'il était couvert en cas d'accident, elle ne l'avait pas interrogé sur l'état de ses finances. Mais à présent qu'elle y pensait, elle détailla l'élégant blouson imperméable, le pantalon et les chaussures de randonnée hors de prix. Il n'avait pas l'air d'avoir des soucis d'argent, en effet. Elle jeta un coup d'œil vers le 4 – 4 dernier cri garé devant chez Mike. Par comparaison, sa berline paraissait usée alors qu'elle avait à peine cinq ans. Mais elle était fiable, solide et capable de jolies pointes de vitesse. Que demander de plus ?

— Bon, comme tu voudras. Tant que j'y suis, je vais sortir la bonbonne de gaz.

— Je m'en charge.

Déjà, il se dirigeait vers la remise à grands pas malgré son genou blessé. Prise de court, Brooke le suivit des yeux. Qu'est-ce qu'il lui prenait ? Il ne devait surtout pas soumettre sa jambe à un tel effort. Sur le point de le retenir, elle se ravisa. Il ne consentirait jamais à ce qu'elle porte cette bonbonne elle-même. Avec ses airs de chevalier servant, il ne voudrait pas être mis sur la touche par une faible femme. Pourquoi le vexer alors qu'ils s'entendaient si bien ? Et puis, à quoi bon le nier ? C'était agréable d'avoir un homme aux petits soins pour elle, pour une fois.

— Hé, tiens ! La clé.

Quelques minutes plus tard, il revenait en tenant la bonbonne comme si elle ne pesait pas plus lourd qu'un ballon de football.

— Je la pose sous le porche ?

— Oui, très bien. Merci.

Brooke se dirigea alors vers la maison de Lloyd, ou ce qu'il en restait. À présent qu'elle n'était plus aveuglée par la pluie et le vent, elle pouvait se rendre compte de l'étendue des dégâts. Le rocher qui avait frappé l'arrière de la maison était fiché entre les portes de la cuisine et de la buanderie. Quant au mur encadrant la fenêtre par laquelle ils avaient voulu entrer la veille, il était incliné selon un angle précaire.

— Oh là là, c'est encore pire qu'hier.

— Je suis bien d'accord.

Brooke sursauta : elle ne l'avait pas entendu s'approcher. Danny lui prit l'épaule pour la serrer contre lui, et elle se blottit brièvement dans son étreinte.

— OK, dit-elle en s'écartant. Commençons par vérifier la porte d'entrée.

— Si c'est trop dangereux, n'entre pas, OK ?

Il gardait un bras autour d'elle tandis qu'ils progressaient au milieu des débris.

— Je comprends que c'est important pour toi, mais ta sécurité doit passer en premier.

Elle sourit, touchée par sa prévenance.

— Ne t'inquiète pas. Lloyd ne voudrait pas que je me blesse en essayant de lui rendre service.

— C'est juste.

Il lui pressa brièvement le bras avant de contourner le cottage. Brooke le rejoignit et, les mains sur les hanches, elle observa l'ouverture par laquelle ils s'étaient introduits à l'intérieur la veille.

— Ça n'a pas changé depuis hier.

Il posa un pied précautionneux sur la terrasse en bois qui ceignait la maison, puis il jeta un coup d'œil par la fenêtre.

— Oui, tout est resté pareil.

— Danny, tu n'es pas obligé d'entrer. Je sais ce que je cherche.

Elle enjamba la fenêtre et progressa tant bien que mal entre les débris boueux. Dans le salon, la bibliothèque s'était renversée et les livres gisaient par terre, hors d'usage. Les trois premiers clichés sur lesquelles elle mit la main n'étaient pas dans un meilleur état. Le cœur serré, elle continua de fouiller.

— Ah, voilà ! dit-elle en soulevant une photo renversée sur le canapé. Lloyd et Jane à la plage.

— Et là, j'en ai une autre.

Danny lui tendit un portrait dans un cadre argenté.

— Elle a été prise lors de leur dernier anniversaire de mariage, au cours d'une croisière en Australie.

Un craquement la fit frissonner.

— Ça ira comme ça. Filons vite d'ici.

— On ne devait pas récupérer des vêtements pour Lloyd ?

— Sa chambre est tout au fond. On ferait mieux de ne pas y aller.

Un mur du couloir était incliné sur toute la longueur et le plafond s'était en partie effondré.

— Très sage décision, dit-il en se dirigeant vers la porte. Allons-nous-en.

— Prochain arrêt, la remise. On va prendre le quad pour voir l'avancement de la pelleteuse.

Plus facile à dire qu'à faire. Le terrain était encore embourbé et ils glissaient à chaque pas ou presque. Lorsqu'ils arrivèrent, Brooke était hors d'haleine.

— À quoi bon courir cent mètres lorsqu'on peut se balader dans le jardin ?

Danny contempla ses chaussures en grimaçant.

— J'aurais dû enfiler des bottes, comme tu le suggérais.

— Il m'arrive de savoir de quoi je parle.

— Je m'en souviendrai, marmonna-t-il en tirant la porte de la remise.

Brooke sortit le quad et elle attendit que Danny s'installe derrière elle. En deux jours, ils avaient déjà pris leurs petites habitudes. Étaient-ils tombés trop vite en phase l'un avec l'autre ? Sans doute, mais c'était tellement agréable…

Après le premier virage, elle s'arrêta, bien avant la première coulée de boue. Une pelleteuse déchargeait des amas de gravats et de terre dans l'un des deux camions benne stationnés sur le bas-côté. Le conducteur les repéra tout de suite et vint à leur rencontre.

— Bonjour. Vous parlez d'un bazar, hein…

Brooke acquiesça du chef.

— C'est la pire tempête que j'aie jamais vue. Mes parents possèdent un *bach* dans la baie suivante. Quel est l'état de la route un peu plus loin ?

— On vient de déblayer trois autres éboulis, donc la chaussée est de nouveau praticable pour les trajets essentiels. Par contre, la route est encore recouverte d'environ un mètre de boue sur, disons, cinq cents mètres. Nous sommes en train de nettoyer tout ça et un passage a été aménagé, mais je vous déconseille d'essayer avec une voiture.

— La route sera dégagée quand ? demanda Danny. J'espérais partir au travail demain matin.

— Normalement, ça devrait être bon. Les gars pensent avoir fini d'ici ce soir.

Brooke ravala sa déception. Danny devait s'en aller, bien sûr. Il avait une vie, et elle aussi. De retour à Nelson, ils trouveraient forcément le moyen de se revoir, s'ils en avaient envie.

De retour au *bach*, Danny mit pied à terre et promena les yeux sur le terrain.

— Tu aurais une remorque pour déblayer toutes ces branches ? On pourrait les entreposer quelque part comme bois de chauffage.

Sans attendre sa réponse, il se dirigea vers un arbre abattu.

— Et ton genou ?

— Oh ! ça va.

Il souleva un énorme pot en céramique qui avait dévalé le terrain au cours de l'orage, mais l'effort le fit grimacer.

— Tu emportes toujours des antalgiques dans ta trousse ?

Danny reposa la plante sur son support, à côté de la remise, puis il se tourna vers Brooke.

— Je me suis blessé l'épaule il y a des années. Depuis, il m'arrive d'avoir un peu mal, surtout après être resté immobile trop longtemps.

— Tu t'es fait ça comment ?

— Je me suis cogné contre une paroi de béton. Sur ce, qu'est-ce que tu préconises ? On empile les bûches près de la remise ou sur la remorque ? On a toujours besoin de bois de chauffage…

OK, elle avait bien compris qu'il était inutile d'insister. Seulement, c'était plus fort qu'elle.

— Tu es tombé de vélo ?

— Non, je me suis cogné en plongeant dans une piscine, répondit-il sans même la regarder. Bon, on s'y met, oui ou non ?

— Oui, oui.

Pourquoi se dérobait-il sans cesse à ses questions ? C'était exaspérant, à la fin. Espérait-elle trop, trop vite ? Peut-être.

Elle prit une inspiration profonde qui ne réussit pas à la détendre, puis elle s'empara d'une bêche. Danny venait de laisser tomber lourdement une grosse branche près de la remise et il alla aussitôt en ramasser une autre. Comment arrivait-il à traîner un tel chargement dans la boue sans fatiguer son genou ? Certes, comme tout mec qui se respecte, il redoutait plus de passer pour une mauviette que d'avoir mal. Du peu qu'elle savait de lui, il affrontait les problèmes sans jamais se chercher des excuses : bref, c'était exactement son type d'homme. Dommage qu'il soit aussi discret dès qu'il s'agissait de sa vie personnelle.

Brooke s'empara d'une lourde branche en s'efforçant d'ignorer son cœur qui s'emballait. *Exactement mon type d'homme…* Non, mais n'importe quoi. Elle n'avait pas de type d'homme. Enfin, si : il fallait qu'il soit fort, et gentil, et sérieux, et amusant, et sexy. Or, Danny cochait toutes ces cases. Donc, oui, il était bel et bien son type d'homme : c'était mathématique.

Auprès de lui, elle se sentait bien, en sécurité, alors même qu'elle ne savait quasiment rien de lui. Pouvait-elle lui accorder sa confiance alors qu'il était si réticent à parler de lui-même ? Dans quoi mettait-elle les pieds ? Était-elle en train de commettre une grosse bêtise ? Tous ses ex avaient la sale manie de parler d'eux quasiment non-stop. Avec Danny, c'était l'inverse. Ceci dit, ses ex avaient aussi tendance à lui imposer leur vision de l'avenir et à lui prouver par A plus B qu'ils étaient parfaits pour elle. À force de vivre seule, avait-elle trop pris l'habitude d'agir comme bon lui semblait ? Cherchait-elle des raisons pour tuer dans l'œuf cette relation parce qu'elle n'avait pas réussi à surmonter ses anciens échecs sentimentaux ? Elle avait vraiment envie de rencontrer l'homme de sa vie, là n'était pas la question. Seulement, cet homme ne devrait pas lui marcher sur les pieds et encore moins manquer de franchise.

Elle jeta un coup d'œil vers Danny et son souffle se figea

dans sa poitrine. Par quel miracle le trouvait-elle chaque fois plus séduisant ? Cela faisait si longtemps qu'elle n'avait pas pris autant de plaisir avec un homme, pour faire l'amour ou, tout simplement, pour partager de bons moments. Non, Danny n'était décidément pas comme les autres.

Calé sur une chaise longue, Danny étira ses jambes tout en parcourant du regard la pelouse, qui descendait jusqu'à la plage encombrée de bois flotté.

— Un bon café et des muffins au soleil… Qui aurait pu croire ça après la journée d'hier ?

— C'est pourtant assez typique de la région. En été, c'est une alternance d'orages énormes et de longues périodes de beau temps, très chaud et sans nuages.

— J'espère pouvoir en profiter.

— Tu n'as pas dit que tu comptais retourner à Melbourne ?

Décidément, rien ne lui échappait…

— Si, mais je pourrais sans doute retarder mon départ. Tu passes Noël ici chaque année ?

— Ça dépend de mon emploi du temps. L'été prochain, j'aurai deux semaines de vacances parce que j'assure tous les remplacements depuis deux ans.

— Vous passez les fêtes en famille ?

— On essaye, même si Saskia n'arrive pas toujours à se libérer. Mes parents viennent quoi qu'il arrive, surtout maintenant que papa est à la retraite. Et de ton côté ? Vous vous retrouvez tous ensemble ?

— Pas souvent, malheureusement. D'ordinaire, mes parents partent au pays de Galles, chez la sœur de ma mère. Maman est galloise, elle a rencontré mon père lors d'un voyage de golf.

Oups, quelle imprudence… Qu'est-ce qui lui prenait de parler de golf ?

— Mon frère est marié, il vit à Vancouver, s'empressa-t-il d'ajouter.

— Donc, le golf est un hobby familial ?

Danny réprima une grimace. Vite, changer de sujet ! Autrement, Brooke n'aurait qu'à recouper ses propos et, en quelques clics, elle saurait pratiquement tout sur lui. Ou presque. Oui, il avait été un sportif de haut niveau, mais il s'était reconverti dans la médecine avec autant de passion, si ce n'était plus. Et il aspirait plus que tout à trouver la femme de sa vie : une femme qui l'accepterait tel qu'il était, en dépit de ses défauts et de sa fortune, sans essayer de le faire changer. Autant de détails qui ne figuraient dans aucune interview ni sur aucun site Internet.

— Il m'arrive de jouer une partie avec mon père.

— Qui est le meilleur ? demanda-t-elle en souriant.

Manifestement, elle n'avait pas fait le rapprochement… Pas encore, du moins.

— Moi, bien sûr. Et toi, tu as essayé le golf ?

— Une seule fois ! répondit-elle en riant. La dernière. Je suis nulle ! J'aurais plus de chances de gagner au loto que de taper dans la balle.

— Il est rare d'y arriver du premier coup. En parlant de loto, si tu avais ces millions, qu'en ferais-tu, à ton avis ?

— Eh bien, pour commencer, je changerais de voiture… Naturellement, je partagerais les gains avec mes parents et avec ma sœur. À vrai dire, je n'en sais rien, ajouta-t-elle en haussant les épaules. Bien sûr, j'en profiterais pour m'amuser, faire quelques dépenses, mais j'ai l'impression que ce serait un fardeau plus qu'autre chose. Avoir autant d'argent, c'est une responsabilité. Je pense que j'en donnerais une partie à des bonnes causes, mais comment choisir entre toutes ?

Danny ne savait pas s'il devait être sceptique ou impressionné. Au fil du temps, il en avait vu des vertes et des pas mûres. Il savait aussi qu'une fortune soudaine avait de quoi faire tourner la tête. Il était bien placé pour en parler : lui-même était devenu arrogant, sûr de lui… Jusqu'à cet accident. Par bonheur, il avait réussi à tourner la page.

— Souvent, les gens qui gagnent une grosse fortune la perdent tout aussi vite, dit-il encore.

— Il paraît, oui. Et toi, que ferais-tu de tout cet argent ?

— Moi ? J'ai la chance d'avoir un frère comptable, donc je le chargerais de l'investir et de superviser les dons que je ferais.

Ce qu'il avait fait, en quelque sorte : Cooper était le porte-monnaie de la famille.

— Je devrais sans doute m'acheter un ticket en partant d'ici. J'ai eu une sacrée chance d'échapper aux glissements de terrain. Je suis peut-être sous une bonne étoile.

— Pourquoi pas ? Qui sait ? Tu pourrais vraiment décrocher le gros lot. Auquel cas, je te présenterai à mon frère.

Danny regretta ces paroles dès qu'elles lui eurent échappé. Il avait tort de lui accorder sa confiance aussi facilement. Il était plus sage d'être patient, le temps de mieux la connaître. Seulement, cela faisait des années qu'il attendait Brooke et, à présent qu'il l'avait trouvée, il ne voulait pas la laisser filer. *Lâcher le passé pour se tourner vers l'avenir…* Était-ce sa nouvelle devise, ou une idée complètement stupide ?

Brooke lui tapota le pied avec le sien.

— De nouveau, tu ne dis rien. Je vais finir par croire que tu me caches quelque chose !

Elle souriait, mais d'un sourire inquiet, comme si, par le passé, on avait déjà agi derrière son dos. Il ne souhaitait pas lui faire revivre la même expérience. Le problème, c'était qu'il ne se sentait pas prêt à lui dévoiler ses sentiments. Ils étaient encore trop neufs pour lui, trop à vif.

— Désolé, c'est une mauvaise habitude que j'ai.

— Pourquoi ?

— Disons que j'ai du mal à parler de moi, dit-il avec un soupir. Toi, par contre, tu es très ouverte avec les autres, non ?

— Jusqu'à un certain point. Plus d'une fois, j'ai été blessée par des gens qui ont manqué de sincérité avec moi. J'ai la hantise que ça m'arrive à nouveau.

Pour quelqu'un d'aussi franc qu'elle, ce genre de comportement avait dû être d'autant plus difficile à tolérer. Et lui, alors ? Risquait-elle de l'assimiler à ces personnes ? Car, depuis le début, il lui avait menti. Par omission, bien sûr, mais c'était quand même un mensonge qui risquait de la blesser tout autant.

Alors, dis-lui la vérité !

Il aurait tellement voulu ! Si seulement il avait été sûr qu'elle ne deviendrait pas comme les autres lorsqu'elle saurait… Il voulait juste profiter de ce week-end avec elle avant de mettre son cœur en jeu. Était-ce trop demander ?

Il se leva brusquement et tendit le bras pour prendre le mug de Brooke.

— Tu veux un autre café ?

Elle secoua la tête.

— Assieds-toi, Danny. Je ne vais pas te mordre, promis. Ni même te poser des questions auxquelles tu n'as manifestement pas envie de répondre.

Elle le regarda reprendre lentement place sur la chaise de jardin.

— On ne se connaît que depuis une trentaine d'heures, mais je ne suis jamais allée aussi loin avec un homme en si peu de temps. Restons-en là pour l'instant et profitons du moment présent, OK ?

Danny lui saisit la main et mêla ses doigts aux siens. Il aurait tellement voulu lui dire à quel point elle comptait pour lui d'ores et déjà. Les mots se bousculaient sur le bout de sa langue, prêts à sortir. Il respira profondément, une fois, deux fois… Trois fois. Non, décidément, il n'était pas prêt. Pas encore.

— Malgré l'orage, je suis content d'avoir passé mon week-end ici.

— Moi aussi, dit-elle avec un doux sourire.

Les doigts de Danny se crispèrent brièvement. Brooke était vraiment quelqu'un de formidable.

Patience, mon garçon. Si tu vas trop vite, tu risques de lui faire peur et de ne plus jamais la revoir.

Il se leva à nouveau.

— Sérieusement, tu veux un autre café ? J'aurais besoin de quelque chose pour me réchauffer.

— Quelque chose, ou quelqu'un ?

Ses yeux agrandis lui lançaient une invitation à laquelle il aurait été bien en peine de résister. Il porta sa main à ses lèvres et effleura ses phalanges d'un baiser.

— Puisque tu le proposes si gentiment…

Il l'attira à lui pour l'embrasser avec une ferveur passionnée. À défaut de mots, c'était sa manière de lui prouver ses sentiments. Mais combien de temps s'en contenterait-elle ?

Un frisson dévala le dos de Brooke. Danny embrassait comme le diable en personne… Nul autre que lui ne savait à ce point éveiller son corps, le porter à un point de tension ultime dont l'aboutissement était le néant du plaisir. Oui, ses baisers étaient la tentation incarnée. Mais il en fallait plus pour lui faire oublier ses peurs, ses doutes. Tant de gens l'avaient blessée par manque de franchise. Pourquoi Danny serait-il différent ? Tout au long du week-end, il n'avait pas cessé d'éluder ses questions.

Ses lèvres quittèrent soudain les siennes.

— Brooke ? Ça va ?

Ah, zut… Voilà qu'elle se rendait coupable des mêmes travers que lui. Elle avait une absence, qui plus était au beau milieu de l'un de ses baisers.

— Oui, ça va, murmura-t-elle en souriant. Je suis simplement un peu distraite… par toi.

— C'est vrai, ce mensonge ?

— Absolument. Embrasse-moi encore.

Il obtempéra de bonne grâce. De nouveau, elle sentit sa peau se couvrir d'une chair de poule et de picotements, et son cœur mena une sarabande folle dans sa poitrine. C'était aussi simple que cela… ou aussi compliqué ? Non… Pour le moment, elle préférait ne pas se compliquer la vie, justement. Elle allait laisser les questions ennuyeuses pour plus tard et profiter à fond du présent. Elle glissa la langue dans sa bouche et savoura sa chaleur, respira les effluves d'un parfum boisé si masculin, et ne réfléchit plus à rien.

Ils gisaient entre les draps, les membres emmêlés et le souffle court, lorsque des coups furent frappés à la porte.

— Je me demande qui ça peut être…, marmonna-t-elle en enfilant un jean à la va-vite. Pour autant que je sache, nous sommes seuls à des kilomètres à la ronde.

Danny s'était levé lui aussi et commença à s'habiller.

— Quelqu'un a peut-être besoin d'une aide médicale. Comme tu es secouriste…

Cependant, en ouvrant la porte, Brooke vit sur le seuil le conducteur de la pelleteuse, le bras levé pour frapper à nouveau.

— Re-bonjour. Vous savez où se trouve l'homme qui voulait partir tout à l'heure ?

— Il est ici, je vous l'appelle. Danny !

— Au fait, je ne me suis même pas présenté, dit l'employé. Je suis Connor.

— Oui, qu'est-ce qu'il y a ? demanda Danny en sortant sous le porche.

— Vous n'étiez pas attendu au travail demain matin ?

— Si, en effet.

— Eh bien, je me suis trompé en annonçant que la route serait dégagée ce soir. Elle devrait rester bloquée encore deux ou trois jours.

Danny eut une grimace de déconvenue.

— Tant pis... Je vais me renseigner sur les taxis maritimes. Merci de nous avoir prévenus, en tout cas.

— Attendez, intervint Connor. On a un camion qui part à Blenheim pour chercher du matos. Le gars est d'accord pour vous escorter jusqu'à Picton. Par contre, sans lui, vous ne pourrez pas passer. Vous ne pourrez pas partir dans l'autre sens non plus : par là, la route devrait rester bloquée au moins une semaine.

Brooke sentit son cœur s'emballer. Danny n'allait tout de même pas la quitter déjà ?

— Le camion part quand ?

— Dès que vous serez prêt. Il nous faut ces outils le plus vite possible.

Danny regarda alternativement Brooke et Connor, puis il haussa les épaules.

— Je vais charger la valise dans le coffre.

Il avait l'air triste en disant cela, aussi triste qu'elle l'était en cet instant. Il allait lui manquer. Bien sûr, ils avaient toutes les chances de se retrouver aux urgences la semaine prochaine, mais, entourés de collègues et de patients, ce ne serait pas pareil.

— OK, dit Connor avec un large sourire. Dans ce cas, je vais dire à Geo de vous attendre. Il va vous expliquer la marche à suivre.

— À part rouler juste derrière son véhicule, je ne vois pas ce qu'il pourrait me conseiller.

Brooke aurait été prête à parier qu'il ne voulait pas partir. Avec un faible sourire, Danny toucha l'épaule de Brooke avec la sienne, et elle lui rendit son geste. Indifférent à leur échange silencieux, Connor descendit les marches du porche avant de s'arrêter.

— Au fait, il paraît que vous avez sauvé le vieux Lloyd.

Brooke hocha la tête.

— On l'a sorti de chez lui et on lui a prodigué les premiers soins avant l'arrivée de l'hélicoptère. Vous avez des nouvelles ?

— Pas beaucoup, si ce n'est qu'il a été opéré. Mais tout le monde vous est reconnaissant d'être venus à sa rescousse. Il est très apprécié, par ici.

— J'imagine qu'ils t'aident parce qu'on a secouru Lloyd, dit-elle tandis que Connor s'éloignait.

— C'est sympa de leur part.

Danny passa un bras autour d'elle et il la fit pivoter vers lui.

— J'ai encore du mal à réaliser ce qui se passe entre nous, Brooke, mais je sais déjà qu'il y aura un avant et un après ce week-end. Merci de… Enfin, merci d'être toi.

Elle renifla et s'essuya les yeux d'un geste vif.

— Bon… à bientôt, au travail.

Ce serait mieux que rien…

— Je l'espère bien.

C'était tout ? Il ne lui proposait même pas de se revoir ailleurs ? Brooke sentit son cœur se lester de plomb. Quelle idiote… Pourquoi se mettre dans un état pareil pour ce qui n'avait été qu'une brève rencontre ? Danny lui avait raconté de jolies choses, mais elle les avait montées en épingle.

Pas du tout ! Pourquoi ne lui demandes-tu pas de le revoir le week-end prochain, dans un pub, au restaurant…

Mais s'il refusait ? Eh bien, tant pis. Qu'avait-elle à perdre, mis à part son amour-propre ? Lequel avait déjà subi maintes avanies par le passé, alors une de plus…

— Danny…

— Je ferais mieux de filer. Je ne dois pas les retarder.

Il se pencha sur elle comme pour l'embrasser, mais il se figea, puis recula et se passa une main sur le visage.

— Prends soin de toi, OK ?

Sans réfléchir, elle lui saisit le bras et planta sa bouche sur la sienne. Son baiser n'avait rien de doux, rien de léger. Il débordait d'une passion qui avait bouillonné en elle depuis le premier moment de leur rencontre. C'était sa manière de lui dire qu'elle était disponible, pour peu qu'il le veuille.

— Fais attention à toi.

Puis elle tourna les talons pour rentrer. C'était trop dur de le regarder partir alors qu'elle aurait voulu le serrer contre elle, l'embrasser, lui dire qu'il était pour elle tellement plus qu'un amant de passage. Dieu merci, il lui restait suffisamment de raison pour brider ses sentiments et l'empêcher de crier une bêtise du genre « Tu es mon tout et je veux rester auprès de toi ». Bref, de ces âneries qui avaient le don de faire fuir tout homme normalement constitué.

— Brooke, attends !

Elle sentit son souffle se figer douloureusement dans sa gorge. Qu'avait-il oublié ? Elle se tourna lentement. Danny avait son téléphone à la main.

— Je n'ai pas ton numéro.

Sous l'effet du soulagement, elle eut l'impression que ses poumons se vidaient de tout leur air. Il voulait garder contact ! C'était un début.

— Brooke ?

Posté devant elle, il la fixait avec un air d'attente. Elle revint à la réalité et lui énuméra les chiffres.

— Envoie-moi un texto. Comme ça, j'aurai ton numéro.

— Ça marche.

Il effleura sa bouche de ses lèvres divines.

— Ce n'est qu'un au revoir, Brooke.

Elle lui rendit son baiser en souriant. Oui, ce n'était qu'un au revoir. C'était merveilleux ! Elle recula pour le laisser partir.

— Au fait, c'est Danny comment ?

Il prit une profonde inspiration et la retint une fraction de seconde avant de répondre d'une voix douce :

— Danny Collins.

— Merci.

Et voilà ! Il n'y avait tout de même pas de quoi fouetter un chat, non ?

— Donne-moi des nouvelles pour me dire comment se passe ton installation à Nelson.

Il lui prit la main et la regarda droit dans les yeux.

— Écoute, si tu es de retour d'ici la fin de la semaine prochaine, ça te dirait, un resto le vendredi soir ?

— Avec plaisir.

— Dans ce cas, je t'appelle pour convenir de l'heure à laquelle je passerai te prendre.

Il l'embrassa à nouveau, d'un baiser qui la réchauffa jusqu'au fond du cœur.

— À bientôt, Brooke.

Puis il tourna les talons et disparut.

7.

Quelques jours plus tard

Une sirène stridente dans le parking de l'hôpital signalait l'arrivée d'un patient.

— Danny, tu peux t'en occuper ?

— Ça marche.

Danny traversa les urgences à grandes enjambées déterminées, vite rejoint par Sarah, une infirmière qui poussait un chariot. Déjà, les secouristes sortaient de l'ambulance.

— Je me demande de quoi il s'agit, dit-il.

— Aucune idée. Un arrêt cardiaque, sans doute. Ou alors une crise d'épilepsie.

— Non, c'est une hémorragie, répondit une voix familière.

Brooke ! C'était elle qui avait parlé, avant même qu'ils aient atteint le véhicule. Danny ouvrit de grands yeux à sa vue. Ne devait-elle pas reprendre le travail la semaine suivante seulement ? En approchant, il aperçut un homme allongé sur une civière à même le sol.

— Et arrêt cardiaque, ajouta-t-elle.

Elle venait de commencer des compressions thoraciques tandis que son coéquipier préparait un défibrillateur. Danny s'accroupit à côté de l'homme pour passer en revue les blessures visibles.

— OK, dis-moi tout.

— Écartez-vous, ordonna le coéquipier de Brooke d'une voix forte.

Le corps étendu tressauta sous l'effet des électrodes, mais la ligne demeura plate. Brooke reprit les compressions thoraciques, totalement concentrée sur son travail.

— Brett Gibbons... Trente-sept ans... Traumatisme crânien dû à un choc avec un camion en traversant la route... Il est aussi polyfracturé et présente des lésions internes.

— Où en sont les hémorragies ?

La plupart des parties exposées du corps de Brett étaient couvertes de compresses sanguinolentes qui continuaient de suinter.

— Elles faiblissent, mais sans doute parce que la volémie baisse.

Essoufflée par les compressions thoraciques, Brooke respirait fort. Le défibrillateur émit un nouveau bip.

— OK, tout le monde s'écarte.

Le patient reçut un choc, et un autre encore, mais la ligne demeurait désespérément plate. Danny retint son souffle tandis que l'appareil se rechargeait. Au quatrième choc, enfin, la ligne frémit. Le cœur avait redémarré ! Il était temps : un peu plus et cet homme aurait été déclaré mort à l'arrivée.

— La civière, vite, dit Danny.

Brooke saisit un manche et il fit de même, ainsi que Sarah et une autre infirmière.

— À mon signal... Un, deux, trois !

Tous quatre soulevèrent précautionneusement la civière avant de la poser sur le lit mobile, puis ils regagnèrent les urgences, escortés du coéquipier de Brooke, qui portait l'ECG de l'ambulance auquel était encore branché le patient. Dès leur arrivée, Danny se mit à délivrer des instructions.

— Courtney, demande une poche de sang, dit-il à l'infirmière. On va commencer avec trois litres. Hugo, fais venir un radiologue avec un appareil portatif. Sarah, occupe-toi des hémorragies.

Il se tourna alors vers Brooke.

— Raconte-moi tout ce que tu sais.

— Il souffre de fractures au fémur gauche, à la jambe inférieure et au fémur droits, et sans doute au bras gauche. L'épigastre est gonflé, suspicion de côtes cassées. Sans oublier une partie molle au toucher sur le devant du crâne.

Brooke semblait tellement catastrophée par ce chapelet de calamités qu'il eut envie de la serrer contre lui pour la réconforter. Il n'en fit rien, bien sûr, et se mit en devoir d'examiner attentivement le patient, tout en parlant dans un micro fixé au revers de sa blouse. L'ECG de l'hôpital prit le relais et Brooke et son collègue furent libres de s'en aller. Pourtant, elle s'attardait en suivant du regard les gestes de Danny. Un bruit strident remplit alors la pièce.

— La ligne est plate ! s'écria Sarah.

C'est reparti…

Danny reprit les compressions thoraciques tandis que le défibrillateur se chargeait. L'appareil à la main, Sarah leur fit signe de reculer, puis elle déclencha le choc en appuyant sur le bouton prévu à cet effet. Danny se passa une main gantée sur le front.

— Bien ! Joli résultat. Hugo, passe-moi la cardiologie au téléphone. Bon, il arrive, ce sang ?

— Il devrait être là dans quelques minutes, avec un kit de groupage ABO, répondit Courtney.

Un autre médecin arriva sur ces entrefaites.

— À quoi puis-je être utile ?

Bonne question. Par où commencer ?

— Tu pourrais d'abord suturer les lacérations les plus importantes ? Autrement, la transfusion ne servira à rien.

— Danny, le radiologue est là, dit Sarah.

Ils s'affairèrent un long moment. Lorsque Danny put enfin redresser la tête, son dos endolori lui arracha une grimace, mais leur travail commençait à porter ses fruits. Brett devait à présent partir au bloc pour une opération du foie et de la rate, et un neurochirurgien allait également s'occuper de la lésion cérébrale qui l'empêchait de reprendre conscience. Quant aux fractures, elles devraient attendre que ces problèmes les plus urgents soient résolus. Danny promena un regard autour de lui : un aide-soignant se tenait prêt à transporter le blessé. Danny toucha la main de l'homme, indifférent au fait que ce dernier ne ressentait sans doute rien.

— Bonne chance, Brett.

Puis il se détourna pour s'en aller. C'était toujours cela, le plus dur : abandonner un patient sans savoir s'il allait s'en tirer ou pas. Danny n'aurait pourtant changé de boulot pour rien au monde, pas même pour reprendre le sport à haut niveau. Sa première carrière correspondait à des aspirations de jeunesse focalisées sur une poursuite un peu vaine de la gloire. À présent, il se consacrait aux autres, et son amour-propre ne s'en portait pas plus mal.

Lorsque Danny revit Brooke, quelques heures plus tard, elle poussait un fauteuil roulant sur lequel était installé un garçonnet avec un bras en écharpe.

— Danny, je te présente Thomas. Il s'est battu avec une cage à poules.

Danny s'accroupit devant l'enfant en souriant.

— On dirait que la cage à poules a gagné. Qu'est-ce qui t'est arrivé, mon petit gars ?

— Je me suis cassé le bras, déclara le gamin avec fierté.

— Tu crois ? Tu me laisses jeter un coup d'œil pour voir si tu as raison ?

— Je sais bien que j'ai raison !

Danny se releva et s'adressa à une dame qui devait être la mère de l'enfant.

— Aurions-nous affaire à un médecin en herbe ?

La femme haussa les épaules d'un air inquiet et amusé à la fois.

— C'est l'un des trois métiers auxquels il a pensé ces

derniers jours. C'est mieux que la semaine dernière : il voulait être braqueur de banque.

Danny eut un petit rire.

— OK, Thomas, on va d'abord t'installer dans un lit. Ensuite, je vais jeter un coup d'œil à ton bras, et au reste.

— Pas la peine ! À part le bras, je n'ai mal nulle part.

Un cri de douleur lui échappa pourtant lorsqu'on l'installa sur un lit mobile.

— Aïe, arrêtez !

Danny remarqua que l'enfant évitait d'appuyer sur son côté gauche.

— Tu n'as vraiment mal qu'à ton bras ?

— Il s'est plaint de douleurs au niveau du bassin lorsqu'on l'a monté dans l'ambulance, dit Brooke. Un de ses camarades a raconté qu'il est tombé sur la hanche et sur le bras, d'où les ecchymoses et la tuméfaction à ces endroits. Autrement, rien à signaler.

Elle tendit le dossier médical à Hugo, qui venait de les rejoindre, puis elle s'en alla. Danny lui emboîta le pas.

— Brooke, tu vas bien ? Tu avais l'air bouleversée tout à l'heure.

— Oui, ça va, ça va. Je suis toujours un peu secouée lorsqu'on me confie un cas sérieux. Ensuite, c'est comme si toute la tension s'évacuait et que je me retrouvais réduite à l'état de gelée. Tu as des nouvelles de Brett ?

— Il est encore en salle d'opération, et pour un bon moment, à mon avis.

— Ça ne m'étonne pas, dit-elle en soupirant. Bon, je ferais mieux de filer. J'ai une journée chargée.

— Tu ne devais pas reprendre lundi prochain ?

— Ils m'ont demandé si je pouvais revenir plus tôt pour remplacer un collègue dont la femme a accouché. Je ne pouvais décemment pas dire non.

Danny sourit d'un air compréhensif.

— Le resto tient toujours, vendredi prochain ?

Le visage de Brooke s'éclaira aussitôt.

— Bien sûr. Avec plaisir.

— C'est dit, alors. À vendredi soir.

Il pivota sur ses talons et retourna auprès de son collègue d'un pas léger.

Brooke vida le sèche-linge et entreprit de plier la lessive pour s'occuper et calmer ses nerfs. Danny devait passer d'un instant à l'autre pour l'emmener au restaurant. Un peu plus tôt, il lui avait envoyé un texto pour la prévenir qu'il aurait du retard à cause d'une urgence de dernière minute. Lorsque son téléphone avait bourdonné et qu'elle avait vu le nom de Danny sur l'écran, elle avait eu un coup au cœur. Il allait décommander pour passer sa soirée avec des personnes plus intéressantes qu'elle ! Elle s'était toutefois vite ressaisie en songeant que Danny n'était pas du genre à lui jouer un tour pareil, et son estomac s'était aussitôt apaisé. Enfin, autant que possible depuis qu'il semblait habité par une nuée de papillons qui folâtraient à qui mieux mieux. D'où lui venait cette nervosité ? Lorsqu'ils s'étaient croisés aux urgences, Danny avait paru plutôt content de la voir. Il lui avait tellement manqué depuis le dimanche précédent ! Ce qui, en soi, était complètement dingue, étant donné le peu de temps qu'ils avaient passé ensemble. C'était sans doute le signe qu'il lui plaisait beaucoup et qu'elle aurait voulu se rapprocher de lui. De là à parler d'amour…

Et pourquoi pas, après tout ? Sauf qu'ils se connaissaient à peine… D'autant plus qu'il mettait un point d'honneur à ne rien dire de lui, ou presque. Y avait-il là matière à s'inquiéter ? Mais non, elle se montait la tête. Il y avait tellement longtemps qu'elle n'avait éprouvé de tels sentiments pour un homme. Trop, sans doute : elle en était même à se demander si elle était vouée au célibat. Mais la solitude avait aussi ses bons côtés : au moins, elle gardait le contrôle sur sa vie et n'avait pas à se soucier de détails triviaux. Par exemple, comment s'habiller pour ce soir ? Était-elle à son avantage en pantalon noir et corsage blanc à frous-frous ?

Postée devant un miroir de plain-pied, Brooke étudia son reflet d'un œil critique avant de se rassurer. Elle avait très bien choisi, au contraire. Cette tenue lui allait comme un gant et soulignait ses jolies courbes sans les mouler. Certes, noir et blanc, ce n'était pas très original, mais ce style passe-partout lui convenait en toutes circonstances parce qu'il n'attirait pas l'attention. Mais justement, ne voulait-elle pas que Danny la remarque ? Aurait-elle dû mettre son pantalon de cuir rubis et un petit pull couleur crème ? Elle inclina la tête de gauche à droite, dubitative, et ses boucles d'oreilles argentées tintèrent légèrement. La sonnerie de l'entrée la fit sursauter. Trop tard. S'il n'aimait pas sa tenue, eh bien, tant pis, elle survivrait. Après tout, elle était bien libre de décider pour elle-même, non ?

Elle ouvrit la porte en grand et son cœur se serra à la vue de Danny. Vêtu d'un pantalon noir et d'une veste en cuir brun clair sur une chemise blanche ouverte au col, il était l'élégance même : simple, mais parfaite. La gorge bloquée, elle sourit bêtement.

— Tu es belle comme tout, Brooke !

Tu crois ? faillit-elle dire avant de se raviser. Son sourire s'élargit, comme si son compliment était extraordinaire.

— Merci.

Un silence tomba.

— Euh, tu veux entrer ? Ou tu préfères qu'on y aille ?

Il hocha la tête.

— Oui, allons-y.

Brooke sentit son cœur se figer dans sa poitrine. Il avait l'air distant… Ou se faisait-elle des idées ? Où était passé le Danny du week-end précédent ? Ce Danny souriant, qui cherchait toutes les occasions de lui prendre la main ? Regrettait-il de l'avoir invitée ? Elle pensa alors à sa chambre, qu'elle avait pris la peine de ranger, au dessus-de-lit bien tiré, aux oreillers gonflés. Sa tenue n'était sans doute pas originale, mais en dessous, elle portait un string et un soutien-gorge des plus affriolants. Dire que, tard la veille, elle avait pris la peine de faire les magasins rien que pour lui… Avait-elle perdu son temps ?

— Où m'emmènes-tu ?

— Tu connais le Dock ?

— Je n'y suis jamais allée, mais je suis souvent passée devant. C'est un restaurant très prisé.

Elle enfila un blouson en vinyle noir dont elle tira la fermeture Éclair.

— Il paraît, oui. L'adresse m'a été recommandée par une collègue. D'après elle, c'est un endroit très bien pour passer une soirée tranquille. Apparemment, la carte est simple, mais excellente.

— Tu me gâtes.

— C'est bien mon intention, dit-il en lui ouvrant la portière.

Brooke s'installa dans le véhicule en se pinçant pour s'assurer qu'elle ne rêvait pas. Depuis quand un homme avait-il eu ce genre d'égards pour elle ? Jamais, en fait. Cette politesse avait sans doute un côté désuet, mais elle agissait tel un baume sur son amour-propre. Danny prit place au volant, mais au lieu de démarrer, il se tourna vers elle.

— Ça va depuis la dernière fois ?

— Oui, très bien. J'ai fait beaucoup de ménage sur le terrain, même si les abords font encore peine à voir. Il faudra encore quelques semaines pour que tout sèche, après quoi on aura droit à des nuages de poussière au moindre coup de vent, mais au moins, j'ai enlevé tout le bois mort.

— J'aurais aimé pouvoir te donner un coup de main, dit-il en enclenchant le contact. Ç'aurait été plus drôle que de s'occuper de jambes cassées et de crises cardiaques.

Enfin, son visage s'éclaira d'un sourire qui se fraya un chemin jusqu'au cœur de Brooke. À tort, peut-être ? Elle aurait été bien avisée de ne pas être aussi sensible à son charme. Pas tant qu'elle n'aurait pas compris les raisons de sa froideur lorsqu'elle lui avait ouvert la porte.

— Un médecin n'est pas censé raconter des choses pareilles, voyons. Et toi, comment va ton genou ? Tu ne boites plus, il me semble.

— Non, heureusement. Il va beaucoup mieux du moment que je ne force pas sur ma jambe. Bon, allons-y. On pourra en discuter au cours du repas.

Surtout, ne perdons pas de temps en bavardages inutiles. OK, J'ai compris, songea-t-elle avec amertume.

— D'après toi, la charge de travail est plus importante à Nelson qu'à Blenheim ?

— L'un dans l'autre, non. Il y a beaucoup plus de patients à Nelson, mais plus de personnel aussi. Même si le chaos du vendredi soir s'annonçait déjà quand je suis parti tout à l'heure, ajouta-t-il d'un ton léger.

— Tu aimes ce boulot, n'est-ce pas ?

Il hocha la tête sans rien dire.

— Alors, pourquoi ne pas te spécialiser en médecine d'urgence ? C'est beaucoup plus stimulant que de passer sa journée à analyser des clichés sur ordinateur, non ?

Le sourire de Danny se figea et ses mains se crispèrent sur le volant. Pendant quelques minutes, il garda le silence, comme s'il se concentrait intensément sur sa conduite. *Ça recommence*, se dit-elle, exaspérée. Il se recroquevillait dans sa coquille, comme chaque fois qu'elle lui posait des questions un peu trop personnelles. Peut-être ferait-elle mieux de lui demander de se garer tout de suite pour la laisser rentrer chez elle à pied.

— Tu as raison, dit-il enfin. Mais j'aime mener un travail de réflexion à partir des images.

Et les patients, alors ? Pourquoi n'en parlait-il pas ? Y avait-il anguille sous roche ? C'était bizarre, à la fin.

— Tu t'es pourtant bien débrouillé avec les deux blessés que je t'ai confiés.

— C'était un travail d'équipe. Mais il y a quelque chose de fascinant dans la radiologie.

— Ah bon ? Moi, je deviendrais folle si je passais mes journées sans contact humain. C'est l'une des raisons qui m'ont poussée à me réorienter.

Un sourire réapparut lentement sur le visage de Danny, et Brooke s'efforça de respirer librement. Ils sortaient ensemble pour la première fois. Avec un peu de chance, Danny finirait par baisser la garde et il consentirait à livrer un peu de lui-même.

— En dehors du travail, je passe le plus clair de mon temps toute seule, sans personne à qui parler. Alors si c'était pareil à l'hôpital, je crois que je perdrais vite la boule.

— Tu n'as pas de coloc ?

— Non, mais je n'ai pas dit que la solitude me déplaît. Simplement, j'ai aussi besoin de voir du monde parfois.

Elle se renversa sur son siège et regarda la circulation.

— Je n'avais jamais vécu seule avant de rompre avec mon ex, mais j'aime passer du temps avec moi-même. Enfin, presque toujours. Certains jours, je t'avoue que j'ai un peu l'impression de parler aux murs.

— Tu ne te disputes jamais avec toi-même ?

— Si, mais je gagne toujours. Et je perds à chaque fois.

Danny eut un rire poli. Il se gara en face du restaurant et sortit pour lui ouvrir la portière, puis il la prit par le coude pour l'escorter jusqu'à la porte. Un serveur les débarrassa de leurs vestes et il les conduisit tout au fond de la salle, près de fenêtres qui donnaient sur la mer. Brooke poussa une exclamation.

— Oh ! regarde !

Un énorme navire était remorqué dans le canal qui donnait accès au port de Nelson. Danny tira un fauteuil qu'il lui présenta galamment.

— Impressionnant, n'est-ce pas ?

— C'est à cause du bateau que le bâtiment tremble un peu ? demanda-t-elle au serveur.

— Oui. Certains clients confondent avec un séisme.

Brooke avait pensé exactement la même chose. Son soulagement fut instantané. Danny s'attabla en face d'elle, le dos tourné à la salle.

— Tu as l'expérience des tremblements de terre ?

— J'en ai vécu quelques-uns, oui. En Nouvelle-Zélande, ça n'a rien de rare, mais le plus souvent, ils sont sans gravité.

— Moi, ça m'est arrivé une fois à Melbourne, il n'y a pas si longtemps. Le centre-ville a même subi quelques dégâts. Tout le monde a été pris de court. À l'époque, je travaillais en unité pédiatrique et, sur le coup, je n'ai pas compris ce qui se passait. Quelqu'un a crié « tremblement de terre ! », mais je ne l'ai pas cru avant de voir les gens se réfugier sous des bureaux.

Brooke observait avec intérêt l'opération de remorquage.

— C'est incroyable… On dirait une espèce de gros jouet flottant.

Elle prit le menu que lui tendait le serveur.

— Oh là là, je ne sais pas quoi choisir ! Tout a l'air délicieux.

— Il paraît que leur moki bleu à la salsa verde vaut le détour, dit Danny.

Il fit tinter son verre contre le sien.

— À notre santé. Je suis vraiment content de te revoir.

Devait-elle en déduire qu'il était décidé à poursuivre leur relation, à court terme du moins ? En tout cas, il avait déjà l'air plus détendu.

— Raconte-moi comment tu remplis ton temps lorsque tu n'es pas dans une ambulance, dit-il.

Brooke haussa les épaules d'un air vague.

— Je m'occupe de la maison, je fais de la course à pied, je passe du temps avec des amis… Rien de bien original, en somme, mais ça me convient.

— C'est l'essentiel, n'est-ce pas ?

Bizarrement, il la contemplait avec un air qui ressemblait à de l'envie.

— Et toi ? Tu n'es pas content de la vie que tu mènes ?

Allait-il lui répondre franchement ou esquiver sa question, une fois de plus ?

— J'adore mon métier.

— Mais il ne suffit pas à remplir toutes tes journées. Que fais-tu, le reste du temps ?

— Je n'ai pas terminé mes études, rappelle-toi.

Le regard de Danny se perdit vers la fenêtre. Comme d'habitude, il lui filait entre les doigts. Elle commençait vraiment à en avoir plus qu'assez. Il était bien libre d'avoir ses petits secrets, mais n'étaient-ils pas censés faire connaissance l'un avec l'autre ?

— C'est bon, j'ai compris, dit-elle d'un ton sec. Danny, je t'aime beaucoup, mais je trouve que tu caches ton jeu un peu trop souvent.

Il se tourna à nouveau vers elle.

— Oui, c'est vrai. Tu as raison.

Il s'interrompit en la fixant étrangement. On aurait dit qu'il pesait le pour et le contre de quelque chose. Brooke attendit en tapotant le tapis du bout de sa botte.

— C'est un mécanisme de défense que j'ai peaufiné au fil des ans. Un jour, je t'expliquerai. Mais pas ce soir, d'accord ?

Elle vit qu'il retenait son souffle. Manifestement, ce sujet lui tenait à cœur. Devait-elle insister pour avoir une réponse ? Elle soupira. Après tout, il était libre d'agir ou de parler quand bon lui semblait. Ce n'était pas elle qui dirait le contraire.

— C'est bon… Je t'accorde le bénéfice du doute.

Elle espérait seulement ne pas avoir à le regretter par la suite… Il n'empêchait, une fois de plus, elle cédait, avec lui comme avec ses ex. Oui, mais avec Danny, c'était différent. Lui ne l'avait pas prise en traître, ou du moins pas encore. Il lui avait juste demandé de se montrer patiente. À moins qu'elle ne lui cherche des excuses ? Brooke détourna le regard vers la fenêtre et observa d'un air absent les lumières d'un petit bateau qui s'engageait dans le canal.

— Ma réponse t'a déçue, dit-il d'une voix douce.

Elle lui fit face et vit alors l'homme avec qui elle avait passé le week-end précédent : un homme bon, généreux, toujours prêt à apporter son aide à qui en avait besoin. Prêt, surtout, à l'accepter telle qu'elle était. Un long soupir lui échappa. Peut-être était-elle en train de commettre une énorme bêtise, peut-être était-elle naïve de passer l'éponge aussi vite sur son manque de franchise… Mais elle allait lui accorder ce délai et attendre qu'il se sente prêt à lui parler, à condition de ne pas la faire lanterner trop longtemps.

— Mais non, ça va, répondit-elle. Pas de problème.

Il la dévisagea, les yeux agrandis de stupeur, avant de lui saisir la main.

— Merci.

Sa réaction exprimait une gratitude telle qu'elle sentit son cœur se gonfler. De sa main libre, elle leva son verre.

— Profitons de cette soirée, si tu le veux bien.

L'air soudain détendu, Danny la gratifia de l'un de ces sourires qui lui avaient tellement manqué ces derniers jours.

— À cette soirée, et aux suivantes.

Elle trinqua en souriant. Danny Collins n'était sans doute pas le plus facile des hommes, mais elle avait envie de passer du temps avec lui.

— Monsieur et madame ont-ils fait leur choix ? demanda le serveur sur ces entrefaites.

Leur commande passée, Brooke résolut de ne plus s'appesantir sur ses craintes et de profiter de Danny, tout simplement. Sa compagnie était tout aussi délicieuse que le repas.

— Tu viens chez moi ? demanda-t-elle lorsque, main dans la main, ils regagnèrent la voiture.

— Oui, s'il te plaît.

Ils échangèrent un baiser.

— Je passe une très bonne soirée, Brooke.

Et il l'embrassa à nouveau.

Brooke s'étira langoureusement dans son lit, repue d'amour. Lové contre elle, Danny savourait la tiédeur de son corps contre le sien.

— Je vais au marché ce matin, dit-elle soudain. Tu m'accompagnes ?

Pour se retrouver au milieu de centaines de personnes dont n'importe laquelle pouvait le reconnaître ?

— Non, merci. Je vais plutôt rentrer chez moi pour évacuer quelques corvées. On pourrait se voir ce soir, par exemple ? Aller se promener quelque part ?

— Tu ne sais pas ce que tu rates. Le marché de Nelson est l'un des meilleurs de la région. Tout le monde y va.

Justement ! Il lui enveloppa la taille d'un bras et la serra contre lui dans l'espoir de dévier la conversation.

— Tu n'arriveras pas à me faire changer d'avis.

— C'est ce que je vois, répliqua-t-elle d'un ton sec.

Elle se dégagea et sortit du lit. Danny émit un juron en sourdine. Et voilà ! Il l'avait blessée. Assailli par la mauvaise conscience, il se redressa.

— Brooke…

— Je prépare le café et je vais prendre une douche. Je préfère y aller tôt, quand les étals sont encore remplis.

— Une minute, veux-tu ? Rien ne presse.

Elle tourna la tête vers lui et haussa ses épaules nues.

— Si. Les meilleurs fruits et légumes partent vite.

Sur ces mots, elle le planta là et quitta la pièce sans le gratifier d'un regard de plus. Danny la suivit du regard, stupéfait. Alors, ça ! C'était bien la première fois qu'une femme l'envoyait sur les roses. Au contraire, ses précédentes conquêtes étaient plutôt du genre à se pâmer devant lui et à lui faire toutes sortes de promesses ridicules. Le comportement de Brooke avait pour lui quelque chose de neuf et de tout à fait rafraîchissant. Seulement, elle lui tournait le dos au moment précis où il s'apprêtait à lâcher le morceau. Allaient-ils continuer à rater le coche, tous les deux ? Il aurait pu la rappeler, certes, mais quelque chose lui disait que le moment était mal choisi. Brooke s'était mis en tête de partir, et elle était énervée contre lui. Mieux valait attendre une occasion plus opportune.

Tu te cherches des excuses, Danny ?

Avec un soupir, il se leva à son tour.

— Va te laver. Je me charge du café.

Alors qu'il cherchait ses vêtements, l'air frisquet le fit frissonner. Bon sang, cette maison était une véritable glacière. Comme elle datait du début du siècle précédent, l'isolation du toit et des murs devait être réduite à sa plus simple expression. À combien s'élèveraient des travaux ? Encore fallait-il qu'ils soient envisageables… D'autant plus que Brooke avait déjà apporté des embellissements et qu'elle serait réticente à risquer de les endommager. Il serait toujours temps de lui en parler plus tard, s'ils étaient encore ensemble, ainsi qu'il l'espérait. Il s'accrochait à l'idée que Brooke n'était pas comme les autres. Il aspirait plus que jamais à cet avenir dont il rêvait depuis des années, et c'était avec elle qu'il souhaitait le concrétiser. Leur relation n'en était encore qu'à ses balbutiements, mais déjà Brooke comptait énormément pour lui, bien plus qu'il ne l'aurait cru possible.

Lorsqu'elle émergea de la salle de bains, douchée et habillée, une bonne odeur de café et de pain grillé remplissait la cuisine et Danny avait déjà entamé son petit déjeuner.

— Il vaudrait mieux reporter la promenade à un autre jour, dit-elle en terminant sa tasse. Ils prévoient de la pluie pour ce soir. Un ciné, ça te dit ?

Elle le regardait prudemment, comme si elle s'attendait à ce qu'il se défile une fois de plus.

— Oui, pourquoi pas ? Qu'est-ce qu'ils passent en ce moment ?

Brooke consulta le programme sur son téléphone.

— Pas grand-chose. Tu aimes les films policiers ?

— En général, oui. Si tu es partante, je le suis.

Il n'avait pas manqué de remarquer la pile de romans sur sa table de chevet : tous des thrillers. Un autre point commun entre eux. Décidément, la liste s'allongeait de jour en jour. Alors, pourquoi s'entêter à lui faire des cachotteries ? Il devait être honnête avec elle. Maintenant.

— Parfait, décréta-t-elle en rassemblant ses sacs de course. Sans vouloir te presser, j'ai l'intention de partir dans quelques minutes.

— C'est bon, c'est bon, dit-il en enfilant sa veste.

En un sens, il était soulagé qu'elle n'ait pas le temps de discuter à présent. Mais il ne pourrait pas repousser éternellement le moment de lui parler à cœur ouvert. Et puis zut, à la fin. Il fallait que cela cesse.

— Brooke ?

— Oui ?

Elle avait ouvert la porte et tapotait le paillasson d'un pied impatienté. OK, il avait compris : cette discussion devrait avoir lieu plus tard.

— Tu veux aller à quelle séance ?

— Celle de 17 heures, ça t'irait ? Ensuite, on pourrait dîner sur le pouce dans un pub.

— Ou se faire livrer un repas à la maison.

Elle cligna les yeux avec l'air effaré d'un animal pris dans la lumière des phares.

— Ah bon ?

— Oui, pourquoi pas ? J'aimerais te montrer où j'habite. La vue est magnifique.

Il ferait nuit noire à l'heure où ils rentreraient du cinéma, mais ils pourraient profiter du spectacle le lendemain matin. Le lever du soleil sur la baie de Tasman et sur les montagnes environnantes était une expérience magique. Ces derniers jours, malgré le froid du matin, Danny avait pris son café dehors, sur le balcon, pour s'imprégner de la vue.

L'idée dut lui plaire à elle aussi, car elle se détendit et sourit.

— OK. On se retrouve au ciné ? J'irai à pied. Tu sais où il se trouve ?

— Je me débrouillerai. Tu ne veux vraiment pas que je t'emmène ?

— Pas la peine, c'est à cinq minutes d'ici, dit-elle d'un ton sans appel.

Manifestement, elle avait envie d'avoir un peu de temps pour elle. La veille, d'ailleurs, ne lui avait-elle pas dit qu'elle appréciait la solitude ? À moins qu'elle ne soit énervée contre lui… Raison de plus pour la laisser tranquille.

— Pas de problème. On se retrouve là-bas.

— On a fait plus original en matière d'intrigue, tu ne penses pas ? J'ai deviné qui avait fait le coup au milieu de l'histoire.

— Moi aussi, à peu près. Pourtant, avec de tels acteurs, on aurait pu s'attendre à un meilleur film.

Alors qu'ils se dirigeaient vers la voiture, Brooke glissa une main au creux du bras de Danny. Une bourrasque humide et glacée les cingla, et elle se blottit contre lui. Danny avait tout de l'homme de ses rêves. Elle le toucha légèrement du coude… Non, il n'avait rien d'un rêve. Au contraire, il était bien réel, et drôle, et sexy. Enfin, pas tout à fait réel, puisqu'il hésitait à aborder certains sujets. Mais, en toute justice, lui avait-elle raconté ses problèmes ? Certes, ses soucis à elle n'avaient rien de trop grave. Simplement, à ce stade de leur relation, il était trop tôt pour aborder certains sujets.

Mais quand ce moment viendrait-il ? À force, les silences de Danny la rendaient soupçonneuse, à tel point qu'elle se demandait parfois si elle finirait par regretter de lui avoir accordé un sursis. Il n'y avait qu'un moyen d'en avoir le cœur net. Le jeu en valait la chandelle : elle ne connaissait Danny que depuis une semaine, mais elle se sentait déjà tomber amoureuse, en dépit de toutes ces zones d'ombre qui l'entouraient. À l'inverse de ses ex, Danny ne la traitait pas comme un faire-valoir. Il lui avait été d'une aide précieuse pour secourir Lloyd et jamais il n'avait laissé entendre qu'il avait réglé le travail tout seul. Au contraire, il lui attribuait le mérite de ce sauvetage, parce qu'elle avait insisté pour se rendre chez le vieil homme. Jamais il n'avait essayé de la rabaisser, de la faire douter d'elle. Tout l'inverse de Brad, en somme.

— Tu es encore partie sur la lune ? Ne me dis pas que c'est le film qui te plonge dans cet état !

— Non, pas du tout. Je me demandais juste ce que tu avais prévu pour le repas.

— Surprise ! Mais ne t'emballe pas, je n'ai rien d'un grand cuisinier. Si cela peut te rassurer, le kangourou n'est pas au menu, dit-il avec un grand rire. J'aurais du mal à en dénicher par ici, même si, à ce qu'il paraît, on trouve assez facilement des wallabys sauvages.

— Oui, dans le bush, mais pas dans les montagnes. Ça pourrait t'empêcher d'avoir le mal du pays. Au fait, tu as déjà goûté un steak de kangourou ? Il paraît que c'est à tomber par terre.

— *Delizioso*, confirma-t-il en faisant claquer ses lèvres. Après cela, tous les autres steaks te semblent ordinaires.

Avisant une supérette, elle se tourna vers lui.

— Ça t'embête de t'arrêter une minute ? Je voudrais acheter une bouteille de pinot noir.

— Inutile, c'est déjà fait.

— Tu commences à me plaire, tu sais, dit-elle avec un sourire.

— C'est bien mon intention.

Le reste de la soirée se déroula selon un programme idyllique. Ils partagèrent le repas, un café et le lit. Et le lendemain matin, ils firent l'amour lentement pour se savourer l'un l'autre. Puis, enveloppés dans des couvertures, un café bien chaud dans les mains, ils admirèrent le lever du soleil sur la baie de Tasman.

La journée fila comme l'éclair, même si Brooke la passa à ne rien faire sinon discuter, plaisanter, rire, faire l'amour ou partager un repas… Lorsque, le soir venu, elle eut enfilé ses bottes pour s'en aller, elle se tourna vers Danny et le serra fort contre elle.

— Merci pour ce week-end formidable.

— C'est moi qui te remercie, répondit-il en l'embrassant sur le front.

Je suis de nuit cette semaine.

— Et moi, du matin ou d'après-midi. On ne va pas se croiser beaucoup.

C'était tout ce qu'il avait à dire ? Il n'avait pas l'air plus déçu que cela…

— Je vais prier pour t'amener un patient. Rien de grave, bien entendu.

— Tu te rends compte de ce que tu dis ?

Brooke ne regrettait toutefois pas cette plaisanterie, aussi douteuse soit-elle, puisqu'elle fit naître sur les lèvres de Danny ce sourire sexy dont elle raffolait. Pourquoi fallait-il qu'elle se sente si bien avec lui ? Elle n'arrivait pas à se départir de l'impression qu'une bombe était enclenchée et qu'elle allait exploser d'un moment à l'autre.

8.

— Coucou, sœurette, ça va ?

— Bien, mis à part que je regrette de ne pas avoir passé cette semaine avec toi, répondit Saskia. En revanche, ma carte bleue a chauffé. À ton avis, une fille est censée s'occuper comment quand ses projets de vacances sont bouleversés à la dernière minute ?

Brooke éclata de rire.

— À faire les boutiques et à se ruiner en fringues : dans ton cas, des tenues pour le tribunal, avec chaussures et sacs assortis. J'aurais dû te rejoindre plutôt que de rester au *bach*.

— Je ne te suggérais pas autre chose.

Oui, mais Brooke n'aurait jamais eu le culot de laisser la maison dans un état pareil. Elle n'avait pas voulu refiler la corvée à ses parents.

— Je sais, mais j'ai bien assez de vêtements, de toute façon. Et au boulot, je porte un uniforme.

— Tu as l'air fatiguée, dis donc. Tout va bien ?

Décidément, rien n'échappait jamais à Saskia.

— Oui, oui. Le week-end a été chargé, voilà tout.

— Ah bon ? Pourtant, tu ne travaillais pas, si je ne m'abuse. Qu'est-ce qui t'a occupé autant ?

Elles entraient dans le vif du sujet. C'était justement pour lui parler de Danny que Brooke l'avait appelée. Seulement, elle hésitait.

— Allez, raconte ! Ça a quelque chose à voir avec ce type qui logeait chez Mike et Paula ?

— Comment as-tu deviné ?

— Facile ! Je te connais, va. Donc, c'était bien lui. Il s'appelle comment ?

— Danny, dit Brooke avec un soupir. Je… On est devenus intimes. Très intimes, même.

— Si vite ? Ce doit être quelqu'un de spécial, alors.

En effet. Très spécial, même…

— On a secouru Lloyd ensemble pendant la tempête. Il était coincé chez lui, alors que la maison risquait de s'effondrer. À plusieurs reprises, j'ai eu très peur ce jour-là. Heureusement, Danny était là. Par la suite, on s'est retrouvés et, comment dire… On s'est lâchés.

— Et depuis, vous vous êtes revus ?

— Oui, on a passé le week-end ensemble, justement. Il travaille aux urgences de Nelson.

— C'est vrai ? C'est formidable, non ? Brooke ?

Celle-ci lâcha un gros soupir. Elle n'aurait pas dû appeler Saskia. Seulement, à qui d'autre se serait-elle confiée ? Sa sœur était aussi sa meilleure amie.

— Je l'aime vraiment beaucoup. En fait, je crois que je l'aime tout court.

— Mais tu as peur qu'il te fasse souffrir, c'est ça ?

On n'aurait su mieux résumer le problème.

— J'ai l'impression qu'il me cache quelque chose. Ou alors, je pèche par excès de prudence ? Je le connais à peine… J'attends sans doute trop de lui.

— Tu pourrais te renseigner à son sujet sur Internet… Mais tu ne le feras pas, ajouta Saskia en riant. Tu préfères l'entendre de sa bouche.

— Tout juste. Si nous choisissons de nous mettre ensemble, je tiens à ce qu'il soit franc avec moi. Notre relation devra reposer sur des bases saines.

— Dans ce cas, il te faudra faire preuve de patience, et ce n'est pas ta qualité principale. Vous ne vous connaissez que depuis quelques jours. Laisse-lui un peu de temps, Brooke.

Si ça se trouve, lui aussi a vécu des expériences décevantes. Il est peut-être aussi prudent que toi, pour les mêmes raisons.

— Merci, Sash. J'avais envisagé cette possibilité, mais j'avais besoin d'entendre quelqu'un d'autre la formuler. Si tu savais comme il est craquant. Je l'ai déjà dans la peau.

— Dans ce cas, sors avec lui et amuse-toi ! Laisse tes soucis de côté. Tu es plus solide qu'avant, assez pour te battre et t'affirmer, crois-moi.

Lorsqu'elle raccrocha, Brooke se sentait soulagée. La situation n'avait pourtant pas évolué d'un iota et ses problèmes n'étaient toujours pas résolus, mais elle était prête à donner sa chance à Danny. Avec un peu de chance, il était sur la même longueur d'onde qu'elle. Sinon, eh bien, tant pis ! Elle en prendrait acte.

Vraiment ?

Non, bien sûr. Elle s'efforçait juste d'envisager l'avenir sous un jour positif.

Danny examinait d'un air soucieux la patiente alitée. La crise d'anaphylaxie était passée, et le visage de la jeune femme perdait petit à petit son expression paniquée. Le traitement administré quelques minutes après son admission avait fait effet, Dieu merci. Sans épinéphrine, elle se serait étouffée. Danny ne dissimula pas son soulagement. En cas de choc anaphylactique, il y avait toujours un moment de flottement particulièrement angoissant pendant lequel la situation pouvait évoluer vers le pire comme vers le meilleur. Il se tourna vers un homme qui se tenait dans un coin du box, l'air complètement apeuré.

— Vous avez pris la bonne décision en appelant une ambulance aussi vite. Mieux encore, vous avez eu la présence d'esprit d'apporter le flacon de comprimés, ce qui nous a permis de gagner un temps précieux pour identifier les causes du problème.

— C'est la pénicilline, à votre avis ?

— Oui.

— Mais elle n'a pris qu'une pilule ! On ne peut pas dire qu'elle ait abusé.

— Parfois, le médicament s'accumule dans le corps et il suffit de dépasser un certain seuil pour déclencher une réaction. Malheureusement, dans un petit pourcentage de cas, on observe un choc instantané et souvent sévère.

— Et maintenant, que va-t-elle devenir ?

— Nous allons garder Jamie en observation le temps d'être complètement rassurés sur son état. Ensuite, elle sera hospitalisée en soins généraux pour qu'on lui administre un nouvel antibiotique contre l'infection de sa plaie chirurgicale.

L'homme émit un long soupir.

— Je ne vous remercierai jamais assez, docteur. À partir de maintenant, je me méfierai chaque fois qu'elle devra prendre un médicament.

— Mais non, pas d'inquiétude. Les médecins seront au courant de ce qui s'est passé et ils feront le nécessaire pour que cela n'arrive plus. Asseyez-vous à son chevet. Je repasse dans un moment.

Une fois seul, Danny consulta la liste des patients pour s'assurer que personne n'avait besoin de lui dans l'immédiat, puis il se rendit à la cafétéria pour une tasse de café bien méritée. Il lui restait encore une heure avant la fin de la journée. Du moins, en théorie, puisque tout le personnel dépassait régulièrement les horaires. En salle de repos, il repéra Jackson, le cardiologue qui l'avait contacté plus tôt au sujet d'un patient souffrant d'un œdème cardiaque.

— Ça va ?

Danny s'installa à la même table en soupirant.

— J'ai connu des jours meilleurs.

— Ça arrive à tout le monde. Qu'est-ce que tu fais pour te détendre ?

— Je n'ai pas trop de temps pour cela. Le plus souvent, je fais de la course à pied.

— Tu ne joues pas au golf ?

— Du golf ? Oh ! non. Je suis nul.

— Vraiment ? Dommage…

Jackson était au courant, Danny en aurait mis sa main au feu.

— Moi non plus, je ne suis pas un as, mais je me débrouille et ça me permet de prendre l'air. S'il te vient l'envie de te dégourdir les jambes dimanche prochain, passe-moi un coup de fil.

Jackson vida sa tasse et se leva.

— Je ne te mets pas la pression. Simplement, ça peut être sympa de se retrouver en dehors du travail.

Pourquoi pas, après tout ? S'il tenait à s'intégrer dans l'équipe, il devait donner suite à ce genre d'invitations.

— Merci.

— Il y aura aussi Greg. Tu le connais ? Il travaille en radiologie. Un brave gars.

— Oui. Je n'ai pas de clubs, mais je suppose qu'on peut en louer sur place ?

— Oui, pas de souci, répondit Jackson en lui tendant une carte professionnelle. Tiens, appelle-moi si tu veux te joindre à nous.

— Encore une fois, merci.

— Je t'en prie. Au fait, tu as fait du bon boulot avec Mme Hogarth. Elle a de bonnes chances de s'en tirer sans séquelles, grâce à ta rapidité d'action.

Danny secoua la tête.

— C'est surtout grâce à la secouriste qui lui a apporté les premiers soins lorsqu'elle était au plus mal.

Il ne s'agissait pas de Brooke, cette fois-ci, mais d'une autre collègue tout aussi compétente. À propos de Brooke, la verrait-il avant la fin de sa journée ? Il l'espérait.

— Ça nous ferait vraiment plaisir de t'avoir parmi nous dimanche prochain, dit Jackson en souriant. À plus.

Sur ces mots, il s'éloigna, laissant Danny avec l'impression qu'il venait de se faire un ami sans même essayer. Décidément, la vie à Nelson avait du bon.

— Salut, toi, dit une voix familière derrière elle.

Brooke se tourna et vit Danny, appuyé contre le mur du centre ambulancier dont elle venait de sortir. Elle avait été de service toute la nuit et s'apprêtait à rentrer chez elle pour dormir, enfin.

— Tiens ! Salut. Que fais-tu ici de si bonne heure ?

— Je t'attendais pour prendre le petit déjeuner avec toi avant que tu files te mettre au lit. Lit dans lequel je n'ai aucune intention de t'accompagner, au demeurant. Après douze heures de garde, tu dois être épuisée.

— Ce n'est pas faux, dit-elle en souriant. Et toi ? Quels sont tes projets pour ce matin ?

— Étudier.

— Ah bon ? Tu ne veux pas sortir un peu ?

— Un mardi, quand tout le monde est au travail ? À quoi bon ?

— Tu ne joues plus du tout au golf ? Tu pourrais te rendre au club et te faire des amis là-bas.

— Pourquoi pas ? Un collègue me l'a proposé, justement.

Pour une fois, il lui avait répondu sans détour ni hésitation. Elle avait pris tellement l'habitude qu'il élude ses questions qu'elle le contempla sans rien dire, décontenancée, avant de se ressaisir.

— Où veux-tu déjeuner ? demanda-t-elle.

— Je comptais sur toi pour me recommander quelques bonnes adresses. J'aurais bien envie d'un petit déjeuner anglais.

— Pas de problème.

— C'est vrai ? Je pensais que tu dirais non.

J'aurais sans doute dû, songea-t-elle tandis qu'ils se dirigeaient vers la voiture de Danny.

— Je dois remplacer quelqu'un dimanche prochain.

— Ah, la vie de secouriste… Pas de souci, j'ai de quoi m'occuper. J'ai négligé mes études, ces derniers jours. La faute à une certaine fille qui ne cesse de me distraire, ajouta-t-il avec un sourire.

— Si tu rates tes examens, je décline toute responsabilité.

— Et moi qui pensais que tu étais programmée pour me faire plaisir…

— Moi ? Alors là, jamais de la vie.

La véhémence de sa réponse le prit de court.

— J'ai touché un point sensible, on dirait.

Que perdait-elle à lui expliquer ? Au contraire, c'était une manière de l'encourager à être franc avec elle.

— Je me fiche de plaire aux gens, surtout si ça m'oblige à renoncer à ce qui me plaît.

— Mais encore ?

Il la dévisageait avec une attention sans partage, un peu comme s'il n'avait pas l'habitude qu'on se confie vraiment à lui.

— Un jour, mon ex est venu me chercher au travail en m'annonçant qu'on déménageait à la fin de la semaine. Je ne savais même pas qu'il cherchait une autre maison.

— Non, ce n'est pas vrai !

— Si. Il a même failli nous mettre en faillite parce qu'il avait acheté une propriété sans attendre qu'on finalise la vente de celle où nous vivions.

— Là aussi, il a agi sans te consulter au préalable, je suppose ?

— Tu supposes bien.

— Je comprends pourquoi tu as rompu avec lui.

— Et pourtant, ce n'est pas une décision que j'ai prise de gaieté de cœur. Nous formions un couple et, entre conjoints, on est censés se serrer les coudes, non ? Le problème était là. Je savais que Brad ne changerait pas. J'étais priée de ne pas faire d'histoires et de prétendre que tout allait bien, alors que, chaque soir, je redoutais la mauvaise surprise qui risquait de m'attendre à la maison. Et, bien sûr, c'était toujours à moi de réparer les pots cassés et de faire des heures sup pour éponger les dettes. Au bout du compte, j'en ai eu marre et je l'ai plaqué.

— Comment l'a-t-il pris ?

— Très mal. D'ailleurs, il m'en veut encore. Vois-tu, j'aurais dû l'aimer et comprendre qu'il agissait pour notre bien à tous les deux.

Elle soupira.

— Si seulement j'avais vu clair à son sujet plus tôt…

— Mais tu as fini par le faire. C'est l'essentiel.

Danny passa un bras autour de ses épaules et l'attira contre lui.

— Tu es plus forte que tu ne le penses.

— La plupart du temps, oui. En tout cas, je ne laisserai plus personne me contrôler de la sorte.

— Tu as raison de te défendre, dit-il en l'embrassant sur le front.

— Dans ce cas, tu comprendras pourquoi j'ai horreur qu'on me fasse des cachotteries. Dans ces cas-là, j'ai toujours peur qu'on cherche encore à m'abuser.

Elle sentit le bras de Danny se crisper autour d'elle. Puis il poussa un long soupir.

— Reste forte et tout ira bien.

— Qu'est-ce que tu ne me dis pas, Danny ?

— Que tu es une fille formidable. Tu n'as cessé de m'en donner des preuves depuis le premier jour de notre rencontre et jusque dans les moments où tu m'as amené des patients aux urgences. Sans oublier tous ces moments qu'on a passés ensemble. Tu es une femme forte, généreuse, soucieuse des autres. Ton ex est un imbécile.

Brooke se détendit. Oui, Brad était un imbécile, et Danny était quelqu'un de bien. Il s'était crispé parce qu'elle lui avait parlé d'une situation difficile, qui l'avait blessée. Une fois de plus, ses doutes avaient pris le pas sur sa raison. À moins qu'elle ne lui trouve des excuses parce qu'elle avait peur d'appuyer là où cela faisait mal…

— Tu veux passer à la maison ?

Ils en profiteraient pour bavarder autour d'un café, histoire de calmer le jeu.

— Attends, laisse-moi réfléchir…

Danny jeta un regard autour de lui en souriant, puis il l'attira contre lui pour l'embrasser comme si sa vie en dépendait. Elle aurait voulu s'écarter, lui dire son fait, lui faire comprendre qu'il n'allait pas s'en tirer à si bon compte… Mais son baiser la consumait et réduisait en cendres toute velléité de pensée rationnelle. Elle céda et accompagna son mouvement. Plus tard, il serait toujours temps de mettre les choses à plat.

Ainsi donc, Brooke avait plaqué son ex parce qu'il n'était pas fiable et qu'il avait fait cavalier seul au lieu de la consulter sur des décisions majeures dans leur couple.

De retour chez lui, Danny s'installa à sa place de prédilection, sur le balcon, pour réfléchir à son aise. À présent, il comprenait mieux pourquoi Brooke prenait ces airs méfiants chaque fois qu'il éludait ses questions sur sa vie personnelle, son passé. Elle avait des raisons d'être sur ses gardes. Elle avait connu des coups durs, mais elle s'en était bien tirée, sans l'aide de personne. Elle semblait heureuse de la vie qu'elle menait, et à juste titre : elle était une excellente secouriste et elle possédait en plein centre-ville une jolie maison qu'elle réaménageait à sa guise. Mais à part cela, comment envisageait-elle son avenir ? Elle devait sûrement rêver de fonder un couple, une famille. Avait-elle envie d'un train de vie plus luxueux ? D'être à l'abri des soucis financiers ? Et voilà, toujours les mêmes doutes qui resurgissaient… C'était plus fort que lui, il n'arrivait pas à faire l'impasse sur ces questions. Aurait-elle envie de faire main basse sur sa fortune, elle aussi ? Mais non. Brooke était une femme autonome, indépendante. Elle n'avait besoin de personne, pas même de lui.

Il fallait qu'il lui parle. Le problème, c'était qu'il n'était pas du tout certain de la façon dont elle réagirait. Il refusait pourtant de penser qu'elle serait comme les autres et qu'elle se servirait de lui pour accéder à une existence plus sûre, plus confortable. Il aurait été ravi de lui faciliter la vie, là n'était pas la question. Il aurait voulu lui donner la certitude qu'elle était aimée pour elle-même. Cela faisait si longtemps qu'il n'avait pas ressenti quelque chose d'aussi énorme pour une femme… Il éprouvait pour Brooke des sentiments qui le débordaient. Il l'aimait, voilà tout. Mais était-il prêt à risquer son cœur ? Il fallait qu'il se décide, et vite. Le temps lui était compté et, s'il tardait trop, il allait finir hors jeu. Mieux valait qu'elle entende son histoire de sa bouche à lui que de celle de quelqu'un d'autre. C'était une question de confiance. À trop vouloir se protéger, il risquait de se tirer une balle dans le pied.

La sonnerie du téléphone l'interrompit dans ses réflexions moroses.

— Danny ? Jackson à l'appareil. C'est juste pour te dire que je devais jouer avec Troy cet après-midi, mais il a un empêchement. Tu veux le remplacer ?

Danny n'hésita pas une seconde. Brooke se reposait de sa garde et il avait grand besoin d'une distraction.

— Oui, bien sûr. On se retrouve où, et à quelle heure ?

Tandis que Jackson lui donnait les détails du rendez-vous, Danny s'étonnait d'avoir accepté l'invitation avec un tel empressement, mais il fallait qu'il se change les idées. Si cela pouvait l'aider à apaiser le tumulte qui régnait en lui… Il aimait Brooke, vraiment. Seulement, plus il s'attachait à elle, plus il redoutait une déconvenue. Oui, il devait lui parler, et le plus tôt serait le mieux. Mais pas aujourd'hui. Aujourd'hui, il allait se remettre au golf.

— Marie Coupland, quarante et un ans. Elle est tombée chez elle, dans un escalier. Suspicion de fracture au bras droit, lésions aux épaules, lacérations au niveau de la tête et des jambes.

Brooke tendit les papiers à l'infirmière qui lui indiquait dans quel box conduire Marie.

— Elle présente des blessures à la tête ?

En entendant la voix de Danny, Brooke se tourna vers lui et réprima un large sourire. C'était la première fois qu'elle le revoyait depuis le mardi matin. Leurs horaires n'avaient pas coïncidé et, de toute façon, il était censé passer ses moments libres à réviser pour ses examens. Quoi qu'il en soit, on était vendredi et le lendemain, samedi, elle était libre. Tout comme Danny, à en croire le planning…

— Apparemment, non. Le niveau de conscience est bon.

— Marie, je suis Danny, le médecin qui va s'occuper de vous. Avez-vous perdu connaissance à un moment ou à un autre ? Avant l'arrivée de l'ambulance, peut-être ?

— Non, je ne pense pas. J'ai rampé sur quelques mètres pour attraper mon téléphone et appeler les secours. J'avais très mal, mais j'étais consciente de ce que je faisais.

Corina, la coéquipière de Brooke, se tourna vers Danny et son regard s'alluma.

— Il nous a fallu lui remettre les jambes d'aplomb quand on l'a trouvée, expliqua-t-elle.

Son petit air mutin n'amusait pas du tout Brooke. À quoi jouait-elle ? Elles n'étaient pas censées flirter avec le personnel. Brooke jeta un coup d'œil à Danny et elle se détendit. Concentré sur sa patiente, il lui palpait le cuir chevelu avec précaution afin de repérer des endroits douloureux. Brooke n'en avait pas trouvé, mais en tant que médecin, Danny était tenu de vérifier. Elle remarqua alors qu'il pinçait la bouche. Avait-il localisé une lésion ? Ou était-ce Corina qui lui tapait sur les nerfs ? Le bip accroché à sa ceinture émit alors un signal. Il était temps de partir.

— Tu viens, Corina ? On a une urgence vitale.

— J'arrive. À plus tard, docteur.

Mais Danny ne lui répondit pas. Avec un sourire imperceptible, Brooke se promit de le taquiner à ce sujet dès qu'ils se retrouveraient : avec un peu de chance, ce soir, même si elle n'y comptait pas trop. Danny était censé terminer à 23 heures, mais très souvent il jouait les prolongations s'il n'avait pas fini les soins d'un malade ou si un afflux de patients arrivait lors d'un changement d'équipe.

— De quoi s'agit-il ? demanda Corina alors qu'elle attachait sa ceinture de sécurité.

— Un accident survenu près du port : un grutier est tombé de sa machine et il a perdu connaissance.

Brooke brancha la sirène pour signaler leur présence dans la circulation.

— Étant donné la taille de ces engins, on risque d'avoir bien plus qu'un traumatisme crânien. Ces grues sont si grandes qu'elles donnent le vertige rien qu'à les voir.

— Je ne te le fais pas dire, répondit Corina d'un ton égal.

Elle se faufilait entre les voitures avec calme, ce même calme avec lequel elle prenait en charge des blessés graves. Sans aucun doute, Corina serait une excellente secouriste lorsqu'elle aurait terminé sa formation. La plupart du temps, Brooke appréciait de faire équipe avec elle. Seulement, elle n'avait pas supporté de la voir minauder avec Danny. Ravalant son irritation, elle se concentra sur la route.

Mark Dixon ne remonterait pas de sitôt dans une grue. Pauvre homme…

— Polytraumatisme crânien, fracture de l'humérus et

de l'épaule, énuméra Brooke. De plus, l'inversion du réflexe plantaire laisse entendre qu'il souffre aussi d'une lésion médullaire. Il était étendu par terre et son corps formait un angle étrange quand on est arrivés.

Danny hocha la tête tandis qu'il examinait le patient avec un confrère.

— Par bonheur, personne n'avait essayé de le bouger avant qu'on soit sur place, poursuivit-elle. Son rythme cardiaque a chuté et il s'est même arrêté pendant le trajet. Corina a dû se garer pour qu'on puisse le ranimer.

D'une planche dorsale, Mark fut transféré à un lit en réanimation. Tandis qu'elle complétait le dossier médical, Brooke jeta un coup d'œil à Danny. Comment abordait-on un cas comme celui-ci ? Les lésions à la colonne vertébrale réclamaient des soins immédiats, mais les blessures à la tête étaient encore pires, et s'il y avait des hémorragies internes, comme c'était sûrement le cas, celles-ci nécessiteraient aussi une intervention rapide. Parfois, elle n'enviait vraiment pas les médecins.

— Tenez, dit-elle en tendant les papiers à l'infirmière.

Danny prit les documents des mains de cette dernière et il les parcourut en diagonale.

— Tu parles d'une chute…

— Oui, et pour atterrir sur du béton. Bon, on vous laisse. Bon courage.

— À plus, docteur Danny, lança Corina par-dessus son épaule.

Une fois de plus, Danny pinça les lèvres et il se tourna vers son patient sans un mot. Cette fois-ci, le doute n'était plus permis : Corina lui tapait bel et bien sur les nerfs.

Alors que Brooke montait au volant de l'ambulance, Corina se tourna vers elle, l'œil brillant.

— Tu sais qui il est, non ?

— Qui donc ?

— Eh bien, Danny… Je veux dire, Daniel Collins. Je

suis sûre que c'est lui : il lui ressemble comme deux gouttes d'eau, et ce sourire… Fiou !

— Et alors ?

À présent qu'elle y songeait, le badge de Danny n'indiquait pas son nom de famille, à l'inverse de la plupart de ses confrères. Pourquoi ? Qu'avait-il à cacher ? Ses mains se crispèrent sur le volant. Avait-elle eu tort de ne pas se formaliser de sa discrétion maladive ? Il avait bien le droit de garder le silence sur certains sujets, du moment que cela ne portait préjudice à personne. Et s'il était célèbre, qu'est-ce que cela pouvait bien lui faire ?

Sauf qu'il ne t'en a jamais parlé. Rien. Pas même une allusion.

Ce n'était pourtant pas faute de lui avoir laissé la possibilité de s'expliquer. Avait-elle été naïve, encore une fois ? Trop amoureuse pour regarder au-delà des apparences ? Seigneur, non ! Tout, mais pas cela. Mais qu'avait-elle à se reprocher, au juste ? C'était lui qui avait manqué de franchise, lui qui avait trahi sa confiance, ses sentiments. C'était pire que blessant : humiliant. Elle lui avait pourtant raconté ses problèmes avec Brad. Il savait qu'elle avait rompu avec son ex précisément pour les mêmes raisons, mais qu'à cela ne tienne ! Il ne lui avait rien dit, pas un mot. Rien.

— Donc, Daniel Collins est célèbre. Mais célèbre pourquoi, exactement ?

Corina consulta son téléphone portable.

— Daniel Collins… Australien, trente-deux ans, vainqueur à trois reprises des championnats mondiaux de golf junior… Il a aussi remporté des tournois aux États-Unis, en Australie, en Nouvelle-Zélande et j'en passe. Je continue ?

— Ça ira, merci.

Elle n'avait pas envie que Corina lui donne tous ces détails sur Danny… Enfin, Daniel Collins. Elle se renseignerait elle-même, ce soir, lorsqu'elle serait rentrée chez elle et qu'elle aurait pris une bonne douche.

— Ambulance 1, ici la base…

Par bonheur, il lui restait le travail. Brooke retint son souffle pendant que Corina prenait l'appel.

— Possible accouchement par le siège, dit l'opératrice au bout du fil. La femme est seule. Apparemment, elle saignerait.

Corina nota l'adresse et raccrocha tandis que Brooke allumait la sirène.

— C'est reparti. Décidément, on ne s'ennuie pas, aujourd'hui.

Non, en effet… Dieu merci, dans une heure, elle pourrait rentrer chez elle et tirer un trait sur cette journée. Enfin, pas tout à fait : Danny lui devait quelques explications, et le plus tôt serait le mieux.

Daniel Collins… Natif de Ballarat, dans l'État du Victoria… Il avait un frère à la tête d'une entreprise technologique au Canada, et son père possédait une société de placements financiers. Quant à Danny… pardon, *Daniel*, il s'était effectivement rendu célèbre à un très jeune âge grâce à des talents de golfeur hors pair. Passé professionnel à dix-neuf ans, il avait engrangé des millions jusqu'à ce qu'un accident mette un coup d'arrêt à cette carrière exceptionnelle. Lors d'une fête chez un millionnaire, à Los Angeles, il s'était brisé l'épaule et quelques côtes en plongeant dans une piscine pour sauver de la noyade un enfant de quatre ans, fils de son hôte. Dès lors, Daniel n'avait plus jamais retrouvé son swing inimitable. En revanche, du jour au lendemain, il était devenu un héros. Le millionnaire, également producteur de cinéma, avait tenté de le persuader de jouer dans un film à sa gloire, en vain. Brooke tomba aussi sur quantité de photos de Danny en costume chic et flanqué de filles splendides. Une nausée lui monta à la gorge. À présent, Daniel Collins étudiait pour devenir médecin à Melbourne, lut-elle encore. Pour le coup, cette nouvelle aurait eu besoin d'être actualisée.

Brooke referma son portable et prit le mug de thé qu'elle

s'était préparé au sortir de sa douche. Daniel Collins… Le nom ne cessait de tourner dans sa tête. Pas Danny, mais Daniel. Daniel Collins. Il lui avait caché qui il était. Devait-elle lui en vouloir ou se contenter d'en prendre acte ? Tout dépendait des raisons qui l'avaient poussé à agir ainsi. Avait-il cherché à lui dissimuler sa fortune et sa notoriété ? Craignait-il qu'elle se serve de lui, qu'elle lui extorque de l'argent ? Si c'était le cas, il la connaissait mal… En tout cas, elle comprenait mieux ces façons de faire qui lui avaient semblé bizarres au premier abord. Pourquoi, au restaurant, il s'était installé tout au fond, le dos tourné à une salle quasiment vide. Ou pourquoi son badge professionnel omettait son nom de famille.

Elle avala une autre gorgée de thé et reposa sa tasse avec une brusquerie qui fit gicler quelques gouttes sur la table. Il lui avait caché la vérité à *elle*, surtout. OK, il n'avait peut-être pas envie de lui déballer tout son passé, mais de là à lui cacher son nom ou l'endroit où il avait grandi…

— Tu ne vas pas t'en tirer aussi facilement, Daniel Collins, marmonna-t-elle entre ses dents.

D'abord sa mère, puis Brad, et maintenant Danny… Tous, ils avaient agi derrière son dos. Elle en avait assez d'être prise pour une imbécile. Dire qu'elle voyait en lui un type sympa qui travaillait dur pour devenir médecin… Enfin, il était cela, bien sûr, mais pas que cela, loin de là. Brooke avala une autre gorgée rageuse. Bah, qu'est-ce que cela pouvait bien lui faire, au fond ? L'important, en ce qui la concernait, c'était qu'il s'était payé sa tête, alors qu'ils se connaissaient depuis tout juste deux semaines. Cela augurait mal de la suite, à supposer qu'ils restent ensemble.

Il fallait absolument qu'ils se parlent. Danny méritait au moins de pouvoir s'expliquer. Le problème, c'était qu'il était encore au travail et qu'il ne serait pas libre avant cinq ou six heures. D'ici là, elle serait remontée comme un coucou. Brooke s'empara de son téléphone pour lui envoyer un texto.

S'il te plaît, passe me voir après le travail.

Elle se renversa sur son siège et vida sa tasse, puis elle attendit. Et attendit. Et attendit. À 23 heures, toujours sans réponse, elle faisait les cent pas dans le salon. Allait-il finir par lui donner signe de vie, oui ou non ? Et s'il était retourné directement chez lui pour se reposer d'une journée chargée ? Eh bien, ce ne serait pas pour tout de suite, songea-t-elle, rageuse. Elle attrapa ses clés de voiture et se mit en route.

Lorsque Danny entendit la sonnerie de l'Interphone, il sut aussitôt que c'était Brooke. Il n'avait communiqué son adresse à personne d'autre et qui, sinon elle, sonnerait chez lui à cette heure ? Il avait pourtant répondu à son texto pour lui dire qu'il la verrait, mais après une nuit de sommeil. Il avait besoin d'un peu de temps pour faire le point.

Tout cela, c'était à cause de cette Corina, il en était sûr. Au moment de prendre sa pause repas, il l'avait croisée devant la cafétéria. À la manière dont elle lui avait souri, il avait tout de suite deviné qu'elle l'avait attendu. C'était toujours la même histoire, une histoire dont il avait plus qu'assez. Il n'avait pas envie de revivre tout cela, surtout alors qu'il s'entendait si bien avec Brooke et qu'il pensait pouvoir mener une vie normale, enfin. Il aimait Brooke. Mais il avait trop tardé à le lui dire et il en payait les conséquences. C'était bien beau d'être heureux et détendu comme jamais depuis des années, mais il avait toujours su que cet instant finirait par arriver, tôt ou tard.

La sonnerie retentit à nouveau, mais cette fois-ci, elle avait quelque chose d'agressif.

— Oui ?

— Je peux monter ?

Elle avait l'air furieuse. Corina avait dû la mettre au courant de tous les détails.

— Bien sûr.

Il appuya sur le bouton à contrecœur. Qu'allait-elle lui

dire ? Qu'allait-elle faire ? Il ouvrit la porte et attendit, le cœur battant et les jambes tremblantes. Tout allait se jouer dans les minutes qui allaient suivre. Enfin, la porte de l'ascenseur s'ouvrit et Brooke apparut, la mine féroce.

— Daniel…

Bang ! Daniel. Donc, elle savait.

— Entre donc, dit-il en reculant pour lui laisser le passage.

Sans un regard, le dos raide et la tête droite, elle se dirigea vers le salon et se posta devant les portes-fenêtres. Elle regardait dehors, mais Danny devinait qu'elle focalisait toute son attention sur lui.

— Écoute, je suis désolé.

Et c'était vrai ! Il était navré, tellement qu'il en avait mal. Brooke se tourna brusquement vers lui.

— C'est tout ce que tu trouves à me dire, Daniel ?

Daniel, encore. Mais il n'était pas « Daniel » pour elle, bon sang ! Il était juste Danny.

— Arrête, Brooke. J'ai fait une bêtise, mais inutile d'aggraver les choses.

— Tu en as de bonnes, toi ! Il a fallu que j'apprenne la vérité par quelqu'un d'autre !

— Je peux t'expliquer.

— Tu as eu deux semaines pour le faire. Tu aurais pu m'en parler quand je t'ai raconté la façon dont Brad m'a traitée. Au moins me donner un indice…

— C'était mon intention.

— Alors, qu'est-ce qui t'en a empêché ? Ç'aurait été mieux que de laisser à Corina le soin de s'en charger, non ?

Danny émit un long soupir. Elle ne lui facilitait pas la tâche, mais qui pouvait lui en vouloir ?

— J'ai eu tort, OK ? À ma décharge, j'étais tellement heureux avec toi… J'avais peur que cela s'arrête.

— Tu n'as pas…

Il l'interrompit en levant la main devant lui.

— Brooke, crois-moi quand je te dis que j'avais conscience

de jouer avec le feu. Seulement, je n'ai jamais été aussi bien que ces deux dernières semaines, avec toi. Ce n'est pas un sentiment dont j'ai l'habitude et je ne voulais pas qu'il cesse.

— Ah bon ? Tu savais à l'avance comment j'allais réagir ? Génial. Merci beaucoup pour le procès d'intention, Danny.

Inspirer... Expirer... Il ne devait pas se mettre en colère contre elle. Brooke n'y était pour rien, et il avait tant à perdre ! D'ailleurs, l'avait-il déjà perdue ? *Inspirer... Lentement, relâcher son souffle...*

Brooke prit place sur le canapé, droite comme un I, les mains croisées sur les genoux, dans une posture guindée qui ne lui était pas habituelle. Manifestement, elle était blessée plus encore que furieuse. Danny aurait voulu la serrer dans ses bras, lui promettre que tout irait bien, mais il s'en garda bien : ce n'était pas ainsi qu'il s'en tirerait avec Brooke. Elle méritait d'entendre son histoire avant tout. La gorge atrocement nouée, il s'assit sur l'accoudoir d'un fauteuil.

— Je suppose que tu t'es renseignée sur ma carrière de golfeur ?

— En effet. Je n'ai eu qu'à taper « Daniel Collins » pour voir défiler des pages et des pages. Apparemment, tu t'es fait un nom dans ce milieu. Un nom qui signifie encore quelque chose aujourd'hui, d'après ce que j'ai cru comprendre.

— C'est vrai, même après toutes ces années. J'étais très jeune quand j'ai attiré l'attention des autres joueurs, des entraîneurs et des médias. J'ai bien tenté de ne pas prendre la grosse tête, mais que veux-tu... Je n'étais qu'un gamin. J'adorais être au centre de l'attention. Les journalistes voulaient tout savoir de moi, jusqu'à la marque des chaussettes que je portais lors des compétitions. Parfois, ça m'énervait, mais, l'un dans l'autre, je me disais que c'était la rançon de la célébrité.

— Je veux bien te croire, dit-elle simplement.

Elle continuait de le fixer d'un regard d'acier, dénué de toute aménité.

— Et puis est arrivé ce jour où j'ai été invité chez un ami, à Los Angeles. Inutile de m'attarder sur ces événements, tu as dû te renseigner sur Internet. Il me suffit de dire que cette nuit a représenté une cassure dans ma vie. Du jour au lendemain, ma carrière de sportif s'est arrêtée. Au début, j'ai eu du mal à m'y faire. Je ne passais plus mon temps dans les avions pour me rendre d'un tournoi à l'autre, je n'étais plus obligé de me lever le matin pour partir à l'entraînement. Pour tout dire, je n'avais plus aucun objectif dans la vie. Et pourtant, les journalistes continuaient à me harceler. Ils me demandaient ce que j'envisageais pour la suite, si j'allais devenir entraîneur, et ci et ça…

— Et ils diffusaient l'histoire dans laquelle tu t'étais comporté en héros en sauvant ce petit garçon.

— Oui, dit-il en soupirant. Comme si n'importe qui n'aurait pas fait de même.

— Tu t'es fait mal lors de ta chute, mais tu l'as quand même sorti de la piscine, au risque d'aggraver tes blessures.

Y avait-il de l'admiration dans sa voix ? Auquel cas, il n'en voulait pas. Brooke ne lui devait strictement rien.

— Pourquoi ne m'en as-tu pas parlé ? Cette histoire fait partie de toi.

Danny exhala lentement son souffle.

— Comment te dire… À l'époque, j'avais une petite amie, Iris. Elle adorait les caméras et elle a regretté de ne pas avoir été présente lorsque j'ai sauvé Toby. Elle me rendait presque coupable de ne pas l'avoir conviée à ce voyage. Chaque fois qu'on m'interviewait à ce sujet, elle s'arrangeait pour être présente et pour attirer l'attention sur elle. Et puis, elle s'est mise à me donner des conseils sur la façon de gérer la suite de ma carrière. J'aurais dû notamment accepter des conférences payantes à l'étranger pour raconter ma vie et pour servir de mentor à de jeunes joueurs…

Brooke l'écoutait en silence. Était-ce bon signe ?

— Le moment de vérité est arrivé quand j'ai décidé de m'inscrire en fac de médecine à Melbourne. Iris était furieuse. Pour elle, je laissais tomber la poule aux œufs d'or. Elle prétendait qu'en m'occupant des autres, j'allais perdre l'occasion de frayer avec des gens importants. Bref, nous avons rompu. Je suis sûr qu'elle doit encore piquer des aiguilles dans une poupée vaudoue chaque soir au moment de se coucher.

— Je comprends pourquoi il t'arrive de grimacer dans ton sommeil, dit-elle avec un léger sourire. Pourquoi as-tu choisi la médecine ?

— C'était déjà mon projet avant que le golf s'impose à moi. J'ai toujours été bon en sciences, surtout en biologie, mais la remise à niveau n'a pas été simple, d'autant plus que je n'avais pas ouvert un livre depuis des années.

— Tu ne dois pas regretter ta décision. Tu as tout pour faire un excellent médecin.

Brooke se leva et elle s'arrêta à nouveau devant les portes-fenêtres, le regard vague. Danny attendit, le cœur battant. Enfin, elle revint au canapé, mais elle ne s'assit pas.

— Danny, je comprends tes réticences. Tu as peur qu'on se serve à nouveau de toi, OK.

Mais… , songea-t-il.

— Mais tu ne m'as pas fait confiance, et ça me reste en travers de la gorge. Je ne supporte plus qu'on me fasse des cachotteries. Tu sais à quel point j'en ai souffert par le passé, et c'est quelque chose que je n'admets plus, même de ta part.

Elle regarda à nouveau vers la fenêtre, puis elle lui fit face, lentement.

— Je croyais qu'on s'entendait bien, toi et moi, dit-elle d'une petite voix.

— C'est le cas ! Je tiens beaucoup à toi, Brooke.

— Mais pas assez pour m'accorder ta confiance.

— Brooke…

L'esprit de Danny se mit à fonctionner à cent à l'heure. Non, elle ne pouvait pas le quitter… Pas maintenant… Cette conversation n'était pas terminée.

— J'ai commis une erreur parce que j'avais peur, mais jamais je ne te mentirais sur quoi que ce soit d'autre, je te le jure !

— Je ne doute pas de ta sincérité, Danny. Mais j'ai quand même du mal à l'accepter. Tu m'as menti. Par omission, certes, mais c'est un mensonge quand même. Tu n'as rien dit pour te protéger, mais moi aussi, je cherche à me préserver. Et pourtant, j'ai pris le risque de te parler de moi, dans l'espoir que tu en ferais autant. Et tout cela pour quoi ? Même ce soir, tu n'es pas venu me voir : il a fallu que ce soit moi qui fasse cet effort.

Droite comme un piquet, elle serrait ses mains l'une contre l'autre, et une larme solitaire coulait lentement sur sa joue. Elle allait le quitter. À peine entrée dans sa vie, elle allait déjà en sortir. Il aurait voulu lui dire qu'il l'aimait, qu'il avait besoin d'elle, mais les mots se coincèrent dans sa gorge. De toute façon, était-elle prête à les entendre ? Le serait-elle jamais ? Brooke était une femme forte, indépendante. Elle tenait à mener sa barque et à rester libre de sa vie, de ses décisions. Comment lui faire comprendre qu'il aurait désiré plus que tout être à ses côtés pour l'épauler ?

— Bonne nuit, Danny. À plus tard, au travail.

Sans un mot de plus, elle sortit et claqua la porte derrière elle. Au moins, elle l'avait appelé « Danny ». C'était déjà cela.

9.

Brooke demeurait assise dans sa voiture, aveuglée par les larmes qui coulaient sans retenue. Danny lui avait menti. Il n'était pas le M. Tout-le-Monde sans histoire qu'il prétendait être. En soi, ce n'était pas une surprise. Elle avait bien vu qu'il y avait anguille sous roche. Mais entendre la vérité de sa bouche à lui, c'était dur à encaisser et cela rendait encore plus manifeste son manque de franchise. Il avait ses raisons pour agir ainsi, soit. Il n'empêche, il aurait dû se douter qu'il ne s'en tirerait pas à si bon compte.

Elle respira profondément pour tenter de se calmer. Était-elle trop dure avec lui ? Après tout, il n'avait jamais caché sa gentillesse, sa générosité. Il l'avait écoutée, encouragée. Danny était quelqu'un de bien, qui se souciait sincèrement des autres. Ces qualités feraient de lui un excellent médecin. Et pour ne rien gâcher, il avait été un petit prodige du golf dans sa jeunesse, doublé d'un héros qui avait sauvé la vie d'un enfant. Pourquoi ne lui avait-il rien dit de tout cela ? À cause d'une modestie mal placée ? Il aurait pourtant dû deviner que l'histoire finirait par s'ébruiter tôt ou tard. Pourquoi prendre le risque qu'elle l'apprenne d'une autre source ? Elle n'aurait demandé qu'à l'écouter, au contraire, et elle n'en aurait pas fait tout un plat. Elle aurait même été fière de lui. Elle ne l'en aurait aimé que davantage. Idiot…

J'étais en train de tomber amoureuse de toi, Danny. Vraiment amoureuse. Tu es dans mon cœur, dans ma tête. Et tu as tout gâché.

Leur relation avait explosé en plein envol. Pourquoi avait-il redouté sa réaction ? Qu'il ne lui ait rien dit lors du premier week-end, passe encore : ils se connaissaient à peine et cette brève rencontre aurait très bien pu en rester là. Mais qu'il ait gardé le silence par la suite, alors qu'il avait eu plusieurs occasions de lui parler, elle ne le comprenait pas et elle le lui pardonnait encore moins.

Tout à coup, une voiture barrée du logo d'une chaîne de radio stoppa juste devant elle dans un crissement de pneus. Deux personnes en jaillirent : une femme chargée d'un micro et d'une caméra et un homme, un bloc-notes à la main. Ils coururent vers l'immeuble de Danny et se mirent à pianoter sur l'Interphone. Brooke leur souhaita bonne chance. Le nom de Danny, qui vivait ici en sous-location, n'apparaissait nulle part, seulement celui du propriétaire. Elle sortit son portable et composa son numéro. Il décrocha aussitôt.

— Brooke ? Tu vas bien ?

— Oui, oui. C'est juste pour te dire de ne pas ouvrir ta porte. Il y a deux journalistes qui essayent d'entrer.

Danny émit un juron en sourdine.

— Merci de m'avoir prévenu. C'est justement le genre d'expérience que j'avais à cœur de t'épargner.

Brooke eut un haussement d'épaules exaspéré.

— Bonne nuit, Danny.

Elle jeta le téléphone sur le siège du passager, puis elle s'essuya les yeux et démarra. Chez elle, jamais la maison ne lui avait paru aussi vide. En une semaine, Danny avait déjà laissé son empreinte partout. Elle le revoyait allongé sur le canapé, devant la cheminée, discutant avec elle après une longue journée de travail. Dans la cuisine, les tasses et les assiettes n'étaient plus rangées à leur place habituelle et, dans la chambre, son regard tomba sur le grand lit, trop grand à présent qu'elle ne le partagerait plus avec lui. Mieux valait penser à autre chose.

Tout au fond d'un tiroir de la commode, elle trouva un pyjama en pilou. Jamais elle ne l'aurait porté devant Danny, mais ce soir, elle avait besoin de réconfort. Au lit avec une tasse de thé bien chaud, elle tenta de reprendre la lecture d'un thriller commencé deux jours plus tôt, mais abandonna après avoir lu la même page quatre fois. Elle éteignit la lampe et, le visage enfoui dans l'oreiller de Danny, elle respira à fond son odeur.

Oh ! Danny, pourquoi as-tu fait une chose pareille ?

Elle jeta l'oreiller de côté et se renversa sur le dos, le regard fixé sur le plafond. Était-elle trop dure avec lui ? Devait-elle lui pardonner, lui donner une seconde chance ? Il semblait regretter sincèrement de lui avoir fait de la peine. Oui, comme sa mère, comme Brad. Tous, ils s'étaient excusés avant de recommencer de plus belle. Les larmes jaillirent à nouveau. Elle aurait une de ces têtes le lendemain au travail… Bah, elle s'en fichait. Elle n'aurait qu'à prétexter une mauvaise grippe. Avec un peu de chance, elle serait renvoyée chez elle. Elle ne courait pas derrière les occasions de croiser Danny aux urgences. Ni ailleurs, du reste.

Ce fut la sonnerie de son téléphone qui la réveilla. Brooke sursauta en voyant qui l'appelait et, plus encore, l'heure qu'il était : 18 h 30 ! Elle décrocha en sautant du lit.

— Je suis désolée, Pete. J'ai eu une panne d'oreiller. J'arrive tout de suite.

— Tant mieux. Je pensais que tu étais malade. À tout de suite.

Clic.

— Il n'est pas bavard, ce soir, maugréa-t-elle.

Brooke laissa tomber son téléphone sur le lit et se dirigea vers la salle de bains en se massant la tête pour soulager un début de migraine. D'ordinaire, elle ne s'oubliait jamais au lit. Plus surprenant encore, elle avait réussi à dormir tout l'après-midi. Certes, après ce qui s'était passé la veille, elle n'avait pas fermé l'œil la nuit précédente, mais Dieu merci, elle n'avait pas le temps de se lamenter sur son sort. Elle se prépara en quatrième vitesse et fila à la station d'ambulance.

— Tiens, avale-moi ça, déclara Pam, sa coéquipière.

Brooke accepta avec gratitude la tasse qu'elle lui tendait. Par bonheur, elle ne serait pas obligée de faire équipe avec Corina ce soir.

— On vient de recevoir un appel. Je prends le volant. Toi, finis ton café.

— Merci, Pam, tu es un amour. C'est pile ce qu'il me faut.

Le breuvage brûlant la fit grimacer.

— Il est fort, dis donc.

— Il sort tout juste de la machine. Allez, dépêche-toi. J'ai vérifié les stocks de l'ambulance, tout est bon.

— Je suis vraiment navrée d'être en retard, Pam…

— Arrête, Brooke. Tu en as fait autant pour moi. Ce sont des choses qui arrivent, OK ?

Peut-être, mais pas à moi, d'habitude…

— On est appelées pour quoi ?

— Une dame de quatre-vingt-trois ans retrouvée par terre, dans sa chambre. Elle est lucide, mais elle se plaint de douleurs à la hanche et au bras.

— Aïe… Pourvu qu'elle ne se soit pas fracturé le col du fémur.

— C'est probable, malheureusement.

Brooke brancha la sirène et avala une autre gorgée, sans se brûler cette fois-ci.

— Ton café vaut tous les médicaments. Merci encore.

— Au fait, tu sais qui est vraiment le Dr Danny ?

Brooke se retint de lever les yeux au ciel.

— Je suis au courant, oui.

— Apparemment, Corina a fait l'imbécile avec lui. Enfin, on la connaît, hein ? Danny doit avoir l'habitude, le pauvre.

— Oui, sûrement.

Brooke ne pouvait s'empêcher d'éprouver de la sympathie pour lui. Quoi qu'il fasse, Danny n'échapperait jamais à son passé. Mais puisqu'il avait accepté les bons côtés de la notoriété, il devait aussi en assumer les mauvais, non ? Par bonheur, il ne travaillait pas ce week-end, mais, la semaine suivante, ils finiraient fatalement par se voir. D'ici là, avec un peu de chance, elle dominerait un peu mieux ses émotions.

— Joseph White, vingt-deux ans, annonça Brooke. Il a reçu un choc à la tête après un plaquage lors d'un match de rugby et il a perdu connaissance pendant cinq minutes.

Elle avait l'air stupéfaite. Danny comprenait qu'elle soit étonnée de le trouver ce dimanche matin aux urgences. D'après le planning, il n'était pas de service aujourd'hui, mais il avait été appelé pour un remplacement de dernière minute. Bon sang, il avait toutes les peines du monde à ne pas la dévorer des yeux. Il y avait un jour à peine qu'elle était partie de chez lui, mais cela semblait remonter à si loin, déjà !

— Quoi d'autre ? demanda-t-il.

— C'est tout. On lui a aussi posé une minerve, par précaution.

— Vous avez bien fait.

Il se tourna et vit que Sarah les avait rejoints.

— Sarah, tu as entendu le compte rendu ?

— Oui, dit celle-ci en prenant les notes des mains de Brooke. La famille est prévenue ?

— Son entraîneur appelait sa copine quand on est partis, répondit Brooke. Bon, si vous n'avez plus besoin de nous, on s'en va.

Loin de moi, songea Danny tandis qu'ils installaient Joseph dans un box. Déjà, Brooke poussait le lit mobile vide vers la sortie, le dos raide et la mine dure. Danny eut l'impression que son cœur tombait dans sa poitrine.

Je t'aime, Brooke. Je sais que j'ai fait l'idiot, mais s'il te plaît, laisse-moi une chance…

La voix de Sarah le ramena à la réalité.

— Tu veux lui faire passer un scanner ?

— Oui, je vais m'en occuper lorsqu'on aura fini de l'examiner. Joseph, vous m'entendez ?

— Ouais… J'ai un de ces mal de tête… Tu parles d'un plaquage…

Le garçon semblait lucide et son élocution n'avait rien d'anormal.

— Ça fait partie du jeu, hein ?

— Je sais… mais je préfère quand c'est moi qui plaque.

— Vous avez perdu connaissance pendant quelques minutes. C'est pourquoi on vous emmène en radiologie pour vous faire passer un scanner. Vous avez mal ailleurs qu'à la tête ?

Les lésions cervicales étaient la principale préoccupation de Danny, mais il n'en dit rien pour ne pas influencer la réponse de son patient.

— Non, ça va, répondit Joseph. Par contre, je n'aime pas ce truc que vous m'avez mis autour du cou. Ça me gêne.

— On vous l'enlève dès que possible, promis. Sur ce, passons en radiologie, voulez-vous ?

— Vous vous en tirez à bon compte, déclara Danny une heure plus tard. Mais pas de rugby pendant au moins dix jours, OK ? Votre généraliste vous délivrera un certificat médical. Ça ira ?

— Bien sûr que non, ça ne va pas, mais est-ce que j'ai le choix ? On a une rencontre à Auckland le mois prochain et je dois absolument me tenir prêt.

Danny sourit. Ce gamin lui rappelait le jeune homme qu'il avait été, toujours déterminé à donner le meilleur de lui-même et terrifié à l'idée de ne pas être à la hauteur. Il compléta le dossier médical de Joseph, puis il consulta sa montre : Brooke allait terminer sa garde dans un quart d'heure. Ce ne serait pas aujourd'hui qu'ils se verraient. Et s'il lui téléphonait pour lui demander s'il pouvait passer chez elle ? Non… Elle lui avait paru fatiguée, tout à l'heure. Mieux valait la laisser tranquille et lui donner le temps de faire le point. Si cela se trouvait, elle se déciderait à lui accorder cette seconde chance. Enfin, il ne coûtait rien de rêver.

Soudain, Jackson se matérialisa devant lui, comme s'il était apparu de nulle part.

— Ça te dit, une petite partie de golf ? Troy voudrait prendre sa revanche.

Un rire échappa à Danny.

— Avec plaisir. À quel moment ?

Une semaine de tirée, youpi… Ou pas.

Brooke laissa tomber ses clés sur la table de la cuisine et se servit un verre de vin, mais le plaisir n'y était pas. Depuis qu'elle ne voyait plus Danny, les journées s'étiraient à la vitesse d'un escargot. Elle n'éprouvait plus ce frisson d'adrénaline qui l'aiguillonnait d'habitude lorsqu'elle portait secours à des victimes en situation d'urgence. À quoi bon le nier ? Danny lui manquait, à tous les points de vue. Elle regrettait ces coups de fil qu'ils se passaient au lit, tard le soir… Les repas au restaurant, ou chez eux… Sans parler des nuits d'amour. Ils se voyaient parfois à l'hôpital, certes, mais ce n'était plus pareil. Danny était toujours aussi sympathique, là n'était pas la question. Au contraire, paradoxalement, cela compliquait les choses pour elle, puisqu'elle avait d'autant plus de mal à garder ses distances avec lui et à préserver son cœur.

Apparemment, l'identité de Danny n'était plus un mystère pour personne dans son service, mais l'excitation était retombée comme un soufflé au bout de quelques jours. Corina avait tout fait pour attirer son attention, sans obtenir de lui ne fût-ce qu'un sourire. À présent, elle racontait à qui voulait bien l'entendre qu'il n'était qu'un snob arrogant. Brooke ne se souciait pas de la contredire.

Elle alluma un feu de cheminée et contempla un instant

les flammes qui grignotaient la bûche en crépitant. Le printemps commençait à pointer, mais les nuits demeuraient fraîches, surtout à présent qu'elle n'avait plus personne pour lui tenir chaud dans son grand lit. Avait-elle eu tort de ne pas accepter les explications de Danny ou ses excuses ? N'avait-elle pas été injuste ? Sans doute que oui. Mais son instinct lui recommandait de faire attention à elle.

La sonnerie de la porte la fit sursauter. Bizarre… Elle n'attendait personne à cette heure-ci. Elle posa son verre, se leva pour ouvrir. Et se figea sur le seuil.

— Danny !

— Salut… ça t'embête si j'entre ?

La gorge serrée par l'émotion, elle s'écarta sans un mot pour le laisser passer avant de refermer derrière lui. Ils se regardèrent alors dans un silence gêné.

— Je te sers quelque chose ?

Il eut l'air surpris, comme s'il s'attendait à être jeté dehors à peine arrivé.

— Ma foi, je ne dirais pas non à un whisky.

Elle lui remplit un verre et le convia à s'asseoir devant le feu. Elle fit de même et replia ses jambes sous elle.

— Comment s'est passée ta journée ?

— J'étais en congé. J'en ai profité pour me promener autour de Nelson, jusqu'à Atawhai. Ça m'a permis de réfléchir.

Il sirota son whisky d'un air pensif avant de poser son verre.

— Tu me manques, Brooke.

Elle sentit son cœur bondir dans sa poitrine.

— Peut-être, Danny. Mais je n'oublie pas que tu as trouvé plus commode de te taire.

— Je sais que j'aurais dû te dire qui je suis dès le départ. À ma décharge, comme je te l'ai déjà expliqué, j'étais trop heureux de passer de bons moments avec toi et de faire comme si tout cela n'avait aucune importance. J'avais juste envie d'être un type comme un autre pour toi. Envie qu'une femme m'apprécie pour moi-même, sans arrière-pensée. Je me sentais tellement libre, même si je me doutais bien que ça ne pourrait pas durer et que la réalité finirait par me rattraper.

— Raison de plus pour tout m'expliquer, non ?

— C'est vrai. Je jouais avec le feu, j'en suis parfaitement conscient.

— Mon indulgence a des limites, Danny. Tu sais à quel point j'en veux à ma mère et à Brad de m'avoir fait des secrets, mais ça ne t'a pas dissuadé d'en faire autant.

— Oui, et je m'en voulais. Tu as du mal à faire confiance aux autres, et pourtant tu m'as parlé de toi, de ton passé. Moi, je n'ai pas eu le courage de baisser la garde. Je suis désolé.

Brooke reprit son verre et elle le porta à ses lèvres d'une main tremblante.

— Y a-t-il autre chose que tu ne m'as pas dit et qui pourrait avoir une incidence sur notre relation ?

Danny hocha la tête.

— Je t'ai déjà parlé de mon ex, Iris. Il se trouve que j'étais vraiment amoureux d'elle, mais ma notoriété a tout changé entre nous. Je mourais de peur de revivre la même chose avec toi.

— Ça ne serait pas arrivé, dit-elle en haussant les épaules. Je ne savais pas qui était Daniel Collins, de toute façon. Et même maintenant, je m'en fiche.

— J'ai été un bel idiot, hein ? Qui ne risque rien n'a rien. J'ai voulu me protéger à tout prix, mais je ne voudrais pas t'avoir perdue.

Brooke le regarda en silence. Elle aimait Danny. Il était l'homme de ses rêves, et plus encore. Mais elle ne pouvait pas se permettre de prendre des risques inconsidérés.

— Y a-t-il autre chose que tu ne me dis pas, Danny ?

— Au sujet du passé ? Non, tu sais tout. Ce n'est pas le passé qui m'intéresse, en fait.

Il s'interrompit pour prendre une grande inspiration.

— J'allais te proposer de sortir avec moi, histoire de voir

si ça marche entre nous. Les gens d'ici commencent à savoir qui je suis et tu n'aimerais peut-être pas les conséquences...

— Mais ?

Il respira à nouveau profondément, puis il la regarda sans ciller.

— Brooke, je t'aime.

Brooke, je t'aime.

Ces paroles tourbillonnaient dans sa tête et lui mirent des larmes dans les yeux. Des larmes d'espoir, de bonheur, de soulagement... Danny l'aimait... Elle aimait Danny... Mais il n'avait pas terminé.

— Tu veux bien m'accorder une seconde chance ? Malgré les situations un peu folles que tu risques de vivre avec une ex-star du golf ? Elles sont parfois horripilantes, mais je ferai de mon mieux pour te préserver. S'il te plaît...

Les mains de Brooke tremblaient si fort qu'elle renversa un peu de vin.

— Comment savoir si je peux te faire confiance ?

— Je te jure que je ne te cacherai plus rien. Jamais.

— C'est facile à dire... Comment peux-tu en être aussi sûr ?

— Je suis sincère, Brooke. Je n'aurai plus jamais aucun secret pour toi. C'est tout ce que je peux te dire.

Silencieuse, elle s'efforçait d'assimiler ses paroles. À présent, la balle était dans son camp. Danny venait de lui dire qu'il l'aimait et elle le croyait. Seulement, elle ne voulait pas d'un amour éphémère qui la ferait souffrir.

— Et ton avenir, Danny ? Comment l'envisages-tu ?

— Avec toi. Et des enfants, si tu es d'accord. J'aurais envie d'un foyer qu'on construirait tous les deux, peu importe où, du moment que nous sommes ensemble.

— À Nelson, par exemple ?

— Pourquoi pas ? Je me plais bien, ici.

Suspendu à sa réaction, il la dévisageait avec un sourire

timide. Brooke avala une gorgée de vin de travers et toussa avant de respirer un bon coup.

— Moi aussi, je t'aime.

La gorge bloquée par l'émotion, elle ne put en dire davantage. En un bond, Danny fut debout et il lui saisit les mains avec ferveur.

— Tu veux bien me laisser une chance ?

— Et comment ! Je suis de la partie, quoi qu'il arrive. Au contraire, ce sera une aventure.

Danny porta ses mains à ses lèvres et il y imprima un long baiser.

— J'ai du mal à croire à la bonne fortune qui m'a permis de te rencontrer. Tu es quelqu'un de formidable, Brooke. Aucun mot n'est assez fort pour exprimer à quel point je t'aime.

Avant qu'elle ait pu répondre, il s'empara de ses lèvres. Alanguie contre lui, Brooke ferma les yeux pour s'imprégner de sa force, de sa douceur, et elle lui rendit son baiser de toute son âme, sans la moindre réserve ni le moindre doute. Ils avaient déjà perdu trop de temps tous les deux. Mais alors, Danny s'écarta et, les mains posées sur les hanches de Brooke, il la dévisagea avec gravité. Quoi ? Qu'est-ce qui n'allait pas ? Le cœur battant à tout rompre, elle se surprit à retenir son souffle.

— Brooke Williams, me ferais-tu l'honneur de devenir ma femme ?

Le visage de Brooke s'illumina. Épouser Danny ?

— Oui ! Oui, oui, mille fois oui !

— Tu ne cèdes pas trop vite ? demanda-t-il avec un sourire prudent.

— Bien sûr que si. Et alors ?

Elle éclata de rire, en proie à l'envie de se jeter dans ses bras et de le dévorer de baisers.

— J'ai été blessée d'apprendre qui tu étais par quelqu'un d'autre, mais…

Alors qu'il ouvrait la bouche, elle posa l'index sur ses lèvres pour le faire taire.

— J'avais peur d'être déçue une fois de plus. Je n'ai même pas songé que, toi aussi, tu pouvais être en butte à des craintes, des doutes.

Danny eut un sourire radieux.

— Justement, j'ai une autre annonce à te faire. J'ai commencé à me renseigner sur des postes à pourvoir aux urgences de différents hôpitaux de la région.

— Non, c'est vrai ? Tu ne veux plus te spécialiser en radiologie ?

— Non. Tu avais raison. J'adore ce métier et je ne me vois pas passer mes journées derrière un écran d'ordinateur. Ah ! Autre chose : je me suis remis au golf. J'ai même deux coéquipiers : des collègues de l'hôpital. L'un d'eux joue en amateur. Je suis sûr qu'il sait pertinemment qui je suis, mais il n'a jamais fait la moindre remarque.

— Donc, tu recommences à avoir une vie sociale ? C'est génial ! Tu aurais vraiment besoin de poser tes valises quelque part et de nouer des amitiés solides.

— Je suis bien d'accord.

Danny éclata de rire, un rire joyeux, qui la réchauffait des pieds à la tête. Il était heureux, et elle aussi. Plus qu'heureuse, même.

— Nous avons un bel avenir devant nous. Et il commence dès à présent, ajouta-t-il en lui prenant la main.

Son baiser avait la douceur d'une plume. Puis il se fit exigeant, ensorcelant, torride, et Brooke le lui rendit avec une ferveur égale. Sans jamais quitter ses lèvres, elle entraîna son fiancé jusqu'à sa chambre…

BLANCHE

HARLEQUIN

Retrouvez prochainement, dans votre collection

BLANCHE

Cette voix inoubliable, de Marion Lennox - N°1656

Cette voix, grave, douce et calme, jamais Maira ne l'a oubliée. C'est la voix qui l'a arrachée aux ténèbres, alors qu'elle était gravement blessée. Dix ans plus tard, quelle émotion de découvrir son sauveur sous les traits du Dr Rab Finlay ! Hélas, l'héritier de l'hôpital de Cockatoo Valley où elle travaille n'est pas porteur de bonnes nouvelles aujourd'hui : il ne pourra sauver les lieux qu'à la condition de trouver rapidement une épouse…

Le médecin de Polynésie, de Tina Beckett

Entre son métier d'infirmière et son rôle de maman, Rachel n'a guère de temps à consacrer à l'amour. Raison pour laquelle elle s'efforce d'ignorer l'attirance qu'elle ressent pour Sebastien Deslaurier, médecin à l'hôpital de Taurati en Polynésie. Cet homme n'est pas pour elle, se répète-t-elle. Pourtant, à mesure qu'il s'invite dans sa vie et dans le cœur de sa fille, Rachel se surprend à rêver que Sebastien puisse venir combler de bonheur sa famille…

Lady et pompière, de Louisa Heaton - N°1657

Lady Cara Maddox n'a que faire de son titre. Ce qu'elle aime, c'est sauver des vies en tant que pompière ! Le jour où son père exige qu'elle assiste au gala de charité qu'il donne au manoir Higham, elle devine qu'il va tenter de lui présenter un homme de son rang, capable de la ramener dans le droit chemin. Résolue à déjouer cette manœuvre, Cara demande alors à son meilleur ami, l'ambulancier Tom Roker, d'être son cavalier…

Le play-boy du Mercy General, de Juliette Hyland

Le Dr Asher Parks sait ce qu'il vaut. Il est le meilleur neurochirurgien du Mercy General, le meilleur de Floride, voire même du pays ! Apprécié de tous pour ses talents et son humour, il ne parvient malheureusement pas à décrocher ne serait-ce qu'un sourire du Dr Rory Miller, sa collègue anesthésiste. Or c'est peut-être justement parce qu'elle lui résiste que la belle l'attire autant…

Leur mission : sauver des vies.
Leur destin : trouver l'amour.

HARLEQUIN
www.harlequin.fr

BLANCHE

Une famille pour Carly, de Louisa George - N°1658

Après avoir surmonté une perte douloureuse, Carly est enfin prête à quitter la splendide île Rawhiti, Nouvelle-Zélande, où elle a autrefois été heureuse. Mais l'arrivée d'Owen Cooper, le nouveau médecin local, remet en question ses projets. Cet homme, papa d'un adorable petit garçon, pourrait-il redonner de l'éclat à son existence ? Devant les battements précipités de son cœur, elle a soudain envie de le croire…

L'amant d'une île, d'Amy Ruttan

L'aventure. Voilà ce que le Dr Josephine York est venue trouver sur Fogo, une île au large d'une autre île. Grisée par sa nouvelle vie, elle s'offre une nuit de passion dans les bras de Henrik, un ambulancier qu'elle vient de rencontrer. Mais la réalité la rattrape de plein fouet quand elle se découvre enceinte. Certes, Josephine a toujours voulu être maman, mais jamais elle n'avait imaginé partager ce rêve avec l'amant d'un soir…

Retrouvailles dans le Montana, de Dianne Drake - N°1659

SÉRIE : SINCLAIR HOSPITAL - 1/2

Caleb n'en revient pas. Leanne Sinclair, la femme qui l'a trahi au lycée, est sa nouvelle collègue à la clinique de Marrell. Alors qu'une fureur soudaine lui donne envie de tourner les talons, Caleb résiste. Il a emménagé dans le Montana pour le bien de son fils, Matthew, et il n'est pas question pour lui d'abandonner sa nouvelle vie pour cette femme surgie du passé…

Le plus troublant des baisers, de Dianne Drake

SÉRIE : SINCLAIR HOSPITAL - 2/2

Sauveteuse d'urgence en montagne, Carrie ne craint rien. Pourtant, lorsque Jack Hanson – son séduisant patron – lui donne un baiser aussi fougueux qu'inattendu, c'est une peur viscérale qui l'envahit. Celle de s'attacher à un homme qui fuit toute relation alors qu'elle a tant besoin de stabilité dans sa vie…

HARLEQUIN

Leur mission : sauver des vies.
Leur destin : trouver l'amour.

BLANCHE

Au bras du Dr Sheridan, de Karin Baine - N°1660

La Reine des glaces. Mollie n'ignore rien du surnom dont l'a affublée l'arrogant Dr Ben Sheridan. Mais, quand ils se retrouvent partenaires d'un concours de danse à but caritatif, elle n'a aucune bonne raison de refuser. Il ne reste qu'à espérer que Mollie réussira à maîtriser, durant leurs longues séances d'entraînement, le trouble que Ben éveille en elle...

Trois semaines pour lui résister, de Becky Wicks

Écrire la biographie de Ryan Tobias dont elle suit les aventures télévisées est un rêve absolu pour Madeline. Mais le rêve tourne au cauchemar lorsqu'elle apprend qu'ils vont devoir cohabiter dans la jungle durant plusieurs semaines. Comme si cette perspective n'était pas assez effrayante en soi, Ryan cherche à la séduire dès leur première rencontre...

HARLEQUIN

Leur mission : sauver des vies.
Leur destin : trouver l'amour.

HARLEQUIN
www.harlequin.fr